致青春 129

我的重生脫單計畫

（上）

艾小圖　著

高寶書版集團

目錄
CONTENTS

第一章　三十歲

雨夾雪突然下了起來，又冷又潮濕，這一定是冬天裡最難忍的天氣。

沒帶傘，身上的外套沒有帽子，圍巾也忘了戴，雨中的冰凌子掉入衣領，冷得林西後背一僵，忍不住一個哆嗦。

耶誕節快到了，街上到處張燈結綵，每走十幾公尺，就能看到一個穿著聖誕老人服裝的人在發傳單、送禮物。

就近拿了個路邊發送的劣質紅襪子，隨手擦掉手上吃過烤麵筋留下的油漬。

唉，吃完才發現衛生紙也用完了，今天真的有點出師不利。

狼狽地回到家，洗完澡換了乾淨的衣服，進房前發現，那個擦過手的紅襪子被她帶回了家。油漬在襪子前端留下幾個深紅色的印記，看起來髒兮兮又皺巴巴的。

在西方的傳說裡，每年的十二月二十四日晚上，耶誕老人會駕著九隻馴鹿拉的雪橇，自煙囪進入屋內，將禮物塞進床頭的紅襪子裡。

林西輕輕一笑，隨手把襪子放在床頭櫃上，心想：如果真的有耶誕老人，麻煩先賜她一個男朋友交差吧。

林西臨走看了襪子的尺寸一眼，又想：要是真的能送來，就直接放床上吧，這襪子太小了，怕塞不下。

披著毛毯，用電腦看電視劇。這是她最近一直在追的一個推理懸疑劇，全程辦案，氣氛緊張，林西整個人縮成一團，眼看著兇手就要呼之欲出，突然，螢幕裡飛過一則毫無關聯的即時留言。

──『張大華，提前祝你耶誕節快樂，我愛你。』

一石激起千層浪，一個人開始表白，後面突然沒完沒了跟了近百則，硬生生把螢幕霸占了，林西最關注的、兇手的臉也被擋住了。

「靠──」她只是想安安靜靜看個劇，有必要這樣？看個推理破案的劇都要放閃？

林西憤怒地關掉電腦。

爬上床準備睡覺，睡覺滑了滑手機，發現一則通知。

某論壇被人邀請去回答問題。

林西點進去一看，標題赫然是「三十歲，沒有談過戀愛，沒有做過愛，是一種什麼樣的體驗？」

林西把螢幕打出了劈里啪啦的聲音。

『體驗個屁。滾。』

三十歲如果還嫁不出去怎麼辦？那她寧可去死。二十歲的她是這樣回答的。

那時候完全沒想過自己會成為困難戶，畢竟三十歲是那麼遙遠的數字。

如今的林西，無病無痛到了當年覺得遙遠的年紀。從來沒有談過戀愛，每年過節都在送紅包，伴娘做了N次。最怕去醫院做婦科檢查，醫生在檢查之前會問她有沒有男朋友，有沒有性生活，一聽說她都快三十了還沒有性生活，眼神瞬間充滿了同情。

買了房，買好了車，幫自己買了各種保險，有點屁症狀都要上醫院，默默存了不少錢，一邊說著真愛一定會來的，不願將就，一邊一副要孤獨終老的樣子。

林西憤憤地想，如果這輩子還能有孩子，一定逼他高中就早戀，不，國中就必須早戀！

好不容易有了點睡意，手機吱吱吱震了起來。

爹媽在電話那頭苦口婆心地說：『西子啊，妳大姨的高中同學的鄰居的舅媽的兒子有個同事，我看和妳挺合適，妳回來見見唄？』

林西頓了頓聲，問：「不結婚不行嗎？」

『西子啊！妳聽媽說，妳不是還有幾天才到三十？還有希望。最近多相相，說不定下個月就能結婚了，一結婚就生孩子，媽還年輕，還能幫你們帶……』

「媽——」林西打斷老媽：「我有男朋友了。」

『真的？』父母異口同聲的驚訝聲幾乎要把林西的耳膜震破：『帶回來啊！西子！』

「還要過一陣子。」

二老困惑：『為什麼啊？』

林西嘴角勾起一抹笑意，「等他離婚了，我一定帶他回來，放心哈。」

話音剛落，林西就聽見聽筒裡傳來父母激動的搥桌聲：『……吾兒啊！妳可千萬別想不開啊！不結婚也沒事爸媽養妳啊！』

「……」

一覺睡到鬧鐘響，快速穿戴，拉著八公斤重的工作用行李箱出門了。

天還沒亮，路上只有清潔工人的忙碌身影。

這就是林西，一名婚禮妝髮造型師。和她大學的科系八竿子打不著，誤打誤撞進入這一行，一幹就是六年。雖然感情生活不順利，事業倒是有點成就，在這個圈子裡也算小有名氣。

今天跟的新娘不是別人，是林西大學的同學，校花蘇悅雯。

得知她這麼晚才結婚，林西倒是有些意外，畢竟她那麼美，在校的時候追她的人能從學校南門排到北門。

一整天都在忙，舉行完儀式，蘇悅雯換上了敬酒服，林西俐落地幫她換著造型。

五星級酒店的休息房寬敞而安靜。蘇悅雯坐在化妝鏡前，挺直的背脊和脖頸，讓她看起來如同一隻將要舞蹈的白天鵝。

她微微勾唇，自鏡子裡看向林西。

「妳知道我為什麼找妳嗎？」

蘇悅雯的聲音還是一如既往的酥軟好聽，林西手口並用掰著髮夾，扯著嘴角自嘲一笑：「總不會是想老同學了吧？」

「想看看三十歲沒談過戀愛的女人，有什麼不同。」

蘇悅雯說完，見林西臉色有轉黑趨勢，又道：「開玩笑的，其實，我只是想問問妳。」

「……嗯？」

「既然當年都那麼不要臉的追他了，為什麼沒有追到最後？」

林西手上微頓，下一秒，她毫不客氣地拿髮夾戳了蘇悅雯一下，低垂著眸子，彷彿不是故意一樣，繼續挽著手上的秀髮。

「反正我說是誤會，也不會有人信。」

「每個追求失敗的，都這麼說。」蘇悅雯抬頭，「妳知道嗎？他今天也在。」

林西聳了聳肩，「So？關我什麼事？」

別好髮飾，為蘇悅雯搭配敬酒服的髮型就完成了。林西往後站了站，拿起鏡子對著蘇悅雯的腦勺，讓她能從前後兩面鏡子裡看到髮型的全貌。

蘇悅雯扶著右鬢，左右偏了偏頭，對林西做的造型很滿意。

「謝謝妳把我打扮得這麼美。我想，他看到應該會很後悔，怎麼沒有把我娶回家。」

林西舉著鏡子，一針見血地說：「恕我直言，妳想太多了吧？」

婚禮正式開席，新郎新娘循著婚俗的傳統，開始逐桌敬酒。

不管新人在哪裡，焦點始終圍繞著他們。

作為化妝師的林西被安排在同學桌，開席以後才鑽了過來。

蘇悅雯說的桌號，一整桌都坐滿了，林西只能貓著腰向唯一的空位走去。剛落座，林西一抬頭，就看見蘇悅雯嘴裡反覆提到的那個人——江續。

還是一直以來的樣子，一絲不苟的西裝頭，一身熨貼的白西裝，沒什麼表情和所有的賓客一樣看向新郎新娘的方向，氣質卻又和旁人完全不同，坐在哪裡，就自成風景。不管怎麼看，都完美得如同童話裡的王子。

但是，這些又和林西有什麼關係呢？

宴會廳的光影柔和，一陣起鬨，新郎乾掉了別人敬的酒，掌聲如雷。江續終於回過頭，一眼看到林西，愣了一下。

他居高臨下看著林西，臉上帶著慣常的輕蔑，林西有些不悅，剛要說話，新郎新娘已經在眾人的簇擁下走了過來。

林西趕緊站起來，隨後，江續也不緊不慢地站了起來。

蘇悅雯臉上有些緋紅，在俏麗的臉龐上更添幾分嫵媚。她舉著酒杯，手指輕輕翹起，每一個細節都美得剛剛好。

她親暱地跟自己的老公介紹著，「江續，我們學校最聰明，也是有史以來最帥的一屆校草。」

她那長相平凡的老公淡淡地笑著，凝視著蘇悅雯的眼神充滿寵溺。

多深的愛，才能讓一個男人坦蕩蕩地聽自己的老婆誇別的男人？蘇悅雯真的很幸運。

蘇悅雯敬了江續一杯，嘴角噙著笑意，「江續，去喜歡男人吧，你要是喜歡女人，我們這些暗戀失敗的，要多難受？」

江續聽她如是說，沒什麼太大反應，只是笑笑喝下她敬的酒。

林西沒想到蘇悅雯會當著自己老公的面說這麼直接的話，一時有些愕然。她正怔忡，蘇悅雯的酒杯已經碰上她的。

「林西，今天謝謝妳，手真巧，把我打扮得很漂亮。」她抿抿唇，突然語重心長：「妳啊，早點談戀愛吧，都多大了。」

「行了行了。」防止蘇悅雯再說下去，林西將酒一飲而盡。

「好！」圍觀的眾人又是一頓喝彩。

蘇悅雯和老公離開，林西才得以坐下。酒喝得太急，一時有點暈。她側頭看了江續一眼，見他正一臉輕蔑地看向自己，有些不爽，「沒看過女中豪傑喝酒嗎？」

江續瞥了她一眼，「我只怕女中豪傑等一下會吐桌上。」

他的聲音辨識度很高，帶著絲絲通透感。

林西最討厭江續這副「全世界老子第一強」的樣子，不想和他打嘴仗，直接舉起了酒杯：「江續，這大喜的日子，我敬你一杯。」她想了想，又道：「和你也沒什麼好說的，在這跟你拜個早年了！」

不管江續接不接受，林西還是將那杯酒一飲而盡了。紅酒略微苦澀的味道讓林西皺了眉頭。

看她一杯下肚，江續晃了晃手上的酒杯，意味深長地看著她，淡淡說道：「妳一直這麼灌，是不是想故意醉倒，讓我送妳回家？」

這江續，真是，夠不要臉啊！

和一般的故事不一樣，他們沒有多年的別離，甚至經常碰面。

他是這家五星級酒店的老闆，她是經常來這裡工作的妝髮造型師。

大學的同學，曾經的校友，還一不小心傳過一段時間的緋聞。

這事說起來也巧了。

當年沒心沒肺的林西幫朋友傳了一封情書給他，結果那女生太緊張了，名字都沒寫。後來這事被揭了出來，女生臉皮薄，在寢室裡哭得不要不要的，林西沒辦法，為了保護那個內向的女生，就硬著頭皮把事認了。

那時候江續是學校裡的研究骨幹，據說正在和團隊研發什麼機器人，研發出來要代表學校去日本參賽，為校爭光。

研發最關鍵的時期，這事鬧得沸沸揚揚的，學校帶隊的老師有點擔心，怕林西影響江續的狀態，分別找他們談話，讓他們專注於該專注的事。

他是多麼特立獨行的人，自然對老師的忠告不屑一顧。

也不怪他倨傲，以第一名的成績進校，什麼比賽都所向披靡。據說他常年考試滿分，唯一一次離滿分差了十分，還是因為考試的時候太馬虎了，沒把試卷最後一頁翻過來，漏掉了一題，而那題正好十分。

後來他和整個團隊，帶著他們研發的機器人去了日本，經過一輪PK，不負眾望得到了金獎。學校的光榮榜上，別人都選最好看的照片，寫上天道酬勤巴拉巴拉，感謝誰誰誰，不負期望什麼的。

只有他，提供了一張藍底的臭臉證件照。

那麼挫的照片，依舊擋不住他俊朗的面容，和那雙深沉的眸子。

照片下囂張地寫著一行大字——「我要是想得獎，談十次戀愛也不影響。」

婚禮結束，林西又遇到江續。彬彬有禮的司機，開著昂貴的汽車，他高高在上地坐在後座。路過林西，他降下車窗，問了一句：「送妳回家？」

「不……」林西「用」字還沒發出來，他「嗯」了一聲，車窗已經升上去了。

真是深刻向林西展示了什麼叫「只是客套一下」。

拎著小行李箱到家，一開門，就看見兩個臉色鐵青的中年人，坐在玄關處，一副要大義滅親的樣子。他們分別是林西的親爹親媽。

「爸媽？你們怎麼來了？」

林媽雙眼冒火，「妳這死丫頭，真的當小三？」

林西沒想到一句玩笑造成這麼嚴重的後果，低頭扶額。隨手把箱子丟在玄關，進屋倒了杯水。

「問妳話呢？」林媽一臉不滿，「妳現在越來越有能耐了是不是？」

林西咽下一口水，眉頭微皺，「我倒是想啊，可惜連個公的都搞不上。」放下水杯，半癱在沙發上：「開個玩笑你們也信。」

「妳這孩子……這種玩笑能亂開嗎？」林媽一邊放下心，一邊又怒從中來，一巴掌拍在林西肩膀上，林西哎呦叫喚半天。

「你們好歹也動動腦子，我要是有人要，至於單身到現在嗎？」

林爸撓了撓頭，說道：「沒道理啊，我女兒這麼漂亮。」

「全世界只有你這麼覺得。」

林媽見林西這麼消極，趕緊安慰了一句：「別這麼想，總有人瞎的。」

林西：「……」

林爸也要坐沙發，林媽屁股擠了擠，林西不情不願挪到最角落。

林媽伸著脖子，湊到林西旁邊，認真問她：「你們學校要校慶了妳知道嗎？」

「嗯，收到邀請了。」林西摸到遙控器，隨手打開電視：「不過我不打算去啊。」

「為什麼不去啊？」林媽對她這個決定非常不解，「萬一還有沒結婚的同學呢？」

……唉。

爸媽沒有在這裡待太久。臨走前把林西的衣服都打包了，留了張紙條，說是怕林西一個人單身久了會想不開，叫她校慶以後回家生活。

除了內衣和林西前一天穿的外套，家裡只剩一件不屬於林西的新裙子——一件六層紗的白色一字肩公主裙。一看就是老媽的手筆。

頭疼地躺在沙發上，沒多久手機就響了，是林西的閨密——付小方。

「喂，小方啊……」林西一叫出這個付小方最討厭稱呼，就換來付小方一頓髒話。這遊戲這麼多年了，真是玩不膩。

罵完人，付小方才想起了正事，『校慶，妳去不去啊？』

林西翻了個身，仔細想了想，回答：「去吧，看看有沒有和我一樣還沒結婚的。妳呢？」

『也去吧，看看有沒有和我一樣離婚的。』

林西咯咯笑了起來，「我們真是物以類聚。」

這麼多年，很多人不理解，覺得林西恐婚、恐男、眼高手低等等，其實她真的沒有那麼多毛病。她還是很想結婚的，只是她實在不願逼自己和一個不喜歡的人一起生活。僅此而已。

週五，C大百年校慶如期舉行，趕上了全民狂歡的平安夜，到處人擠人。

林西本來想去買新裙子，後來想想也不可能找得到男朋友，還是別浪費錢了，直接穿了媽媽準備的那件公主裙，外面套件厚外套，可謂不倫不類。

付小方還是和學生時代一樣，體內解酒酶太少，喝點香檳都能紅臉。她一臉嫌棄看著林西的裝扮：「妳穿什麼東西？要去演兒童劇《白雪公主》嗎？」

「這叫仙女風，正時髦。」林西辯解。

「時髦個毛毛。」付小方吐槽完，趕緊說起她的發現，「我幫妳看好了，我們系裡還有幾個萬年單身漢，適合妳這種單純的處女。」

林西抿了一口香檳問：「誰啊？」

「就那幾個，陸仁珈、薛笙逸、龍濤炳、裴玨町、哦，還有費南逐。」說完，她拍了拍林西的肩膀，「抓緊了。」

「切。」

林西正要說話，校慶正式開始了，付小方趕緊放下香檳，拉著林西落座。

畢業多年，回憶最後一次來C大禮堂，還是當年畢業典禮。

百年校慶相較平時更隆重些，開場更冗長，各種致辭層出不窮。林西沒有看臺上，只是下意識四處搜尋。

「啊，對了，還有一個人吶！」付小方突然恍然大悟，一巴掌拍在林西大腿上，「江續啊！我們學校的傳奇，真正的鑽石王老五啊！」

付小方正說著曹操，曹操就出現了。林西一抬頭，就看見江續一步一步走上臺，作為知名校友代表致辭。

黑色的西裝，白色的襯衫，沒有繫領帶或者領結，除了袖釦能看出幾分價值，沒有任何張揚的綴飾。整體看起來不會過分嚴肅，也不會太過輕浮，一切都處理得剛剛好。

江續一上臺，臺下的掌聲就如同雷動一樣響了起來。彷彿時光回溯，還是當年江續在校時的樣子。

「切。」這次林西是真的不感冒。

「說起來妳和江續還真挺適合的，妳不是老是上他酒店工作嗎？」

「怎麼說話呢？」林西皺眉，「我上他酒店，是因為我是婚禮妝髮造型師，正經工作好嗎！」

「工作正經，思想倒是挺不正經的，我隨口一句，妳都想到西伯利亞了。」

「妳懂什麼？」林西撇嘴，「我和江續是不可能的。」

「為什麼啊？」

「江續那種人群的焦點，女人的目標，和他在一起，連死了以後，合葬的那點地方，都要防著被人刨了，妳想想這種生活，多可怕。」

付小方想想，這八字沒一撇的事，林西能想像這麼多也是服了，不耐煩擺手，「好了好了，知道妳心裡只有韓森。」

被說到軟肋，林西尷尬撓了撓頭，「哪有。」

校慶開了整整一天，直到晚上才結束。趕上平安夜，自然還有第二攤。

本來林西是不想去晚上那一攤，但是付小方剛來報信，說韓森剛出差回城，也在往酒店趕，林西便臨時改了主意。

要說這麼多年林西為誰心動過，大概只有韓森一個。

韓森，她們班的班草，學校裡也算小有名氣，當然，比起江續還是低調多了。

大家都喝上了，韓森才風塵僕僕地趕到。一身談判桌上的正式裝扮，拎著一個公事包，看起來比在學校裡的時候成熟了許多。

韓森在校的時候人緣就好，剛進來就被圍了起來。

「韓森！老子約你幾次你重色輕友，今天校慶你不來，晚上混飯混酒才死過來！」

韓森脫了外套放下，笑嘻嘻地倒酒，「別提那不懂事的娘們了，早踹了！」

「你好意思說！」

「我不管！喝！自己喝！」

在眾人的勸酒聲中，韓森豪爽的自罰了三杯，幾句話就和大家打成一片。

韓森又恢復單身了，林西能不蠢蠢欲動？

一整晚，有好幾次林西想找機會到韓森身邊去，都被別的小婊砸占了先機。看來和她抱著一樣想法的人可不少。

「我看妳今晚是沒戲了。」付小方一臉遺憾，「這麼多年就沒見韓森停過，妳看，他剛分手，那些女的，都要撲上去了。」

「妳就不能說幾句鼓勵我的話嗎？」

「也是，朋友一場，是要正能量一點。」付小方拍拍她的肩，「早點死心吧。」

林西忍無可忍：「去妳的！」

等了一個晚上，終於等到韓森身邊沒人了。

抬頭看了男廁所的標誌一眼，這地點，確實有點尷尬。

「韓森。」林西捏著嗓子，很溫柔地喊著他的名字。

剛從廁所出來的韓森一身酒氣，聽見有人喊自己的名字，四處張望，最後才低下頭看見林西。

「林……西……」韓森雖然喝得有點多，還能勉強認清。

林西擔心地看著他，「你喝得有點多啊。」

韓森笑：「不多，還……能喝。」

林西見韓森還清醒著，想著錯過這次機會也許就沒有下一次了，決定要好好把握。

林西絞著手指，有些緊張，「聽說你現在單身了。」

「嗯。」韓森眸子暗了暗，「分了。」

林西咽了咽口水，有些忸怩地站在牆角，「其實，我也是單身。」

「哦。」

林西被他這反應一哽，心理建設了幾秒，才又鼓起勇氣說：「我媽要我去相親，我大姨的高中同學的鄰居的舅媽的兒子有個同學，聽說還不錯。」她一臉期待地抬起頭看著韓森，「你說，我應該去相親嗎？」

「不應該。」韓森的臉色嚴峻，微蹙的眉頭讓他看起來男人味十足。

「嗯。」林西被他的眼神勾得怦然心動，「我也覺得，還是應該再爭取一下喜歡的人。」

韓森看了林西一眼，認真說：「確實不應該這樣害人，人家怎麼得罪妳了？」

「……」

中艸茻茻。

在廁所裡待了許久，林西洗臉的時候眼眶有點紅。

不得不承認，她確實非常失落。

走出廁所。韓森居然還在那裡。雙眼朦朧靠著牆，看起來好像在睡覺一樣。

林西低著頭，剛準備離開，就看見一個男人默默走到韓森身邊。還不等林西撇開視線，那個男人已經一把勾住了韓森的脖子，毫不猶豫地把韓森抱進懷裡。

嗯？Excuse me？抱進懷裡？！

林西怎麼都不敢相信眼前發生的這一幕。

韓森雙眼通紅，已經越醉越迷糊了，林西忍無可忍，走上去粗魯地推開那個男人，一把抓住韓森的領帶。

「你居然是個 Gay？靠——」林西氣急敗壞地不斷罵著髒話：「你他媽、你他媽把我的少女心還我！你知道我為你糾結了多少年嗎！」

「Gay！你！居！然！是！Gay！」

林西情緒激動，用力拽了韓森的領帶一把，「你怎麼能是 Gay 啊啊啊啊！」

「嘔——」回答林西的，是韓森的嘔吐聲。

平安夜如期來臨。說好下雪，卻下起了讓人無法狂歡的雨夾雪。

又冷又濕，寒風颳在臉上，像刀割一般。

林西也不記得那一晚到底喝了多少酒，身上還沾染著韓森的嘔吐物味道，整個人臭不可聞。

林西又醉又睏，一個人在路上晃蕩，左腳踩到右腳，一不小心跌了一跤。

跌跌撞撞從地上爬起來，手上衣服上都是污泥。

狼狽至極，想拿衛生紙擦手，在包裡掏了半天，最後只掏出了一隻髒兮兮的紅襪子。出門太急，一時糊塗，把這東西當衛生紙了。

「呸！」林西把破襪子丟得老遠，「什麼平安夜，什麼耶誕老人！狗屎！有本事給我一個男朋友啊！」越想越氣，林西指天大罵：「什麼最好的都要等比較久！等到最後只有 Gay 好嗎！」

月光被烏雲遮蔽，路燈昏黃，光源中可以清晰可見，雨夾雪那一道道縱橫交錯的落勢。

一把黑傘擋住林西的視線。

舉著傘的男人將傘微傾，為林西擋住了不斷落下的雨夾雪。

許久，他微蹙著眉頭問她：「妳怎麼在這裡坐著？不冷？」

林西傻傻抬頭，揉了揉睡意朦朧的眼睛，正好看見江續那張萬年如一日的冰山臉。

林西委屈地嘟囔著說：「是你啊？」

江續沒有回應，只是輕輕皺眉。

「……江續你知道嗎？還有兩天我就要三十歲了。」林西微微歪著頭，越想越難受，忍不住鼻子一酸：「三十歲的人生，真的好艱難啊，為什麼我不能永遠二十歲？」

「喂。」江續腳踢了踢林西的腳尖，「林西？」

「為什麼別人交了一個又一個，就我沒有男朋友？」林西雙眼朦朧，「說出來你都不信，我從來沒過過情人節。」

江續見她眼眶紅紅說著胡話，皺眉道：「想要我送妳回家，不用喝成這樣。」

說完，將傘塞到林西手裡，囑咐道：「在這別動，我去開車。」

雨夾雪漸漸下成了小雪，白白的雪籽從天空中落下，將江續卓絕挺拔的背影掩映其中。

林西有些恍惚地站了起來，眼前有一道刺眼的光閃了閃，不知是那個傻子在城市裡開遠光燈，刺得林西眼睛都睜不開了。

一輛高速行駛的摩托車，碾過林西扔掉的紅色聖誕襪，撞上了旁邊來不及閃躲的大貨車。

等林西再睜開眼睛，就看見那輛被撞飛的摩托車，正以每秒不知道多少的速度，向她的方向砸過來……

林西死之前，只有一個想法。

——各位司機朋友，不要亂開遠光燈啊！

第二章 重生二十歲

早上起床，林西還有幾分睏意，頂著鳥窩一樣的自然捲髮型往外走，一腳踢到房間裡的行李箱，那是林媽幫她收拾好的行李。

翻了翻日曆，時間還停留在二〇〇六年八月三十一日。如果林西沒有記錯，C大在這一年是九月一日返校，九月四日開學。

還能在家玩一天，林西心裡一萬個捨不得。

車禍醒來，在鏡子裡看到二十歲的自己，想想都覺得不可思議。

林西用了一段時間適應，不長，大約一分鐘吧，二十秒震驚，二十秒興奮，二十秒感恩。

刷完牙隨便換了身衣服，時間已經到中午了。

在奶奶家吃完飯，林西還要去送飯給老媽。端著裝得滿滿的瓷碗，林西熟門熟路地到了老媽的麻將館。

林媽蘇紅女士一見林西來了，立刻喜笑顏開地對牌友說：「我先吃個飯，我女兒代我摸兩局。」

見老媽拿走飯碗到一旁去了，林西立刻心領神會地上了桌。

林西一上桌，一桌的三個阿姨都抱怨了起來：「蘇紅妳又作弊，次次都找女兒翻本。」

林媽笑嘻嘻地扒飯，「這不是飯吃得晚嗎？再說了，小丫頭妳們都打不贏，怪我啊？」

「！@#￥%……&*」

和以往同樣的劇情，林西一上桌就大殺四方，不僅幫老媽回本，還贏了不少。幾個阿姨輸了錢臉色有點不好，一圈打完就各自找理由回家了。

林媽高興地數著錢，贏錢的喜悅讓她看林西都順眼了幾分。

林西趕緊趁機提要求：「媽，我每天幫妳贏錢，能打賞點給我嗎？」

「要錢幹什麼？」林媽一臉警惕。

林西扯了扯自己亂七八糟的自然捲，「髮型太土，我想去燙。」

林媽看了看林西的髮型，數了兩張鈔票給她：「是有點影響市容，去弄一弄吧，都二十了，要有點形象。」

林西接過錢，一臉諂媚：「老媽妳真美！」

好不容易重回二十歲，不趁著膠原蛋白滿滿的時候談戀愛，更待何時？她可不想像上一次一樣，到死都是個處女！既然上天讓她重來一次，她就要好好改變人生。

奈何老媽的基因太強大，林西從小到大就和金毛獅王似的。頂著這破髮型去學校能勾引得了誰？

好歹做了幾年妝髮造型師，林西返校前要做的第一件事，是改變外在。

林西只想做個柔順的內捲，要求比較簡單，就近去了社區的理髮店。

做頭髮的過程太漫長，林西一直犯睏。等她醒來，髮型已經做好了。看著鏡子裡的自己，她覺得這模樣，比她從三十歲回到二十歲還荒誕。

幫她做頭髮的是林媽的牌友，真是有能耐，做了個和林媽完全一樣的髮型——包租婆。

林西欲哭無淚，只能把那些亂七八糟的爆炸捲都剪了。

晚上吃飯的時候，看著被林西折騰得不男不女的頭髮，老媽忍不住問：「妳這破髮型還需要去理髮店嗎？騙我錢吧？」

林西低頭扒飯。

老爸看林西的樣子，也忍不住評價了幾句：「怎麼剪這麼短？又不是高中，沒有耳上規定了吧？」

林西心痛地低頭扒飯。

睡了一覺，返校日到了，出門前，林西鼓起勇氣看了鏡子裡的自己一眼，成功被自己醜哭，頂著這髮型，她真的不想回學校啊啊啊啊！

出門前林媽難得有幾分母愛，又是幫她整理衣領，又是塞錢給她。

「到學校後好好吃飯、睡覺。缺錢了打電話給媽。」老媽嘮嘮叨叨地念著：「別和別人到處瘋，別夜不歸宿，要聽話，最關鍵是別學人家談戀愛。」

林西正把老媽給的錢放進錢包，聽見這句話，突然噗嗤一笑。

「妳以後會後悔的。」

老媽被林西一句話弄得一頭霧水：「蛤？」

「不讓我談戀愛。」

老媽皺了皺眉，不屑啐道：「我才不會後悔。小小年紀談什麼戀愛？你們這代人吶，動不動就網戀，沒多久就開房墮胎，對男女之間的事太隨便了，不自重。」

說完，又不放心地惡狠狠補了一句：「我警告妳林西，妳千萬別給我學壞，不然我打斷妳的狗腿！」

看著老媽現在那斬釘截鐵的樣子，再聯想後來的幾年，她每天著急上火林西嫁不出去的場景，林西只覺得好笑。

大學時不准談戀愛，一畢業就恨不得女婿從天上掉下來，可能嗎？

上一次都聽妳的，這一次，不行。

林西在心裡偷偷地說。

林西家離C大所在的城市開車只要一小時，一家人很快收拾好上路。音響裡一直播放著非主流網路歌曲。什麼〈QQ愛〉、〈兩隻蝴蝶〉那些，林西簡直無力吐槽。

聽就算了，林爸還要跟著唱，他唱〈香水有毒〉唱到那句「擦掉一切陪你睡」的時候，林西嘴角抽了抽，後來他開始唱「酸酸甜甜就是我」的時候，林西終於澈底陣亡……

總算熬到學校，保全不讓私人車輛進校。林西只好自行把行李箱拿了下來。

「爸媽，你們先走吧，我喊林明宇來接。」

校門口送孩子的家長太多了，私人車輛不能久停，保全凶巴巴地催，林西爸媽不得不依依不捨地離開。

「一定要叫林明宇來接啊。」林媽臨走前囑咐。

「好。」

推著兩個重如沉石的行李箱，林西走幾步就累了。拿手機出來，打了電話給自家堂哥林明宇。

「喂，你在哪裡呢？」

林明宇嗓門極大：『我正送妳嫂子回宿舍呢！』

「什麼嫂子？」林西一臉震驚，「你什麼時候談戀愛了？」

『下次和妳詳說。』林明宇說：『我拖著行李呢。』

「……」林西看著自己的兩個大行李箱，趕緊說：「我的行李箱特別重，你來校門口一趟，順便把我的帶到女生宿舍啊！」

『不行不行，妳嫂子有兩個行李箱呢。我找個人去接妳，就這樣，掛了。』

「喂！喂！」林明宇……居然就這樣掛了！

林西對著兩個重得要死的大行李箱無可奈何，坐在箱子上，林西拿出手機，開始逐一打電話給室友。

林西的寢室一共住著四個女生，莉莉是學霸，言情小說控；圈圈，是個酷愛粉紅色的嗲精小公主；付小方，就是隔壁床的中二傻子。

前兩個打過去時都在忙，只能寄望付小方了。

「喂，小方？我帶了好多我奶奶的拿手菜，快來校門口接駕。什麼？妳要看韓劇？先來接我啊，回頭我們一起邊吃邊看，喂……喂……付小方我警告妳妳敢掛電話妳就死定了……付！小！方！」

「……」

林西氣極敗壞地收起手機，正要罵髒話，她的大件行李前面，突然出現一道高大的身影，擋住燠熱陽光。

林西循著那人的卡其色休閒褲一順往上看，竟然看到了一個熟悉的人——江續。

差點忘了，江續不就是林西的大學校友，林明宇的室友嗎？

回來以後，這還是第一次見到江續，林西竟然有幾分小激動。

抬起頭仔細打量著江續，心底不由產生了幾分羨慕嫉妒恨。看看二十歲的他，想想之後的他，竟然十年都沒有怎麼變。時光只是在他身上烙下成熟的風采和沉穩的氣質，一點都沒有破壞他的膚質和英俊的五官。

現在的他還留著幾綹碎髮，是二〇〇六年常見的清秀髮型，以林西二〇一六年的眼光，明明有點過時，可是在他身上卻完全不覺得。

從他出現在林西周圍，沿途所有女生的目光就全部聚集到這裡，這讓林西有些不知所措，瞬間緊張了起來。

「你……你想幹什麼？」林西警惕地看向江續。

「剛剛碰到妳哥，他要我來的。」

江續還是一貫的低音炮，女生們議論他的音色容易讓人受孕，林西對此嗤之以鼻。

江續低頭，看了林西的兩個巨型行李箱一眼：「回宿舍？」

林西點了點頭。

「要幫忙？」

他的手剛要觸上林西的行李箱，林西立刻客氣了兩聲：「不要吧……要不然，還是我自己來吧……」

林西話音剛落，就見江續抿著唇沒有說話，只是盯著林西，盯得林西一陣不自在。

「噢。」江續說完，冷漠地轉身就要走。

林西沒想到他真的走了，趕緊追上去：「欸，你真的走啊！」

江續聞聲停住腳步，林西一個沒刹住，差點撞上他的背。

江續個子高，以林西一六五的個頭，臉堪堪到他胳肢窩，這身高差讓林西倍感尷尬。

江續的神情帶著幾分理所當然，「妳不是說不要？」

林西看著那兩個大行李箱，什麼過往，什麼麻煩都拋諸腦後了，現在最關鍵的，是把行李弄回宿舍。

她神情尷尬，嘟囔了一句：「你難道沒有聽過，女人說不要，就是要的意思嗎？」

江續聽她這麼說，又折了回來。

「我只在你哥放的日本片裡聽過。」

「……」想像了下他們寢室平時的狀況，林西不由得感慨道：「近朱者赤近墨者黑，近林明宇者猥瑣。果然，這是真理。」

「嗯。」江續點頭：「從妳身上能看出來。」

林西：「……」

好不容易熬到女生宿舍樓下，不想再和江續一起接受路人的目光洗禮，林西說：「送到這裡就可以了，我們舍監阿姨不讓男生上去，那個，我喊我室友下來幫我拿。」

江續「噢」了一聲，將林西的行李箱放下。

林西移過自己的行李箱，看了江續一眼。

尋思著趕緊道個謝，搓了搓手，組織一下語言，「那個，今天……」

不等林西說下去，江續已經一揮手，打斷了她，「不用謝。」

看著江續越走越遠，林西忍不住皺眉。

像江續這麼囂張的人，林西真的是從小到大，只遇到這麼一個。

腹誹著拖著行李往寢室走，一轉身，就看到一身老土睡衣的付小方。

「怎麼這麼快就到宿舍了？」付小方詫異。

「妳捨得來接了？」林西氣不打一處來。

「來拿吃的，不是接妳。」付小方接過一個行李箱，笑嘻嘻地說：「早知道妳力氣這麼大，我就不下來了。」

林西白了她一眼，「林明宇把江續喊來了，不然妳以為我一個弱質女流搞得定？」

「靠」付小方一聽到江續的名字就激動，行李一丟，回過頭來指著林西義憤填膺地說：「妳就這麼讓江續走了？啊？怎麼沒有邀請他上樓去睡個午覺！」

林西：「……去死。」

吭哧吭哧上了樓，歇了幾個小時，圈圈和莉莉才回寢室。

大家看到林西，是一個暑假沒見。林西看到室友們，是隔著近十年的時光。

雖然她們都毫不客氣地嘲笑了林西的新髮型，但林西還是覺得她們很可愛。

下午四點半，開學前的第一次班會正式開始。

林西和付小方趕到的時候，前面已經坐滿了，只剩最後一排還有兩個座位。

林西一看，吊兒郎當坐在最後一排的幾個人，不就是韓森那一夥。

此刻韓森正以葛優癱的姿勢坐著，完全沒有一點學生樣。再看看他那染得黃不拉幾的頭髮，滿身金屬裝飾的殺馬特造型，林西自己都忍不住吐槽一下當年的重口味。

不等林西說話，付小方已經「心領神會」把林西往韓森身邊擠。林西不想坐在韓森身邊，回頭拚命瞪著付小方，而付小方還是一副「我了我了」的眼神，更拚命把她擠到韓森旁邊的位子。

見林西過來，韓森收回一條腿，往裡面靠了靠。

林西認命地嘆了口氣，坐下了。

和去年的情況差不多，老師交待了兩件事，第一件是九月有藝術節，第二件是月底有運動會，諸多事情需要大家準備。

老師講到一半，學校文藝部的老師來了，發了個傳單，招啦啦隊的隊員。

林西正低頭看著傳單上的內容，韓森突然湊了過來，問道：「聽說妳學過舞蹈？」

林西有些詫異地看了韓森一眼，訥訥回答：「是學過。」

「那妳可以去報名了。」

「嗯？」

「練一學期可以加兩個學分，正好可以補妳上學期被當掉的選修。」

雖然被當這件事被人提起，的確會讓人有點不爽，但是林西確實需要補上那門選修，聽韓森這麼一說，有了幾分興趣，遂問他：「啦啦隊是幹什麼的？」

「練啦啦體操的舞，校際比賽就去加油。」

林西一聽，這麼簡單，立刻來了精神，「我明天去系辦問問。」

韓森嘿嘿笑了一聲，不正經地湊到林西耳邊，「啦啦隊都穿那種露臍短裙，低胸上衣，妳能嗎？有B嗎？」

說完，低頭意味深長地看了林西的前胸一眼。

那個年紀的男生都是如此，把猥瑣當有趣。現在回想，韓森老是這麼鬧女生，不過是因為對女生沒興趣才這麼肆無忌憚。

想到被韓森耽誤了那麼多年的青春，林西覺得和他有算不完的帳。

對付這種臭流氓，只有「以賤制賤」這一招了。林西冷漠地看了韓森一眼，突然對著他的方向，猛然拉低胸口，露出自己胸前的乳溝。

「靠——」韓森沒想到一貫乖乖牌的林西會突然舉止那麼豪放，被嚇了一跳，差點從座位上彈了起來。

林西目的已達，鬆開手，又一本正經地看回傳單。

韓森的一聲低喝驚動了旁邊的兩個男生，他們堪堪睡醒，見韓森大驚小怪的，趕緊問：「老韓，怎麼了？」

韓森滿臉通紅，揮了揮手，「沒……沒事……」

林西不屑地瞥了他一眼，懶得再理他。演，接著演。

死Gay，明明對女人不敢興趣，還裝什麼裝！

班會開完就散了。一貫吊兒郎當愛撩來撩去的韓森，一見林西就趕緊夾著尾巴跑了。

付小方挽著林西的手臂，看著兩人奇怪的氣氛，好奇地問：「妳把韓森怎麼了？怎麼他見了妳跟見鬼似的。」

林西聳了聳肩，「誰知道呢。」

付小方錯愕，「這什麼表情啊，不在乎啦？怎麼，妳不喜歡韓森了？」

「別提這事了。」林西一臉重新做人的認真表情，「我已經重回大海，不再留戀那個灣仔碼頭。」

「什麼東西？」

「以後有適合的，都介紹給我。」林西士氣昂揚，緊握著拳頭，「姐！要！談！戀！愛！」

大概是早上重色輕妹，只接了女朋友沒接妹妹，厚顏如林明宇也有些不好意思，主動打給林西，說要帶女朋友請她吃飯。

二〇〇六年，林西用的手機還是諾基亞，打人真的疼。掛斷電話，林西狠狠把手機揣進口袋裡，心想，這「磚頭」要拍在它該拍的腦袋上。

走出校門，穿進小吃街，沒多久就找到林明宇。

一百九的傻大個，到哪裡都跟電線杆似的。

本來林西已經快習慣自己的髮型，也一直安慰著自己「剪頭三日醜」，熬過去就好了。

誰知那個不開眼的東西，一見面就笑個不停。

「老妹，妳受了什麼刺激把頭剃成這樣，決定和誰拜把嗎？」

看著林明宇前仰後合，笑得快要死過去的樣子，林西忍不住白了他一眼。

林明宇，林西的堂哥，住在C大所在的城市，每年寒暑假才回老家。

兩人從小打到大，林西至今都記憶猶新，小時候一次暑假，奶奶買了七個蘋果，他為了拿多出來的一個，就把蘋果全舔了一遍，林西差點噁心壞了。

因為他，林西一直覺得，那些想要有哥哥的女同學，完全是瘋了。

林西看了林明宇旁邊那個靦靦腆腆站著的女生一眼，忍著沒有發作，只是斜睨了一眼，「笑夠了嗎？」

林明宇捂著笑疼的肚子，咳咳兩聲清了清嗓，認真介紹道：「這是小可，我女朋友。」又向小可介紹林西，「這是我妹，林西。」

兩人互相頷首，算是認識了。

林明宇笑嘻嘻對林西說：「以後放假我都和妳一起回家。」

林西狐疑地看了林明宇一眼，「你不是一貫討厭回老家嗎？說我們那裡是『窮山惡水出刁民』。」

林西故意學林明宇說話的樣子，林明宇偷瞟了小可一眼，一臉尷尬，趕緊說道：「哪是啊，我們老家人傑地靈。」

「你吃屎了吧？這是你說出來的話嗎？」

「妳懂個屁，只有我們老家好山好水，才能把妳嫂子養得那麼好看。」林明宇說這話的時候，還帶著幾分辣眼睛的嬌羞。

林明宇一語提醒了林西。林西突然想起，老哥人生第一個女朋友，好像確實是他們的同鄉。

林西忍不住多打量了對面站著的長髮女生幾眼。

她依稀想起，當年老哥的初戀，嫌他不浪漫沒情趣只知道打球打遊戲，沒多久就劈腿了。老哥一腔少男情懷就被糟踐了，傷心得要命，哭著剃了光頭。

林西意味深長地一笑，決定不提醒他了。

畢竟，她還想再看一次他那滑稽的光頭。

呵呵。

看了看時間，林西不耐地問：「吃飯嗎？」她還準備大開殺戒，把林明宇吃得喊媽呢！

「還有個人沒到呢。」

林西皺眉：「誰啊？」

「就是……」林明宇正說著，眼前突然一亮，墊腳朝馬路對面揮了揮手，「這裡！江續！這邊！」

林西順著林明宇揮手的方向看去，江續緩緩從馬路對面踱步過來。

還是上午的那身衣服，表情也和上午差不多，遠遠瞥了林西一眼，林西不知道為什麼，竟然縮了縮脖子。

四個人坐在同一張桌上，對面坐著林明宇和他女朋友，旁邊，江續。

這陣容，林西什麼都不想說了，埋頭苦吃。

誰知林明宇這個賤人，還不肯放過她，全程以她為話題。

「……林西跟個智障一樣，經常考試不及格。」林明宇說起林西的糗事就停不下來：「她國文特別差，尤其不會寫作文，小時候有次老師要我們寫『我的爺爺』，她從作文書上抄了一篇『我的姐姐』，然後老師當著全班的面念她的作文，『我的爺爺長長的頭髮，綁兩條辮子，最愛穿花裙子……』。」

「哈哈哈……」林明宇笑得前仰後合，他女朋友也忍不住掩嘴輕笑。

林西期待地看向江續，只見他也微微低頭，最後，「噗嗤」一聲，忍不住……

林西終於絕望。

「江續是我們寢室最出名的撲克臉，連他都笑了，可見妳真的是搞笑藝人。」林明宇大笑著拍了拍林西的肩。

林西氣鼓鼓瞪他，心想，等你剃了光頭，你看我會不會饒你一隻腿。

一直沒說話的江續清了清嗓，敲了敲林明宇的碟子：「吃飯少說話。」

林西看了在場的人一眼，最後不屑地睨著林明宇，「呵呵，既然你不仁，別怪我不義。你的故事我也知道不少，要說嗎？」

林明宇的女朋友一聽有爆料，立刻來了興致：「說！說！」

「……」

後來糗了林明宇一個晚上，林西吃完飯心情大好。

飯後，林明宇和女朋友去散步，剩下江續和林西，大眼瞪小眼。

九月入秋，但天氣仍舊炎熱。夜風帶著溫柔的溫度，吹拂著青春氣息盎然的校園。月近滿盈，掛在幕空之中，瑩白皎潔，為江續的側臉鍍上一圈淡淡光暈。

「回宿舍？」江續微微低頭，低沉的聲音好像大提琴音起，醇厚卻能沁入心魂。

林西「嗯」了一聲，有些恍惚。

並肩走在學校的綠蔭小路上，來往的情侶只顧著你儂我儂，倒是沒人注意到林西和江續。

林西怕和他再有什麼緋聞，下意識往旁邊走了一步，和他保持著距離。

江續沒察覺到林西的小動作，他走得不快，腳下始終遷就著林西的步伐。

兩人就這麼走著，一句話都不說，林西也覺得有些尷尬。

雖說因為以前的經歷對江續沒有什麼旖旎幻想，但是這麼幹也不太行啊。

「你平時都這麼悶嗎？」想到江續也是到三十歲沒結婚，和戀愛絕緣，完全一副工作魔鬼的樣子，林西也忍不住好奇了起來。

江續慢慢走著，口吻尋常：「並不。」

「那你為什麼老是不說話？多尷尬。」

「不喜歡沒話找話。」

「……」攤上這麼個話題終結者，林西能怎麼辦呢？

和江續一起，絕對是一種煎熬。好不容易熬到女生宿舍，林西像兔子一樣，高興的就要蹦回寢室。

「早上多謝你了，改天我請你吃飯。那我先走了啊！」

「喂。」江續突然叫住她。

林西停步回頭：「還有什麼事嗎？」

江續表情平靜：「不用請吃飯。」

「嗯？」

「換成洗球衣。」

看著江續瀟灑離開的背影，林西仍在消化著江續說的話。

Excuse me？他到底懂不懂什麼叫客套話？

第三章 別裝了，老*Gay*

學校正式開學，大一的新生在烈日下如火如荼的軍訓。隨著新生的來襲，學校的各種社團、學生會招生也跟著開始了。

翻遍了行李箱，終於找到老媽買的那件粉紅色的網球裙裝。

以前的林西不會化妝，不愛打扮，穿衣服的風格屬於男女不分的那一種，再加上一頭亂糟糟的自然捲，丟進人堆都找不到。

這次返校，林西雖然剪了個耳上的短髮，但是勝在露出了小巧的瓜子臉。滿臉膠原蛋白，配上圓圓的大眼睛，秀挺的鼻子，粉嘟嘟的小嘴，少女感滿滿。

網球裝運動款，青春活力，粉紅色的短裙下，是又長又細的嫩白雙腿。

最愛粉紅色的圈圈一臉驚豔地讚嘆：「西子，妳穿粉紅色真好看，妳這麼瘦，怎麼老是穿那麼寬鬆的衣服啊？」

莉莉從讀書的百忙之中抽空看了一眼，點頭，「是挺好看的，有會可約嗎？」

「我的媽呀！」付小方一臉我家有女初長成的欣慰表情，「妳終於放棄那些不分前後的袍子啦！」

林西動了動肩膀，轉身拿了飲水機上的手機，「我去參加徵選了，祝我好運。」

「妳說啦啦隊啊？」莉莉問。

林西一個響指：「BINGO。」

圈圈回頭對林西說：「我記得，我們的校花蘇悅雯，就是啦啦隊的。」

「聽說她從小學芭蕾，專業的。」莉莉推了推眼鏡，也加入話題。

「啦啦隊？」付小方狐疑地看向林西，「妳想去追籃球隊的啊？」

林西聽她這麼問，有些詫異，「為什麼這麼說？」

「我們學校的老傳統啊，參加啦啦隊，都是為了去籃球隊找男朋友。」

「是嘛？」林西一拍大腿，「那真是太適合我了！又能補學分又能找男朋友。」

付小方不屑地睨了林西一眼，一邊塞著洋芋片，一邊說道：「世上沒有免費的午餐。那兩分可難混了。據上屆學姐說，啦啦隊的老師下手心狠手辣，通常都是大一新生去，妳都大二了這老胳膊老腿的，行不行啊？」

林西撇嘴，「姐學了十年舞蹈，底子還在呢，放心。」

林西這句信誓旦旦的「放心」很快就被打臉了。她是學了十年沒錯，只是四歲跳到十四歲的這十年，已經離她遠去了。

徵選第一關，又是比一字馬又是下腰。林西本來要走，老師卻單獨叫住了她。

老師雙手環胸看著林西，認真問道：「妳真的想進啦啦隊嗎？」

林西想著那兩分，咬咬牙說：「是的！我從小就喜歡跳舞。」

那個儀態美麗的舞蹈老師，繞著林西走了一圈，最後拍了拍林西的背，「挺直。」

林西趕緊挺直了後背。

「身高挺標準，身材也苗條，條件倒是適合。」

老師就以這話開始，對林西進行了殘忍的、非人的折磨。一下子抓著她的衣服，踢了她的腿一腳，就要她下腰；一下子坐在她的背上以全部體重強壓，讓她一字馬……

身體的疼痛終於讓林西忍無可忍，下一秒，體育館裡響徹著她的哀嚎聲。

「老師！我不知廉恥想走捷徑補學分，是我的錯，妳就讓我自生自滅，放我回去好好讀書，彌補我的過錯吧……」

等林西被釋放，走出體育館的時候，她覺得手腳彷彿不是自己的了。

灰頭土臉地往寢室的方向走，剛走出兩步，就遇到一身球衣的林明宇，以及校隊的眾人，這其中自然也包括了校隊的隊長——江續。

關於C大校隊的傳說，林西聽說過一些。

C大的校隊在整個大學城還算有名，一方面是C大籃球隊實力很強，另一方面，是C大籃球隊有幾個帥哥，被人們稱為球隊「F4」。

江續還算名副其實吧，但是林西聽說，林明宇也被列為「F4」之一。連這樣的老鼠屎也能算進去，可見這球隊可能真的沒有長得像人的。

因此，上一世，林西一場球賽都沒有去圍觀過。

見林明宇一行人正走過來，林西趕緊低下頭，想假裝不認識就這麼過去，誰知林明宇眼疾手快，林西還沒走過去呢，已經一把將她捉住。

林明宇的舉動，讓正在嬉鬧著的校隊眾人都不明所以地看向他和林西。

林明宇沒理會旁人的眼光，只是低頭打量著林西，從頭到腳，又從腳到頭，最後一臉嫌棄地問她：「妳怎麼穿成這樣？」

林明宇這話一出，旁邊一堆籃球隊的大漢對林西的著裝投以視線，這讓林西十分不自在，也顧不上看球隊裡是不是有帥哥了。她尷尬地扯了扯超短的網球裙，訥訥地說：「想改風格，不行嗎？」

林明宇皺了皺眉，見隊裡那些臭男生都盯著林西的腿看，故意往前一擋，不耐煩地教訓著林西：「妳穿什麼東西，怎麼這麼短？內褲外穿嗎？」

「……」穿個短裙怎麼就成內褲外穿了？又不是超人！

身後探究的目光越來越多，林明宇對林西揮揮手，趕她走，「趕緊回去換衣服，我看妳是欠嬸嬸揍了。」

林西小聲吐槽：「這就是她買的好嘛！」

「還不走？」

「走走走！」林西如獲大赦，趕緊開溜，頭都不敢回了。

林西走遠，籃球隊的男生們才算活躍了起來。

一行人嘻嘻哈哈向體育館走去，一路不忘打趣林明宇。

以前的林西在學校裡沒什麼名氣，懵懵懂懂就把大一混過去了。這時冷不防打扮打扮，還挺亮眼，讓籃球隊那夥荷爾蒙爆表的小夥子忍不住激動。

幾個單身大漢立刻圍住林明宇，左右開弓：「林明宇，妳妹有男朋友了嗎？」

林明宇懶得和他們說，快步往體育館的籃球場走。剛走沒幾步，又被隊裡那群飢渴的漢子攔住了，「到底有沒有嘛？」

「就是啊，藏著掖著不夠意思啊！我們隊裡這麼多單身漢，每天無聊得都快發霉了，給個電話嘛！」

「滾蛋！」林明宇皺眉嫌棄：「就你們這樣的，當我妹夫，我才看不上。」

眾人進了籃球場，隨意地把包一丟，運著球就要上場了。

林明宇撇開簇擁的幾個人，一把撈上一旁一直沒說話的江續的脖子，認真說：「等你們有人家江續這種配置，再來要電話，OK？」

林明宇此話一出，眾人立刻起鬨：「江隊，你瞅瞅林明宇，他天天想著讓你喊他哥！」

林明宇見大家開始胡說八道，趕緊嬉皮笑臉解釋：「我發誓我沒這個心思！」說完，又湊近江續問道：「不過說起來，你覺得林西怎麼樣？你要是看得上，以後我就算是你大舅子了，當然，你也可以直接叫我『哥』……」

不等林明宇說完，江續已經用籃球頂開林明宇越湊越近的臉。

還是一貫古井無波的眼神，簡潔說道：「練球。」

江續熟練地運了下球，籃球撞擊地面發出「砰砰」兩聲。半晌，他漠然睨了眾人一眼，冷冷說道：「既然你們覺得無聊得很，今天練五個小時吧。」

「噢——」眾人一陣哀嚎，訓練都能累死，再也沒有心思糾纏林明宇了……

下午五點多，林西碰巧列印完，看吃飯時間到了，打算買個飯回寢室吃。

剛走到窗口，身後突然浩浩蕩蕩來了一群身高顯眼的大漢。

正是下午碰到的那一群。

其實仔細看看，校隊裡也有幾個長得不錯的，但是不知是不是林明宇的關係，她看哪一個都覺得煩。

林明宇剛談戀愛，這個時間都是要到女朋友那裡報到的，這時少了他，也沒人幫林西擋了。

「林妹妹，來吃飯呢？」校隊裡一個長得有點像大猩猩的壯漢，就這麼幫林西取了個外號，惹得林西直皺眉。

「我先看看。」林西不想和他們站在一起，只好讓他們先打飯。

林西站在一旁等候，身後突然傳來一道低低的聲音，帶著幾分清冽。

「不吃飯？」

林西被嚇了一跳，一回頭，江續放大的臉出現在眼前，林西又受到了一次驚嚇。

應該是在體育館的洗浴室洗過了，身上帶著淡淡的沐浴乳香味，江續頭髮還有些濕，垂在頭上，看起來有幾分可愛，少了平時拒人於千里之外的冷漠感。

林西往後退了一步，尷尬地讓出位置給江續，「你先你先。」

江續看了她一眼，淡淡道：「多吃點飯。」

「什麼？」林西有些窘迫地看著周圍的人，小聲道：「謝謝關心。」

江續手上一拋，一個包砸到林西臉上，林西下意識接住。

「吃飽了才有力氣幹活。」

林西一臉詫異，低頭就看見包裡赫然是江續剛打球穿過的——臭汗球衣。

呵呵，這人還真是不客氣啊！

鬱悶地拎著江續的球衣回了寢室，室友們都去吃飯了，趁四下無人，林西趕緊把江續的球衣倒進臉盆裡，準備開始搓洗。

還沒洗呢，只聽「喀擦」一聲，寢室的門被推開了。她趕緊回頭一看，是付小方回來了。

「洗衣服吶？」付小方一步一步走到陽臺，放下了剛裝好水的水壺。她走到林西身邊，正準備和林西說話，突然看到林西盆裡那件可疑的球衣，立刻來了興致，八卦地湊了過來，「妳不是去徵選嗎？這麼快就找到男朋友啦？」

林西有些尷尬，連忙否認：「哪能啊，我根本沒選上。」

為掩飾自己的心虛，她低頭使勁搓了起來，邊搓邊說：「是林明宇的，他這個賤人，自己的球衣不洗，就丟給我了。」

大力搓完領口，林西習慣地把球衣往上一撈。

原本被泡在水裡堆成一團的球衣瞬間被展開。

白色無袖球衣，背面印著主人的號碼，以及名字的拚音。

——23，JIANG XU

林西在撒謊之前，完全沒想到江續的球衣是校隊訂做的。不僅有號碼，還有名字拚音。作為一個不擅長撒謊的人，林西不由在心裡感嘆了一把，自己如同狗屎一樣的運氣。

林西咽了口口水，回過頭來，對付小方誠懇一笑：「小方，妳聽我解釋。」

付小方：「……」

林西見付小方還沒憤怒，趕緊解釋：「上次他幫我搬行李，我說請他吃飯，他說不吃飯，就讓我幫他洗球衣。」

付小方鄙視地瞪了林西一眼，「妳還能再扯一點嗎？這麼貼身的東西，他會因為這點事就讓妳洗？」

「那妳說他是為什麼？」林西改了方向，放下球衣，認真思索起來，「難道是因為喜歡我？」

這話一出，付小方更憤怒了。她指著林西的鼻尖，氣急敗壞地說：「妳妳妳……妳想得美！」

林西計謀得逞，笑嘻嘻聳聳肩，說道：「所以啊，他只是想奴役我而已。」

「哼。」付小方一把推開了林西，手直接進了水盆，「我來洗！妳走開！」

有人願意代勞，林西樂得清閒，哼著歌去看電視劇了。

寢室裡有江粉，簡直完美，嘿嘿。

學校藝術節的活動如火如荼的開始了。去年，林西所在的系練了半個月的節目被刷了，在藝術節上打了光蛋。今年系主任下了死命令，無論如何要選上一個節目。為了能保證上表演，系裡決定讓每個班都準備一個，先讓系裡篩選。

班導考慮再三，決定讓人緣好號召力很強的韓森，和有點舞蹈背景的林西共同負責。兩個人也算是冤家路窄。

韓森請來了跳街舞的朋友，為他們班編了一支很酷炫的舞蹈，兩人每天忙著安排男生女生們排練，倒是一直相安無事。

週末，韓森喊林西一起去採購表演時要穿的衣服。大概是對林西有點害怕，韓森也叫來了教舞的朋友一起。韓森和林西從頭到尾意見都無法統一，最後是店家選的款式。林西懶得和韓森吵，拿了衣服就進去試了。

班費購買，自然是買不了什麼大品牌。店不大，一共兩個對門的試衣間，沒有門板，用簾子隔一隔。

林西衣服穿到一半，身後的試衣間門簾突然被「唰」一聲拉開了。

林西第一秒有點混沌，動作一滯，回頭看見韓森瞪得如同銅鈴一般的大眼睛，才意識到發生了什麼事。

「我靠──」韓森的臉瞬間脹得通紅，「妳他媽怎麼回事，男女不分嗎！」

見來人是韓森，林西沒有感到一點不自在，臉不紅心不跳的默默穿好了衣服。

走出試衣間看了一眼，才發現這家店雖然只有兩個試衣間，但是確實分了男女，進門的時候上面有貼，只是林西衝進來的時候沒注意。

「不好意思。」林西拿上自己的衣服要走：「我走錯了。」

「妳給我站住。」

林西停住腳步，扯了扯身上的T恤，有幾分不耐煩，「又怎麼了？」

韓森被她的態度激得嘴角直抽，他插著腰蹀來蹀去。最後終於忍無可忍，居高臨下指著她道：「我說林西，妳給我說清楚，妳最近是什麼意思？」

林西有些莫名其妙，抬起頭反問：「什麼什麼意思？」

韓森見她理直氣壯的，更加生氣了：「妳老是在我面前露胸露背的，妳是有暴露癖還是他媽的喜歡老子？妳是不是故意想勾引老子？」

林西覺得荒謬極了，無奈地問：「我瘋了嗎？」

「那妳為什麼老是這樣！」

「不就是肉體嗎？有什麼好在意的？」林西心想，韓森一個老 Gay，不是該無所畏懼嗎？

韓森被林西的不以為然氣瘋了，他原地轉了好幾個圈，最後大聲吼道：「我告訴妳林西，我是男的，妳是女的，男女有別，妳懂嗎！」

「……噢。」

「老子才二十歲，看到女人的身體，也會……媽的，我靠！」韓森說著說著，髒話就停不下來了。

林西看他那麼激烈的反應，突然想起來，有些 Gay 對女人的身體會有生理厭惡，韓森大概就是這一類。

想想這事確實是她不對，誠懇說道：「好吧，對不起，我不該用我骯髒的肉體，污染你的眼睛，褻瀆你的信仰。」

雖然林西真誠道歉，但是韓森似乎不是很滿意的樣子。

狠狠瞪了她一眼，最後凶巴巴地啐了一句：「靠！」

韓森和林西負責的舞蹈節目得了系裡老師的青睞，之後也順利通過學校的選拔，在藝術節匯演裡亮眼登臺。

雖然兩人的配合還算有默契，但是這種默契主要來自「能傳簡訊不打電話，能打電話不當面溝通」的原則。

林西也搞不清楚是哪裡得罪了韓森，反正他之後都對她挺排斥的。

上一世好好的少女情懷被這老 Gay 毀了，現在這老 Gay 有什麼想法，林西也不在意就是了。

時間過得很快，進入九月下旬，臨近運動會，各院系開始籃球友誼賽。

林西所在的系被抽到和江續所在的系打比賽，這可讓系裡的眾多女生激動壞了。比賽之前，系裡好多女生還去訂做了橫幅什麼的，非常用心，只是清一色都是幫江續加油的。

友誼賽當天，林西被付小方拉著一起去了體育館，心不甘情不願地坐上了觀眾席。

看著身邊的同學同窗倒戈，一門心思只等著江續出場，林西真的很心痛。

「妳說她們是人嗎？怎麼能這樣？不幫自己系加油，都幫敵人加油去了！」林西想想就有些義憤填膺，「我們不能這樣。」

付小方把自己的手從林西的臂彎裡抽了出來，不在乎地說：「我們系籃球隊一貫垃圾，沒幾個會打的，只有韓森一個人勉強可以對抗，完全沒有幫他們加油的必要啊！」

說著，從書包裡拿出一面小旗子，旗子上赫然寫著江續的名字。

眼看著付小方也加入倒戈的隊伍，林西忍不住對她翻了白眼：「叛徒。」

雖然群情激動，但是比賽都打了半場了，江續還沒來。

中場休息，很多人見江續不來，都退場了。付小方也非常失望，但礙於是自己系裡的比賽，不好走，只好趁著中場休息去蹲大號。

付小方不在，林西只能一個人坐在那玩手機。

大家都在往外走的時候，林明宇急匆匆進了體育館，林西正準備假裝看不見，結果他已經看見林西，並且大喇喇走過來了。

「妳也來看球了？」林明宇一屁股坐在林西身旁，「妳不是對球類運動不感興趣嗎？」

林西無語地看著他：「今天是我們系和別人的友誼賽。」

「啊？原來今天江續是要跟你們打啊？」林明宇再看身後清一色都是江續的支持者，嘖嘖搖頭：「怪不得。」

「怪不得什麼？」

林明宇低頭一笑：「江續下午還有彙報會，本來可以換時間，他沒要求換，說只打半場就夠了。」他看了眼時間：「應該還要十幾分鐘才能來，所以讓我送球衣和球鞋給他。」

「靠。」林西一聽江續這麼不把他們系放在眼裡，默默有點受辱的感覺了：「他也太瞧不起人了。」

林明宇粗魯地揉了揉林西的頭髮：「你們系一貫差，別說江續了，我都能單手虐。」

「切，校隊了不起。」

「哈哈，本來就了不起啊！」

林明宇正得意著，電話突然響了起來。見他換上一副標準的奴才相，林西就知道是女朋友的電話來了。

林明宇一邊打著電話一邊要往外走，「再見」都沒說一聲，林西也是服了。

他剛走出兩步，突然折了回來，把肩上的單肩包「啪」一聲扔林西身上。

林西一臉茫然看著他：「幹什麼啊？」

林明宇邊走邊回頭囑咐：「我先走了，幫我包給他啊。」

「喂！林明宇！喂！」

任憑林西在他背後喊著，他始終充耳不聞，沒多久就從林西視線裡消失了。

抱著裝著江續球衣球鞋的包，林西覺得簡直如同一個炸彈。如果等一下江續來了，他們該怎麼「交易」？

糾結了幾分鐘，她正想著要不要偷偷出去毀屍滅跡，身邊的位子已經坐了人。

——江續。

林西真的不得不再次感嘆自己的壞運氣。

江續剛從彙報會過來，身上還穿著正裝，白襯衫釦子都扣上了，配上一條深藍色領帶，讓人覺得多了幾分禁欲高冷之感。從江續坐在林西身邊開始，幾乎所有人的視線都轉到他們身上。林西簡直如芒刺在背。

江續來得有些趕，頭髮稍微凌亂，他隨手往後一捋，露出了好看的額頭和濃密的眉毛。正裝有些憋，他修長的手指輕輕一扯，把領帶扯開來。整個動作一氣呵成，明明沒做什麼，卻讓人覺得充滿了勾引的意味。

這禍害，就會用美色勾人，妖妃妲己似的。

周圍看向他們的人越來越多，林西只能捏緊他的包。

「你早來兩分鐘會死嗎？林明宇剛走！」

「有差別嗎？」

「差別就是你從我手裡拿包，還是從林明宇手裡拿！」

江續微微側頭看向她，嘴唇輕輕一勾，笑了笑，眼眸中彷彿有星光，璀璨得林西有些恍惚。

「對我來說沒差別。」江續說。

林西不自然地撇開頭，沉默兩秒，實在受不了被人盯著，林西趕緊把包丟到他身上：「你的，趕緊拿走吧，別一直坐在我這。」

江續接住那個單肩包，隨手放在一旁。他放鬆地坐著，雙肘撐在大腿上，手上不緊不慢地解開襯衫最上面的兩顆鈕釦，露出他線條分明的脖頸和凸起的喉結。

他微微側頭，眼神一冽：「我坐這怎麼了？」

林西白眼：「你坐了付小方的位子。」

江續淡淡一笑：「她來了我就走。」

「你……你沒看別人一直盯著我們嗎？」

「我在哪都被人盯，習慣了。」

「……」林西懶得和他糾結下去，他這人最擅長故意裝不懂，和他打字眼仗，打不贏的。

林西看了看場上的比分，兩隊咬得很緊，韓森表現相當不錯，林西他們系隊還稍微高了幾分。

再看看對手隊裡的骨幹——江續，姍姍來遲的，林西忍不住吐槽：「拿了東西就趕緊走吧。球都打一半了才來，真的不知道你是來幹什麼的？」

江續看了看時間，不慌不忙地起身，隨手勾起裝著他的球衣球鞋的包，自然地揹到自己肩上。

半晌，他淡淡回答：「贏球。」

第四章　脫單計畫

付小方回來的時候，正趕上江續換好球衣上場。她一見江續來了，瞬間從提不起勁的死狗變成了喜出望外的猴子。

「天吶，江續什麼時候來的？」付小方一屁股坐下，趕緊拿出自己的小旗子激動地揮舞起來。

林西無語，鄙視地瞥了她一眼說道：「剛剛來的，還坐一下妳這個位子。」

「啊——真的假的？」付小方剛準備興奮，突然發現其中的不對勁，「他為什麼會坐過來？找妳的？」

「找他的球衣球鞋。」林西無可奈何地說：「剛林明宇過來，把江續的球衣球鞋給我。」

付小方環顧四周，看大家一直投來探究眼神，了悟地點了點頭，「難怪大家一直看我們這一區」，她有點害羞地摸了摸頭髮，「我還以為是我今天這件裙子特別好看。」

林西忍不住搖頭，「沒人戀妳，妳倒是可以自戀。」

付小方不理她，自顧自感慨道：「不過，是林明宇的妹妹真好，近水樓臺接近江續的機會啊！」

林西對這個「機會」深惡痛絕，「我不稀罕，謝謝。」

「妳真是身在福中不知福啊……」

說完，她輕輕摸了摸自己的座位，用十分虔誠的表情說：「這可是江續坐過的，還有江續的餘溫，我何德何能……」

對於她這種腦殘的舉動，林西選擇無視。

下半場比賽正式開始，兩邊隊伍站在中線位置，一聲哨響，江續已經拿到了開球先機，和隊友默契配合，沒幾下就到了籃下，輕鬆上籃，兩分。

看臺上的少女們見江續上來就得分，高呼著江續的名字。

江續他們隊明顯士氣高了很多，反觀韓森和隊友，雖然還是跟著球跑著，臉上卻不自覺帶了幾分沮喪。

見沒幾個人幫自己系加油，林西完全放下對韓森的「私仇」，激動地從座位上跳了起來，扯著嗓門大喊著：「韓森！加油！」說完還覺得不夠，又大聲說了一句：「本場最佳球員就是你了！加油啊！」

見林西這麼喊著，付小方忍不住把她捉了回來，「亂喊什麼，這不是讓韓森難堪嗎？」

「我怎麼讓韓森難堪了？」

「有江續在，韓森怎麼可能是最佳球員？」

「憑什麼不可能？」林西撇嘴，「上半場韓森得分最多，下半場再一加，江續只打半場，很難超過韓森好嘛！」

付小方對於林西的論調不屑一顧，「有江續在，韓森離最佳差得不只一點！」說完還是不滿林西貶低自家男神，皺著眉頭問她：「妳不是不喜歡韓森了嗎？怎麼又開始站他了？」

「這是全系榮譽的問題，都什麼時候了，還在說兒女私情。」

林西義正辭嚴地說完，往球場上看了一眼，正看到江續沉著臉跑過。就是那麼巧，林西看江續時，他也正好抬頭看向她這一邊，遠遠的一眼，看似不動聲色，實則意味深長，嚇得林西趕緊撇開視線。

再搜尋韓森這邊，他的臉脹得通紅，似乎很不爽的樣子。

林西趕緊再接再厲，又喊了幾句：「韓森！加油！韓森！最棒！」

韓森正運著球，聽到林西這麼喊，下意識抬頭。一個失誤，居然把球傳到江續手裡了。江續毫不客氣，直接一個三分投進了……

穿著黑色隊服的韓森臉色紅紅抹了把汗。在一片加油的嘈雜聲中，只聽韓森怒號了一聲：「林西！妳給老子閉嘴！」

韓森這一聲大吼，讓現場很多人的目光，都朝林西投了過來，連正在幫江續加油的付小方也被韓森這一聲嚇到了。

「靠，韓森瘋了吧，妳好好幫他加油他還這樣。」付小方一臉詫異地回過頭來問她：「妳是怎麼得罪韓森的？」

林西看了黑著臉跑回隊友身邊的韓森一眼，無奈地嘆了一口氣。

「唉，這事，一言難盡啊……」

這場友誼賽因為江續的上場，比分差距越來越大，作為得分後衛的江續，幾乎沒怎麼用全力，就把韓森的隊伍打得無力招架。

江續只打了半場，卻是全場得分最多的球員。

比賽結束後，付小方還想繼續圍觀江續。林西不屑去，直接走了。

系隊的球員，有的已經從球場出來，林西想想都是同學，特別擠過去想要安慰幾句。

韓森還是那身黑色球衣，滿身都是汗，面頰因為運動變得通紅。

林西一來，系裡別的同學都自動讓開，林西跟著韓森的腳步走著，試圖安慰他：「一場球沒什麼了不起，輸就輸了，又不是NBA。」

韓森一聽到「輸」字，就皺起了眉頭，他俯視著林西，沒好氣地問她：「妳是不是故意干擾老子？」

林西驚呆了，「我幫你加油怎麼是干擾呢？」

「因為我聽見妳的聲音，就覺得很生氣。」

「……」

韓森這個老Gay，把林西氣得不要不要的。她瞪了他一眼，直接往反方向走了。

一邊走一邊罵，像韓森這種不識好歹的人真的沒什麼好說的。他打球的樣子才是醜斃了，穿個黑球衣跟個黑猩猩似的，林西覺得簡直在觀賞動物星球頻道好嗎。

林西想回頭去找付小方，沒走多遠，突然發現前胸有些晃蕩，手一摸，原來是內衣的肩帶掉了。

想著這麼走下去有些不雅，見走廊都沒人，林西隨便推開手邊的一間練功房。

天色漸暗，練功房的窗簾都拉上了，沒人能看見。

林西背靠著門，剛要掀衣服，黑漆漆的練功房裡，突然幽幽傳來一個低沉的男聲。

「妳要脫衣服之前，都不看看旁邊有沒有人嗎？」輕描淡寫的一句話，在只能看見淺淺廓影的黑暗環境裡，顯得格外突兀。

「啊——變態——」林西被嚇得一頓亂叫，趕緊抓緊衣服想要逃走。

「喂。」

「變態啊啊啊！」

「啰嗟」練功房的燈被人打開，突然的亮光刺得林西下意識閉上了眼睛。再睜眼，明亮的練功房裡，只餘一個熟悉的人影。

高高的個子，微濕的頭髮，健康的小麥色皮膚，無袖的球衣下是隱隱可見的精瘦肌肉。微微蹙眉，就那麼揹著包拎著雙鞋，一步一步向她走來。

「江續？」林西詫異地看著他，「你怎麼在這？」

江續挑眉，沒有正面回答，而是反問她：「妳呢？」

林西清了清嗓，有些尷尬地說：「衣服的釦子鬆了。」

江續低眉，打量林西一眼：「噢。」

「那我先走了。」林西用力夾緊雙臂，生怕內衣帶子掉了，會帶來什麼不必要的尷尬。

林西剛要出去，就聽見門口一陣輕盈的腳步聲，隨後又是一陣輕快的腳步聲。

「蘇悅雯。」一個充滿活力的男聲響起，把林西嚇了回來。

「外面有人。」林西警惕地看了江續一眼，小聲說：「我們千萬不能一起出去，不然別人會以為我們在這裡頭幹了什麼。」

江續順著她的話反問：「我們幹了什麼？」

林西一副看透世事的模樣，「你不懂，人言可畏。」

林西壓低聲音，小心聽著門口的動靜。

蘇悅雯是南方人，聲音軟甜溫柔：「你找我有什麼事嗎？」

「妳來練習嗎？」男生的聲音有些羞澀。

「嗯。」

「我有點話想和妳說。」

蘇悅雯的態度不熱情也不疏離：「你說。」

「能進去說嗎？」男生有點不好意思，「走廊裡不好說。」

蘇悅雯沉思了一下，最後說：「那好吧。」

聽到兩人要進來，把林西嚇傻了。她本能地躲到窗簾後面。自己鑽進去以後，突然想起江續也在，萬一江續暴露了自己，那多麻煩。

也不管江續是不是反對，林西直接一把將他也拉進窗簾後面。

兩人躲藏的這個練功房，是啦啦隊的練功房，這個窗簾的背後並不是窗戶，而是讓女生們看儀態的一整面的鏡子。一根練功的扶杆，圈出一個讓人可以藏身其中的小範圍。一個人站還勉強，有江續這麼個大高個擠著，兩人幾乎要抱在一起。

林西本來是想把臉扭向內，結果一面鏡子卡在那，比對著江續還尷尬。

「這是幹什麼？」江續站得筆直，一臉正氣凜然。

「噓——」林西小聲說：「被發現了，解釋不清。」

「向誰解釋？」

兩人縮在窗簾背後，站得很近，江續個子高，林西的視線只能看到江續胸口的球衣號碼。再往上，是江續看起來十分誘人的鎖骨和凸起的喉結，時時散發著男性荷爾蒙。

林西面上一紅，尷尬地看向旁邊，訥訥說著：「我還要交男朋友呢，不想有亂七八糟的緋聞。」

江續微微低頭看著林西，眸子黑白分明，睫毛長如羽扇，什麼都沒說，氣勢卻很震懾人。

「嘎吱——」門被外面推開了，腳步聲越來越近，應該是蘇悅雯和那個男生一起進來了。

林西從小到大從來沒有做過這麼偷偷摸摸的事，動都不敢動，被窗簾擋著的半邊身子有些發麻，後背像被人放了一塊冰，冷颼颼的。

想想真的搞不懂她在怕什麼，但是這時躲都躲了，只能緊張地握著拳頭，聽那個男生告白。

「蘇悅雯，我喜歡妳很久了。」男生開朗地笑了笑：「其實我去年就想和妳說，沒膽子。今年好不容易鼓起勇氣……」

「……」

那個男生不知道是不是中文系的，好好一個表白，被他越講越長，林西在窗簾裡面憋到快窒息，缺氧讓她腦子有些暈。

她腳下虛浮，身體也跟著晃了兩下。見她要倒的樣子，一隻有力的手臂將她往前面一拉。

林西撞進江續懷裡。

林西長這麼大，第一次和男生靠得這麼近，她想推開，又怕驚動窗簾外的兩人，不敢動。

林西的臉貼著江續的胸膛，想換換方向，但是挪哪都不對。這破身高差，靠在哪都尷尬，最後只能移到江續的胳肢窩處。

為緩解這可怕的尷尬氣氛，林西動了動嘴唇，用如蚊蚋的聲音虛問了一句：「你有沒有狐臭啊？」

這一句話問完，氣氛更尷尬了。

林西正想著會不會被江續打的時候，江續緩緩低下頭，定定看向她，眸光深沉。

他沒有說話，直接將林西的臉從胳肢窩移到了前胸。

一股熱氣呼在林西的頭頂，一瞬間，好像全身的血液都移到了臉上，林西覺得全世界的喧囂都停止了。

耳邊只有江續沉穩的心跳。

江續的聲音很低，音量剛好是林西可以聽見的程度。

他說：「那就靠在這。」

和江續靠得這麼近，林西覺得自己簡直像一塊持續發熱的電熱毯，好幾次她都想後退，但是空間太小，退不出江續的懷抱。

她想，蘇悅雯和那男的再不走，江續可能會因為大面積燙傷而進醫院了。

很久很久，那男的終於如願以償的被蘇悅雯拒絕了，黯然地離開了練功房。

林西輕舒了一口氣，正想著只要熬到蘇悅雯走就可以出來了，就聽見外面的蘇悅雯雲淡風輕的聲音。

「出來吧。」

林西猶豫了幾十秒，最後還是硬著頭皮從窗簾後面走了出來。

藍色的窗簾讓光線明亮的練功房偏於冷色，木地板是方便學生練習用的，踏上去有嘎吱的聲音，林西走貓步一樣移動，生怕製造什麼噪音。

直直站立的蘇悅雯梳著清純的丸子頭，身上穿著白色的修身練舞裙裝，勾勒出曲線優美的脖頸和姣好的少女曲線。

她的表情有些高傲，讓林西的頭不覺垂了幾分。

在蘇悅雯探究的眼神中，林西假裝路過一樣扯了扯窗簾，乾笑兩聲說：「這窗簾還不錯，真的很厚。」

見蘇悅雯目不轉睛地盯著她，林西立刻繳械投降，很誠懇地看著蘇悅雯說：「我發誓，我真的只是路過的。」

林西無辜地看著蘇悅雯，蘇悅雯抿了抿唇，沒有對她的說辭表達任何意見，只是意味深長地看著她，和跟在她身後，若無其事走出來的江續。

練功房的門緊閉，此刻三個人這麼對峙著，林西覺得空氣彷彿凝滯了，連呼吸都不敢大聲。

江續背靠著牆，心不在焉，不知道在想什麼，也不說話。林西一見指望不上他，只能咽了口口水，厚著臉皮打破令人窒息的尷尬，訕笑道：「沒什麼事的話……我就先走了啊。」

說完，她小心翼翼打量著另外兩個人。見蘇悅雯和江續都沒有秋後算帳的意思，林西趕緊拔腿狂奔逃出了練功房。

重獲自由空氣，扶著牆大口喘息。

「媽喲，我到底在腿軟什麼啊？」林西忍不住自我吐槽。

林西走後，練功房裡只剩下江續和蘇悅雯。

蘇悅雯雙手環胸，始終不卑不亢地盯著江續。沒有說什麼，也沒有問什麼。

江續閒適地背靠著牆，視線瞥向門口，手指輕輕在練功房的扶手上打著圈，始終心不在焉的樣子。

片刻，江續動了動唇，「沒什麼事的話，我也走了。」

蘇悅雯見江續要走，柔柔弱弱地開口叫住他：「我叫你來，是有話和你說。」

江續停住腳步，卻沒有回頭：「還要說嗎？」

蘇悅雯忍不住皺眉，「什麼意思？」

江續沉默兩秒，最後說道：「妳對那個人說的話，就是我要說的話。」

林西找了個廁所扣好肩帶，心想今天真是一根肩帶引發的血案。

天色漸漸晚下去，被蘇悅雯這邊一耽誤，林西才想起自己連晚飯都沒吃，本來要回宿舍，臨時又改了道去學生餐廳。

剛走出去沒多遠，林西的肩膀被人重重一拍。

一回頭，又是江續。

腦海中一閃而過的，是兩人擠在窗簾後的情景，林西忍不住臉紅。她發誓，真的對江續沒有非分之想，有了上一世的教訓，她死也不會再和江續傳什麼緋聞，這時她純粹是因為尷尬。

「又怎麼了？」

江續：「去吃飯？」

「嗯。」

「一起？」

「不用不用！」這次林西絕對是真心的，「我還是一個人吧。」

被林西拒絕，江續也沒什麼表情，無所謂聳了聳肩，又說道：「等一下找妳。」

林西一臉狐疑看向他，「你找我幹什麼？」

「拿我的球衣。」

經他這麼提醒，林西才想起被他奴役的事。再想想和這傢伙有交集以來，真是事事不順，沒好氣地回答：「扔了。」

江續見林西耍起小脾氣，垂眸看向她，「不高興洗衣服？」

「我是你的奴隸嗎？哪能隨便讓女生洗衣服？你想想我寢室的人會怎麼想？有毛病啊？」

江續思索了一下，摸著下巴道：「也是，不能讓妳隨便洗。」

江續低頭找了一下，從包裡翻出一個醜得媽都認不出的小熊玩偶，就那麼酷酷地丟到林西懷裡：「報酬。」

「這是什麼啊？」

「我走了。」乾淨俐落的三個字，留給林西一個毫不留戀的背影。離開的動作簡直不要太瀟灑，完全沒有想過林西到底想不要這麼個醜東西。

江續已經走遠，抱著那個醜得要死的玩偶，林西忍不住豎了個中指。

囫圇吃了頓飯，拖著疲憊的身體回寢室。除了林西，其餘的三隻都在。圈圈在洗澡，莉莉在洗衣服，只有付小方無所事事。見林西回來，沒有關心林西去哪了，怎麼這麼晚才回來，而是一眼盯上她手裡的醜玩偶。

她一臉驚喜地問：「林明宇給妳的？」

林西懶得說了，直接把那個醜玩偶丟給付小方，「妳喜歡就拿去吧。」說完，癱坐在自己的椅子上。

付小方愛不釋手地把玩著那個玩偶，激動地說：「林明宇沒送女朋友居然送給妳了，好哥哥啊。」

「這麼醜的東西，有什麼稀奇的。」林西再看那娃娃一眼，真是越看越醜。

付小方嘖嘖兩聲，鄙視林西，「當然不一樣啦。這娃娃是這次友誼賽的紀念品，只有每場比賽的最佳球員才有。」

「又不值錢，要來幹什麼？」江續跟丟垃圾一樣丟給她，可見多不在乎。

「妳懂什麼，意義不一樣嘛。」付小方抱著娃娃說：「今晚江續應該也有一個，不知道會送給誰。」

林西幽幽看了付小方一眼。心想，妳家江續的娃娃，就在妳手裡了。

怕付小方知道真相會激動得暈過去，林西好心沒有說穿。

付小方還在繼續說著話：「不過江續的，我倒是不希望他送給誰。男神嘛，最好不要屬於誰，永遠都是大家的公共資源，那就最好了。」

「公共廁所也是公共資源。」

「江續到底怎麼惹妳了，妳每天都要詆毀他？」

「行了行了。」歇了一下，看了眼時間，林西抱著自己的洗衣盆出門：「妳繼續意淫，我去洗衣服了。」

「欸，林西，脾氣這麼差，我和妳說話呢，妳怎麼老是這麼不尊重人呢！」

「拜拜！」

林西的寢室在四樓，洗衣房裡人很多，林西等了一陣子才等到一個空位。拿著盆子過去，打開水龍頭才發現，旁邊洗著衣服的女生正是他們的校花——蘇悅雯。這可真是狹路相逢。

「來洗衣服？」蘇悅雯的聲音清清淡淡的，彷彿只是隨口一問。

「欸。」林西有些不自在地回答：「室友在寢室洗，所以我就出來了。」

「嗯。」

想想傍晚在練功房的烏龍事，一股淡淡的尷尬在兩人之間湧起。

林西下意識想要找個理由走人，還沒行動呢，路已經被蘇悅雯堵死了。

「就在這洗吧，別換了。」

林西尷尬地看了她一眼，笑著說：「怎麼會，我沒有想換。」

「嗯。」

話都說出口了，林西只能低頭搓著自己的衣服。嘩嘩的水聲中，林西抬頭偷看了蘇悅雯一眼。

洗完澡，蘇悅雯換下練舞的衣裙，一頭長長的黑色直髮被她綁成很顯氣質的低馬尾，白色T恤，淺藍色的棉質短褲。和很多年後的她相比，雖然精緻的五官變化不大，但是氣質改變很多。成熟以後的蘇悅雯身上多了幾分俗世的親和氣息，而現在的她，氣質上更趨於那種很欠揍的孤傲少女。

洗完一遍，林西正接水漂洗，耳邊突然傳來蘇悅雯秀氣的聲音。

「妳之前想進啦啦隊，是為了江續？」

「呃……」林西瞪大眼睛看著她，「怎麼可能？」

蘇悅雯好看的眸子眨了眨，睫毛長得像兩柄小扇子。對林西的回答，她不置可否，只是繼續問著：「妳哥哥和江續是室友，那妳應該經常和江續見面吧？」

腦中想起蘇悅雯和江續的傳聞，又想起上一世蘇悅雯婚禮，她過來敬酒時說的話。林西可不想無辜成為誰的標靶，趕緊解釋道：「我和他真的不熟。」

「今天傍晚……」

「那真的是個天大的誤會！」林西鬱悶極了：「我真的是路過的。」

見蘇悅雯不信，林西趕緊關掉水龍頭，特別認真地問蘇悅雯：「妳覺得穿著阿瑪尼走在香榭麗舍大道的男人，會喜歡樓下轉角推車上的雞蛋灌餅嗎？這就是江續和我的關係，懂？」

「其實妳不用這樣說自己。」蘇悅雯垂眸，美麗的臉上帶著幾分堅決：「我希望和妳公平競爭。」

「……」

林西一整晚都有點悶悶不樂。

雖然她極盡所能的貶低自己，但是蘇悅雯始終將信將疑的樣子。

抱著床鋪的爬梯，林西一臉鬱悶。

「怎麼才能讓一個女人不把我當情敵？」林西問。

付小方一邊銼著指甲，一邊斜眼瞄著林西，「妳這男不男女不女的模樣，還有人把妳當情敵？誰啊？」

「蘇悅雯。」

付小方手上頓了頓，「蘇悅雯，把妳當情敵？」

林西嘆息：「對啊。」

付小方掰正林西的腦袋，認真問：「妳配嗎？」

「……付小方，我警告妳，妳可以侮辱我的智商，但是不能侮辱我的顏值。」林西正要衝上去和付小方決一死戰，放在床上的手機突然響了起來。

拿起來看了螢幕上的來電顯示一眼，林西撇了撇嘴，接了起來。

『我來拿球衣。』

電話那頭的人惜字如金，引得林西一陣不爽，「憑什麼啊。」

『下樓。』江續頓了頓，聲音低沉而富有磁性，帶著幾分慵懶：『我等妳。』

三個字，勾得林西全身上下起了雞皮疙瘩。

氣呼呼地把某人的球衣從寢室的陽臺上扯了下來，要下樓前，林西突然回過頭問一直摒住呼吸盯著她的室友們。

「他該不會真的對我有意思吧？」

「……」

「我的媽呀。」林西抓著那件球衣，一臉害怕，「看來我必須快點談戀愛了，讓蘇悅雯放心，讓江續——死了這條心。」

寢室三個人終於忍無可忍，異口同聲地對林西吼道：「滾——」

第五章　桃花桃花幾月開

九月的夜晚，歷經了夏日的焦灼，轉為微涼從容。

時間已經過了九點，同學們紛紛回到寢室，亮起燈的宿舍看起來像巨型的方格燈飾，坐落在寂靜的校園裡。

江續站在女宿樓下那棵林西叫不出名字的樹下，月光透過樹葉罅隙落在江續臉上，隱住他此刻的表情。

林西想，這一定是女生宿舍所有少女最希望看到的畫面，如果江續是在等自己的話。

但是這裡面並不包括林西。

上一世，大家知道她哥哥和江續同個寢室，就老是託她帶信、帶禮物。因為她不喜歡江續，所以很多喜歡江續的女孩，心無顧忌地和她成為了朋友，難過失落都喜歡找她傾訴。

直到那封情書的出現，她一下子成為眾矢之的，因為她「監守自盜」，令人髮指。

那些曾經很喜歡她的女孩覺得被她騙了，開始對她實施校園冷暴力。

人言可畏，三人成虎，關於她的傳聞越傳越離譜。有一整年的時間，林西幾乎不願意出寢室，上課也經常缺席，全靠三個室友撐著。

學生時代陰影太重，畢業後，林西也在刻意減少和江續的接觸，只是工作關係，避無可避。她內心對江續的排斥根深蒂固，不管他多麼優秀，他們都是不可能的。

有些人，凡人惹不起，那就不去惹。這是林西的人生信條。

抱著江續的球衣走到他面前，沒好氣地遞了上去。

大概是林西的腳步聲太淺，江續冷不防看見自己的衣服，還愣了一下。

接過球衣，江續抿唇笑了笑。

「以後別讓我幫你洗衣服了。」林西說。

「嗯？」

「我還要找男朋友，不想和你有什麼緋聞。」

江續眸光沉沉，只吐出一個單字：「哦。」

林西本來準備走，想了想不放心，又折了回來。

她雙手環胸，特別認真地說：「江續，我這麼和你說吧。我談戀愛的話，就是蓄醋池那種，容不得自己的男朋友天天被人覬覦，所以你真的完全不是我喜歡的類型，離我也太遙遠了。我只想找個普通的男生，普通的你懂嗎？」林西咽了口口水，又說：「所以，你千萬別喜歡我，因為我絕對不可能有所回應，懂了嗎？嗯？」

林西劈里啪啦地說了一大串，江續始終目不轉睛地盯著她，面上沒什麼表情。

見林西說完了，江續才皺著眉，動了動嘴唇。

「妳洗個衣服，把腦子洗壞了？」

「……」

一個人爬著樓梯回寢室，腦子裡還在回想著江續最後的話。

沒禮貌的傢伙，不喜歡就不喜歡唄，還人身攻擊。

他腦子才壞掉了，他全家腦子都壞掉了。

其實林西進入大學的第一天就認識江續了。

當時在林明宇熱烈邀請下，林西去男宿玩了一下。女生宿舍的舍監阿姨恨不得公蚊子都不准進，女生卻能自由出入男生宿舍。

長輩們離開後，林西和林明宇開始了相依為命的生活，不管以前吵過多少次架，還是建立起深刻的革命情感。

林明宇的大包小包都堆在床上，他在陽臺上搬東西，還不忘奴役林西，「妳幫我把床鋪了，我不會。」

「弱智。」林西雖然白了他一眼，但還是起身幫他鋪床。

林西吭哧著爬到上鋪，在床上東扯西拉，折騰了老半天才把床鋪好，連蚊帳都幫他掛上了。

「林明宇，枕芯呢？怎麼不在床上？」林西正翻找著，潔白的枕芯被遞了上來。林西接過枕芯，一鼓作氣弄完了，拍了拍手。

「林明宇，你真是巨嬰，這麼簡單都不會。」林西撩開蚊帳，一臉揶揄的俯身。

誰知床下面，正與她視線交匯的並不是她的哥哥林明宇，而是一個不認識的男生。

那人個子高，超過上鋪半個頭。理著短短的頭髮，長著一張比明星還精緻的臉，一雙黑白分明的眼睛沉如古井，讓人不敢直視。

林西忍不住結巴起來，「我……我是林明宇的妹妹……」

那人十分禮貌，「我是林明宇的室友，我叫江續。」

林西尷尬的從床上爬下來，有些不好意思和一個陌生男生共處一室。

「林明宇呢？」

「好像去裝水了。」

出去了也不說一聲，這人真是沒救了。

「噢。」林西撓了撓頭，「那……麻煩你和他說一下，床我幫他鋪好了，我先回去了。」

他淡淡一笑，看向林西的眼神耐人尋味。

半晌，才吐出一句話：「妳鋪的是我的床。」

「……」

認識江續的十年裡，林西算是深刻體會到這人有多招蜂引蝶，多高冷討厭，多目中無人。搞不懂怎麼那麼多人喜歡他，想想就覺得那些女生好瞎。

回到寢室，室友們都躺下了，等著林西回來開夜談會。這一直是她們寢室的固定節目。女孩一聊起來就停不下來。話題從期末獎學金，到明星八卦狗血新聞，最後成了蘇悅雯的專場，她在論壇被人表白，鬧得沸沸揚揚的。

幾個沒有男朋友的女生一起欷歔，這大學，真是旱得旱死澇得澇死。

林西在睡前總結一番自己乏善可陳的感情世界：「想想我一直沒能談戀愛，原因還是有不少的，朋友圈小，宅；偶像劇看多了，理想主義，不切實際；噢，還有，太不愛打扮了，女人的衣服都沒幾件……」

「Stop——」付小方聽不下去了，「正常來說，談不到戀愛，只有一個原因——醜。」

「我呸！」

痛定思痛，林西決定好好改變自己，爭取早日脫單。然而她還沒開始大展拳腳，「桃花」已經悄悄盛開。

說起來，這事也是有點搞笑。

那天，林西剛要進學生餐廳，就聽見有人喊她的名字。她轉身，下意識抬頭，看清來人後，又低下頭去。

一個大約身高一百六十出頭的男生出現在她視線裡。

「林西同學，妳好，我是金融系的張德靄。」

林西見他一副首長會見的開場白，一時有些慌亂，趕緊頷首，「你好，張同學，請問您找我是有什麼指示？」

張德靄撓了撓頭，有點不好意思地遞給林西一封信，「這是我寫的，妳看一下。」

說完，把信往林西手裡一塞。

林西狐疑地看了他一眼，在他一臉期待的表情中打開信封，大概看了看，才知道這是封情書。裡面有幾個奇葩的句子，類似「妳是我的藥，有妳不感冒」「看著妳能減肥，只顧著看妳，飯都不想吃」，讓林西有一種熟悉感。

仔細一想，才記起來，這人上一世也追求過林西，只是當時林西連他的臉都沒記住就拒絕了。這事說起來，倒是有些淵源。

當時蘇悅雯也和現在一樣，正在被人高調追求，校園論壇不斷告白，在學校裡鬧得沸沸揚揚，作為被追求的主角，蘇悅雯本該騎虎難下。但是蘇悅雯情商極高，被人這麼逼著，不氣不惱，也不會高冷不理不睬。她在論壇裡回覆，『我想要十項全能的那枚徽章，你送我，我就答應你。』

蘇悅雯回覆以後沒多久，林西就收到了這個叫張德靄的人的信。這個人在整個商學院挺出名的，遍地撒網，一個不成功就追另一個。林西的室友們特別討厭他，幫林西出主意，要她學蘇悅雯，也回說：「你拿到十項全能的徽章，我就答應你。」

C大的運動會，有個不同於別校的十項全能比賽。由「跑跳投」的十個運動項目組成，每年有隨機變動項目。雖然每年都有人挑戰十項全能，但是並不是每一年都有人得到，因為C大有要求，必須破紀錄才能得獎。

因此，十項全能的獎品非常特別，是一枚特製的徽章。

最後一次有人破紀錄，還是五年前，得獎的男孩把徽章送給喜歡的女孩，後來他們結婚了。這個人，就是林西現在的體育老師。

不過這事說來也是神了。那一年，江續意外地挑戰了十項全能，並且破了記錄。

追求蘇悅雯的那個男生，和追求林西的男生，自然都沒有得到那枚徽章。

後來整個學校開始謠傳，江續是看了論壇才去參賽。他一定是喜歡校花蘇悅雯，總之傳得沸沸揚揚的。

這事也是林西烏龍情書之前，江續唯一的一段緋聞。

上一世拒了這人之後，林西的桃花一夜凋零。想想一定是當年的招數太損，這一世，林西決定好好伺候他。

不能僅憑外表就拒絕人家，這顯得太膚淺了。

清了清嗓，林西說：「看完了，寫得真的很不錯，看得出你文筆很好呢。」

「我本來是想讓妳室友幫忙送信。」張德靄撓了撓耳朵，說起林西的室友就有些窘迫：「結果她們都沒答應。」

「啊？」有這事？

「聽妳室友說，妳要找的男朋友，必須拿到十項全能的徽章。」

「……」那天夜談會，蘇悅雯的回覆才剛出來沒幾天，沒想到事態的發展這麼快，她們已經開始「抄襲」蘇悅雯了。

「她們瘋了嗎？」林西在心裡吐槽寢室裡那幾個豬隊友，她尷尬地說：「校花有這個要求還差不多，我怎麼可能？」

「呃？」林西的話讓張德靄有些糊塗了，「難道妳不打算拒絕我？」

「為什麼要拒絕你？」林西一臉英勇就義的表情，「其實……我們還是挺適合的，可以先從朋友做起。」

「哪裡適合？」

林西低頭看了一眼，這個比她還矮的男生，實在想不出什麼可以說的點。就在她抓耳撓腮無言以對的時候，腦中突然靈光一閃。

「我們都是單身啊，多適合！」

說實話，雖然林西挺迫切想要談戀愛，但是張德靄各方面都不太符合她的理想。怎麼看都有點過於飢不擇食。

不過她上一世就是這麼挑三揀四理想主義，才會到死都沒有談過戀愛。這一世確實應該學會面對現實，先認識一下再做決定。

週六，張德靄約林西去逛街，林西想著，人生第一次約會，好歹該打扮打扮，便拿出化妝品開始搗鼓。

現在的林西只有二十歲，膠原蛋白滿滿。

林西天生白底，皮膚幾乎不見毛孔，連底妝都不用化。隨手修了個眉，化了個清新自然的韓式妝容就算完成。站在鏡子前，看著年輕的自己，林西忍不住感慨了半天。

當年到底怎麼糟蹋自己的？這麼美的時候沒把握住，完全是浪費人生啊。

週六的商店街人來人往，像林西一樣來約會的人不少，只是人家都是成雙成對一起來的。只有張德靄，非要在校外約見。

林西穿著一件白裙，站在商店街的音樂噴泉處等待。來得太早，沒等到張德靄，倒是等來了林明宇那個白癡。人高馬大的，真是讓人想要忽視都很難。

「林西？」林明宇眼尖，一眼看到林西，並且很快走到這邊來，旁邊還跟著一直面無表情盯著她的江續。

江續和林明宇的出現吸引了路人們的目光，這讓林西簡直如芒刺在背。學校附近只有這麼一個商圈就是麻煩，隨便逛逛，滿街都是熟人。

「你怎麼來了？」林西問林明宇：「逛街啊？」

「我電腦的硬碟不夠，出來買個硬碟。」

「噢。」

林西往旁邊看了一眼。江續身穿一件白色長袖襯衫，袖口捲起，露出緊實的手臂線條，就那麼站在那裡，明明沒說話，存在感卻無比之強。

據她所知，江續週末都跟著導師做研究，平時除了打球什麼的，很少在外鬼混，一時間有些詫異，「江續居然願意出來陪你買硬碟？」

說起這個，林明宇忍不住流露出幾分得意，「現在江續是我的小弟了。」

林明宇越說越得意，「他和我打賭打輸了，最近都是我的小弟，我要他做什麼就做什麼。」

林西疑惑：「江續還會輸？」

他不是號稱天才的大腦嗎？

說著，悄悄看了江續一眼。江續依舊是那個樣子，沒什麼表情。

「哈哈，當時只定了打賭，沒定內容。」林明宇哈哈笑著：「後來我說打賭誰能堅持最久不換襪子。江續不行啊！才兩天就認輸了！哈哈！」

想想這賭約的內容，林西忍不住有些反胃，毫不客氣地啐道：「林明宇，你真噁心。」

「哈哈哈哈！」

江續雙手環著胸，微微挑眉，抬腿不客氣地踢了林明宇一腳。

見林明宇還在嘻嘻哈哈的，沒有要走的意思，林西也有點急了。她看了眼時間，快到約定的時間了。

林明宇這人最愛大驚小怪，萬一讓他撞見張德靄，不知道會鬧出什麼亂子，現在只能期待林明宇趕緊走。

「你應該很忙吧！」林西看著林明宇：「趕緊去吧。」

林明宇被林西推了一把，紋絲不動，見林西臉色不對，立刻警覺起來。他摸了摸下巴，繞著林西轉了一圈，皺著眉頭問：「話說回來，那妳呢？怎麼會在這？」

「逛街啊。」

「逛個街還化妝？和誰逛啊？」林明宇嘖嘖看著她，「妳現在搞什麼鬼？每天弄得妖裡妖氣的。」

林西被他的話激得有些惱羞成怒，忍不住反駁他：「化個妝怎麼就妖氣裡妖氣了，你女朋友每天化你怎麼不說，切。」

林明宇想想，點頭：「也是，妳也到了臭美的年紀了。」林明宇拍拍她的肩，「可惜底子完全比不上小可，化得母猴似的。」

「放……」林西看了站在一旁的江續一眼，硬生生把「屁」字憋了回去，最後氣急敗壞地吼了一句：「林明宇，你給我滾──」

見林西惱羞成怒，林明宇不敢再逗她了，「妳慢慢逛，哥先去買硬碟了。還有那麼多老師的片等著哥下載呢。」

林西：「……低俗！」

林氏兄妹還在互嗆，一直沒說話的江續終於開口，他看著林西，淡淡交待，「我們走了。」

林西一聽他說話就有些彆扭，瞥了他一眼，「噢。」

「要是買太多了，打電話。」

「什麼？」

「我們幫妳拿回去。」

江續的聲音沒什麼波瀾，明明說著很溫柔的話，卻讓人體會不出什麼粉紅泡泡。林西不敢亂想，趕緊揮手拒絕，「不用不用，我能搞定。」

林明宇二人走遠了，林明宇才終於忍不住嘆息：「唉！」

江續若有所思地回頭看了一眼。

林明宇還在感慨：「想到我妹林西啊，大學以前一直是短頭髮，還不愛洗澡。小時候為了逃避洗澡，爬到樹上和我嬸嬸對峙三個多小時，打一頓才老實，跟個男孩似的。你看，長大了也會臭美了。」

「所以？」

林明宇見江續一臉不以為然，搖了搖頭，「你不懂這種心情，你沒有妹妹。」

說著，林明宇突然握了握拳，信誓旦旦地說：「做哥哥的，就是責任大。我要好好看著她，不能讓那些癩蛤蟆盯上她。誰要是敢對她亂來，來一個我打一個，來兩個我打一雙。」

林明宇這邊說得慷慨激昂的，江續那邊卻是毫無反應。

「江續？」一回頭，原來江續已經落後好幾步了。

林明宇疑惑地走向他：「看什麼呢？」

順著他的視線方向看了看，沒看到異常，「你是不是不服輸，想跑啊！趕緊跟哥買硬碟去！」

街上人來人往，成雙成對。江續沒有理林明宇，只是沉默了片刻，最後收回視線。

「走吧。」

林明宇走後沒幾分鐘，張德靄就來了。謝天謝地，林西先把林明宇那個大神伺候走了。

和張德靄的第一次約會，林西回想起來，的確是有幾分不堪回首。

兩人一起看了電影，張德靄選了個挺有意義的片——《小火車》，雖然被歸類為兒童電影，但是主題很好，故事也很令人動容，張德靄哭得稀哩嘩啦的，林西在一旁不知所措。

其實林西也看過不少這類型的電影，小學的時候

——就是那種每次看完都要寫觀後感的電影。

林西一直到電影看完，都有一種莫名的緊張感，生怕錯過什麼鏡頭，回家沒有內容可以編。

看完電影出來，張德靄去買了點小零嘴，自選稱斤的那種零食。

買了一大包出來，張德靄直接塞到林西手裡，「幫我拿一下。」

林西不敢亂接收別人送的東西，趕緊遞了回去，「這樣不好吧？」

張德靄把背後的背包挪到前面，拉開拉鍊，一把將林西遞過去的零食塞了進去，「我特別喜歡吃這家，真的很好吃。」

說著，意識到這樣有點不好，趕緊在那一大包裡翻了翻，最後拿出兩小包多味花生，遞給她：「這兩包給妳，這個多味花生很不錯。」

那語氣，可真大方。

林西：「……」

那之後，張德靄的邀約，林西編好了一百零八種理由拒絕。

但是張德靄這個人，真是奇葩中的極品，極品中的奇葩。林西越是拒絕，他越是起勁。

每天都到教室、宿舍、學生餐廳圍堵她。

總算是讓林西知道，為什麼有那麼多女生討厭他了。

這天，張德靄又到林西上課的教室蹲人。

下課時間到，同學們從教室裡魚貫而出，林西混在人群裡，想偷偷從後門溜出去，結果張德靄他老人家，在下樓的樓梯間等著，讓林西避無可避。

張德靄帶了一杯飲料給林西，林西推了半天沒推掉，只能收下。林西這人有這樣的軟肋，別人稍微示好，她就說不出什麼狠話了。

見林西收下了手搖飲料，張德靄笑了：「最近妳老是說妳有事，我就來這裡等妳了，妳不會嫌我煩吧。」

林西皺了皺眉，看張德靄那副小心翼翼的可憐樣，本來想說的話又說不出口了。

「沒事。」

「我送妳回去吧。」見林西沒有太排斥，張德靄立刻得寸進尺。

「不……」

林西正要回絕張德靄，一個高大的身影十分強勢地出現直接擋住林西眼前的去路。

「你要送誰回去?」林明宇一臉要吃人的表情站在張德靄面前，一個壯漢一個弱雞，那畫面感，讓林西忍不住想要發笑。

林明宇嫌棄地低下頭，上下打量著張德靄，越看越皺眉，沒好氣地問：「這矮冬瓜，誰啊？」

雖然不喜歡張德靄，但是攻擊人家的生理缺陷確實不太君子。林西正要說話，視線裡又出現了另一個人。

走廊上緩緩走來的那個高大男人，不是江續是誰？

林西忍不住扶額，這運氣也是絕了，只認識這麼幾個男的，居然跟王母娘娘的蟠桃會似的，各路大仙全來了。

林西尷尬地看了看林明宇和江續，又看了看張德靄。最後只能妥協，互相介紹了一下。

「這是張德靄。」

林明宇和江續都沒什麼反應。

「這是我哥，林明宇。」

張德靄一臉興奮，立刻上前要和林明宇握手：「大舅子，你好你好！」

林明宇被張德靄這一聲「大舅子」刺激得不行。他一臉惡霸的表情，毫不客氣地推了張德靄一把，「你他媽叫誰？」

林明宇一萬個瞧不上張德靄，越看他越生氣。最後調轉槍口對向林西，教訓了起來：「老子的妹妹怎麼能和這種矮冬瓜在一起？林西妳瞎啊？」

林明宇的大嗓門引來周圍同學們的視線。一片竊竊私語中，林西尷尬地湊近林明宇，「我的事不要你管，趕緊走吧。」

林明宇不理會林西的警告，氣勢洶洶指著張德靄的鼻尖：「你真的想和我妹談戀愛？」

張德靄趕緊點頭，態度誠懇：「當然，我很認真的。」

林明宇皺眉，幾秒後，大言不慚地說：「這樣吧，你想找我妹談戀愛也行，先和我的小弟單挑，挑贏了讓你追。」

說著，指了指站在一旁，一直沒有說話的江續。

江續見此情此景，沒說什麼，只是微微皺眉表示不滿。

林西偷瞟了江續一眼，見他一直盯著張德靄和她，有些尷尬，趕緊拉過林明宇，「你神經病啊？你以為江續會和你一起發瘋嗎？」

林西正說著，就聽見耳畔傳來低沉而熟悉的男聲。

一字一頓，音色沉穩。

「挑吧。」

林西見江續也攪和進來，有點惱火了：「江續，你怎麼也跟著林明宇一起發瘋？」林西越想越不滿：「天才的智商，做這麼愚蠢的事，找麻煩嗎？」

林明宇瞪了林西一眼，立刻維護起江續來。

「他現在是我的小弟，當然聽我指揮。」

江續對林西的控訴置若罔聞。半晌，只是不屑地睨了張德靄一眼，一貫沒什麼情緒的眸子此刻看起來更顯冰冷。

「挑什麼你選。」江續對張德靄說：「我隨時奉陪。」

籃球隊這些大塊頭，那種俯視的視角，讓人感覺無限壓迫。

末了，江續的目光冷冷地回到林西身上，勾了勾唇，吐出一句話：「妳的眼光，真的很差。」

看著江續離開的身影，林西簡直有點莫名其妙。他這是在罵她嗎？別提她不打算和張德靄在一起，就算她真的和張德靄在一起，又關江續什麼事？

江續走後，林西生氣地瞅了林明宇一眼：「你呢，還不走？」

林明宇不理會林西，只是瞪著張德靄，仗著塊頭大嚇唬別人，「矮冬瓜，你怎麼還不走！」

張德靄被林明宇嚇到，結結巴巴地說：「我……我想送林西回宿舍……」

「老子會送！」林明宇氣勢洶洶：「沒聽到老子小弟說的嗎！項目你選，挑贏了再來追老子的妹妹！」

張德靄求助的目光看向林西：「林西……」

「滾——」

「我我我走了，林西再見！」林明宇的一聲吼，把張德靄嚇得拔腿就跑了，頭也不回，可見心理陰影之深。

人都走了，林西終於可以找林明宇算帳了。

「林明宇，你發瘋了吧，搞什麼呢？」

林明宇被她質問也很生氣：「妳想談戀愛，也該給我審核一下吧？」

林西瞪他：「憑什麼啊？」

「隊裡隨便拉一個都比這矮子強，妳瞎啊！」林明宇忍不住爆粗口：「我才吼他兩句，妳看他，都快嚇得尿褲子了，這他媽也叫男人？」

林明宇這次毫不妥協，「他想追妳也行，先挑贏江續！」

「關江續什麼事啊？」林西無語了。

「江續現在是我的小弟，我妹妹的事就是他的事！」

林西被林明宇說得叛逆情緒也上來了，她很不服氣地說：「我告訴你，不管你怎麼打壓別人，真愛都不會退縮的！」

「好。」林明宇也毫不退縮，「我等著看真愛！」

雖然林西說得無比篤定，但是張德靄卻沒有那麼堅強，很快把林西的臉打得啪啪響。

那天之後，他澈底從林西的生活裡消失了。關於林明宇說的什麼「單挑」，張德靄根本不敢接招。

張德靄用一則簡訊給了林西答案。

『妳哥哥是不是黑社會啊？長那麼高，滿身肌肉，看起來很會打人。我只想找個普通的女孩，對不起。』

林西氣得差點把手機砸了。

這事讓林明宇笑了很久，有幾天，林明宇只要一看到林西，就會學著林西的語氣說那句「不管你怎麼打壓別人，真愛都不會退縮的」，林西恨不得和他打起來。

週末，寢室兩個家在本地的女生圈圈和莉莉都回家了。付小方見林西最近被打擊成死狗，一副萎靡不振的樣子，主動掏腰包，請她去吃麻辣鍋，希望她能振作一點。

每到了週末，學校附近最紅的那家麻辣鍋店就會爆滿，兩個人排了近一個小時才進去。

本來付小方想安慰林西，結果林西全程鬱悶地胡吃海喝，還喝了兩瓶冰啤酒，完全拒絕和她聊。

付小方只能語重心長地說：「天涯何處無芳草，這個不行就下一個唄。」

一句話刺激得林西簡直要哭了：「之後的十年都沒有了好嘛！」

付小方皺眉：「怎麼可能呢？妳怎麼這麼悲觀？妳才二十歲啊，十年後的事妳怎麼知道？」

林西鬱悶地又往嘴裡塞了一通，心想，我就是知道啊！

二十歲的身體沒有三十歲的時候能喝，只是喝了兩瓶啤酒，林西就覺得有點醉了，看人都有重影。

吃完火鍋，付小方把醉醺醺的林西扶回寢室。

林西渾渾噩噩地洗漱了一下，就爬上床去睡了。

付小方見她那樣子，忍不住吐槽：「我也覺得妳有點瞎了，和那男的在一起，妳是要收集七個小矮人嗎？」

林西已經呼呼睡了過去。

林西本來睡得挺香，也沒有做夢，只是不到凌晨一點就醒了，疼醒的。

不知道是怎麼回事，林西胸脯以下，肚臍以上的一塊，皮下的器官好像都絞在一起了。那種疼，讓全身上下的毛孔都張開了，額頭上、脖子上、背上都出了汗，林西每疼一陣，身上就起一陣雞皮疙瘩。

她用手按住胸腹，弓著身子，像一隻蝦米一樣側躺，但是疼痛還是向四肢百骸襲去，林西不得不換了個姿勢，趴在床上，用枕頭頂著那一處，疼痛依舊沒有緩解。

付小方已經睡著了，她在床上翻來覆去，本想忍忍就過去，可是那種痛感實在讓她連呼吸都有些緩不上來，她終於忍不住叫醒了付小方。

「小方……小方……救命啊……」

林西強撐著從床上爬下來，見她嘴唇發白，本來還有些混沌的付小方瞬間被嚇醒了。

「林西！林西！」付小方趕緊過來扶著她：「妳還好嗎！」

林西已經疼得直不起背了，弓著身子有氣無力地說：「送我去醫院……」

付小方這才想起該做什麼，趕緊把林西的鞋拿了過來，然後轉身去拿手機和錢包。

林西疼到沒辦法走，付小方雖然揹得動林西，但是宿舍離校醫院好遠，她的體力根本不可能堅持那麼久。

「我打電話給林明宇！」

「林明宇……昨天回家了……」這種緊急情況，林明宇家離學校也不近，遠水救不了近火啊。

林西按著胸腹，痛感越來越清晰，她額頭前的瀏海已經完全被汗濡濕了。

「那怎麼辦啊！下樓去找舍監阿姨呢？妳能堅持到樓下嗎？」付小方也急了，拿著林西的手機手忙腳亂地翻著，突然翻到一個人的電話，瞬間如遇救星：「江續！江續！我打給江續！」

江續很快到了女宿，和舍監阿姨一起上來。

來得急，他的頭髮有些亂，後腦勺有幾綹頭髮不聽話地翹著。身上只穿著睡覺的T恤，腳上穿著拖鞋。

付小方一直扶著林西等著，此刻見江續和舍監阿姨一起出現，「哇」一聲哭了出來。

「江續！救命啊江續！林西她不行啦……」

現場一片混亂，江續剛進門，就被付小方的哭聲吵到不行，忍不住皺眉：「安靜。」兩個字，氣勢十足，付小方瞬間止住了哭聲。

林西本來快疼昏了，聽見開門的聲音，恢復一些意識。抬頭，模模糊糊，見江續皺著眉向她走來，趕緊忍著痛虛弱地說道：「不好意思，林明宇不在，麻煩……」

「閉嘴。」江續直接走到林西身前，蹲了下來：「上來。」

林西疼到不行，聽話地趴上江續寬厚的背脊，江續很輕鬆的把林西揹了起來。

恍惚中，林西想，原來，男人和女人，真的是不一樣的。

舍監阿姨向校醫院那邊打了電話，就放他們三個人出去了。

江續人高腿長，沒多久就把林西送到校醫院。

急診科值班的校醫只有兩個，林西的運氣也是差，今天來掛急診的同學居然排起了隊，林西往前一看，和她一樣病歪歪的人有好幾個，林西忍不住疼得直哼哼。

林西越按越痛，坐在醫院裡，聞著消毒水的味道，看來來往往的急症病人，想像停不下來。她脆弱地問付小方：「小方……我不會有胃癌什麼吧？」

付小方被她說得一愣，趕緊啐她：「別胡說，怎麼可能呢！」

林西越想越害怕，忍不住帶了幾分哭腔：「妳知道嗎，人的生命真的很脆弱。」她頓了頓，接著說道：「我認識一個人，站在馬路旁還能出車禍。」

付小方覺得她越說越離譜，忍不住皺眉：「亂說話。」

「真的，她站在那動都沒動，一輛出車禍的摩托車飛起來就把她砸死了。」

付小方：「……」

林西越想越難過，上一世就這麼糊裡糊塗的死了，這一世無論如何都不能啊。

不顧劇痛，林西一轉頭，直接章魚一樣，一把抱住坐在一旁皺著眉頭，一臉「生人勿近」表情的江續。

「不行，我不能到死都還是處女！」她緊緊抓著江續的衣領，一臉豁出去的表情：「我的處女之身，便宜你了！」

付小方被眼前的一幕驚得目瞪口呆，忍不住感嘆：「哇！林西！妳可以，反應也太快了，都這個狗樣了，還能想到這麼厲害的泡男人招數！」

「小方妳不懂！」

林西緊緊抓住江續，死都不肯放手：「我不能就這樣死了！江續！快！帶我走！」

江續黑白分明的眸子帶著幾分惱怒，良久，冷冷吐出兩個字。

「放手。」

第六章　真心話

江續自帶的氣勢過於強大，不過隨便瞪了林西一眼，林西立刻就老實了。

比起被江續打死，林西覺得病死還是唯美一點。

忍著身體的劇痛，等了許久，終於輪到她。

林西回過頭想叫付小方，結果她靠在校醫院的椅子上睡著了。折騰了這麼久，她也不容易。

「我陪妳進去。」江續說著，直接扶起林西，完全沒有給她拒絕的機會。

穿著白大褂的校醫皺著眉幫林西診斷，按了胸腹各部位，問了幾句就心裡有數了。

「輕微胃炎，十二指腸也有點炎症。」中年的校醫看了看林西，囑咐道：「少喝酒，小女生喝那麼多酒做什麼？」

說完，又把視線轉向一直等在一旁的江續：「接下來每天的三餐，要讓她按時吃，忌辛辣、忌酒，飯後三小時不要躺，飯後多散散步。」說著忍不住皺了皺眉教訓江續：「好好照顧你女朋友，別再讓她喝那麼多酒。」

林西捂著肚子，虛弱地要解釋：「他不是……」

江續已經接過校醫遞過來的病歷和各種單據，態度十分誠懇地回答校醫。

「謝謝您，我會注意的。」

林西：「……」

校醫瞅了林西一眼，又對江續說：「胃裡大概是還在消化，可能還會疼一陣子，別讓她躺著了，起來轉轉吧。」

林西聽了校醫的話，覺得這種治療方法簡直是酷刑，都疼成這樣了，還怎麼轉？

校醫說完就出去倒茶了。留下林西和江續大眼瞪小眼。

江續拿好林西的東西，走了過來，低聲問她：「能起來嗎？」

林西咽了口口水，忍著痛，努力爬了起來，沒站多久，又縮成一團，蹲了下去。

林西很沒膽地對江續說：「要不然我還是蹲著吧？我覺得蹲著好像沒那麼疼，站著太折磨人了。」

江續看了她一眼，微微蹙眉。末了，在她面前蹲下，聲音低沉：「上來。」

「啊？」

「我揹妳轉。」

林西猶豫許久，最後還是在疼痛面前拋開個人喜惡，爬到江續背上。

因為常年運動，江續的後背十分精壯，骨骼寬大，肌肉緊實。正好緊緊頂著林西胸腹最疼的部位，確實比她自己站著要舒服很多。

趴在江續背上，鼻端是江續頭頂淡淡的洗髮精香味，這味道令人有些恍惚。看著他頭頂上的漩渦，林西心裡不覺產生了幾分微妙的感覺。

江續揹著林西走出診間的時候，付小方正好換了個姿勢，繼續靠在椅子上呼呼大睡。

「讓她先睡一下，妳好點了，我再送妳們回宿舍。」很難得聽到江續說這麼長的一句話，林西有點感動。

「好……」

這一晚，江續的耐心前所未有，溫柔得讓林西有些意外。

深更半夜被這麼叫出來，沒拒絕也沒埋怨。這時還揹著她從診間轉到走廊，又從走廊轉到大廳。

林西的手臂圈著江續的脖子，他的雙手始終勾著她的雙腿。

雖然江續什麼都沒有說，但是林西只要聽到他的呼吸聲，就覺得很心安。

果然，人在生病的時候最脆弱。好像突然失去了防火牆的電腦，隨便來個病毒都能被擊潰。這時林西看江續，覺得越看越順眼了。

江續揹著林西轉了一圈又一圈，許久，林西覺得胸腹中的劇痛慢慢緩解了，她的意識也恢復過來。

見周圍的人有意無意看向他們，林西立刻意識到他們這個狀態確實不太對勁。想到上一世被人議論，被人排擠的痛苦經歷，林西又開始頭皮發麻了，趕緊將臉埋進江續後頸之中，一動也不敢動。

感覺到林西的動作，江續的身體僵了一下。

「不疼了？」江續問。

林西甕聲甕氣地回答：「嗯。」

感覺到江續要放她下來，林西趕緊阻止：「你千萬別這時候把我放下來，不然別人會看到我是誰！找個角落！角落！」

江續聽見林西的話，愣了幾秒。

隨後，原本溫柔的態度突然變了，他冷哼了一聲：「妳的警惕性倒是挺高。」

「肯定啊。」林西的臉整個貼在江續後背上，寧可呼吸不暢，也不敢讓周圍的人看到她是誰：「你不知道，這學校裡有多少女生喜歡你，一人一口唾沫，都能把我淹死。」

「要看，剛才早就看清楚了。」

「話不是這麼說的，我……」

「啪——」林西話還沒說完呢，江續已經放手了。

直接把她丟在走廊最近的一張長椅上，把林西摔得屁股有點疼。

「既然不疼了，自己回去。」江續以俯視視角，冷冷睨了她一眼：「我走了。」

說完，這個喜怒無常的暴君，居然真的走了！

林西簡直難以置信。

這人，上一世到三十歲還是個單身漢，簡直太太太合理了！

他這性格，沒被人打死都算不錯了好嗎！

雖然林西第二天就不疼了，但是藥還是吃了幾天，一頓都不敢斷。

週一，還有幾分鐘上課，林西找出藥準備先吃，結果在包裡翻了半天，居然忘了帶水。

抬頭找付小方，到處不見她的人影，也不知道她跑哪去了。

「死去哪了？」林西自言自語了一句。

正煩惱沒水吃藥，眼前就有人遞來一瓶沒開的礦泉水。林西詫異地順著礦泉水的方向往上看，韓森那頭非主流殺馬特黃毛出現在林西視線裡，活脫脫一個訊號燈。

雖然他好心遞上了礦泉水，林西卻不敢接，始終一副防備姿態，狐疑地看向他：「這是什麼意思？」

韓森冷嗤了一聲，濃密的倒八字眉透露出主人的壞脾氣：「拿瓶水給妳，能是什麼意思，讓妳喝，難不成讓妳在教室裡泡腳？」

「……」林西簡直受不了這個炸毛怪，敬謝不敏：「謝謝，你自己留著吧。」

說著，直接乾嚼，把消炎藥吃下去，就是這麼霸氣。

「喂，林西，妳他媽有病啊！」見林西一副愛理不理的樣子，韓森氣急敗壞地拍了下桌子，引得附近的同學都投以視線。

「是有啊，不然需要吃藥嗎？」林西無語，真的受不了這個老Gay。

韓森還是那副吊兒郎當的樣子，撇著頭，抖著腿，活脫脫一個越南洗剪吹。

真可怕，林西再一次感慨。當年到底是被什麼糊了心，怎麼喜歡這個人不人鬼不鬼的傢伙？

「妳前天去醫院了？」韓森頓了頓聲，睨了她一眼，還是那副跩上天的樣子。

「對啊！不行啊？去醫院犯法了？」

「林西妳吃炸藥了？」韓森瞪著眼睛看著她：「妳怎麼老是用這種態度對老子？妳什麼意思啊？」

林西對這個老Gay真是束手無策了，她無奈地看著他：「韓大爺，那您說，我應該怎麼對您啊？」

林西態度稍微一軟，韓森臉上就現出一抹奇異的紅暈。

他踟踟地把那瓶水放在林西面前的桌上，裝作很不經意地說：「聽付小方說，妳因為吃火鍋進醫院？」

林西皺眉：「然後？」

「什麼然後？」韓森說：「我的意思是妳也太弱了，吃點辣椒就不行了。」

「你說這麼多廢話，是要笑話我嗎？」

「我太閒啊！」韓森彆扭地撇了撇頭，看也不看林西：「我知道一家粥店，要不要中午帶妳去？胃不好好像吃粥比較好。」

「……」聽到這裡，林西稍微有點頭緒了。她意味深長地看著韓森，心想，這老Gay，又出新招了。

「然後呢？接下來你是不是要說，你要追我？」林西越想越覺得荒謬，忍不住嘖了一聲：「韓森，這又是誰教給你的爛招？用這種方式整人？」

「林西，妳他媽是不是病糊塗了？」韓森指著林西，氣急敗壞：「老子追妳幹什麼？追妳來氣我啊！」

林西皺著眉頭看著韓森，真是從頭到腳都是槽點。

「你有空每天找我的麻煩，不如好好整理一下你自己。」林西指了指韓森的頭髮：「你看看你這樣？你媽媽把你生下來，是為了讓你當非主流殺馬特嗎？」

林西話音剛落，就聽見韓森憤怒的獅吼。

「林西……妳再他媽給我說一遍！」

熬過了韓森這個老 Gay，卻熬不過付小方這張碎嘴。

林西半夜去醫院的消息，很快被付小方傳了出去。

剛下課，林西已經被不同的同學「關心」了。

「……」

「聽說妳週末胃出血，整個人都昏厥了，真的嗎？」

這其實不算什麼。

「聽說妳前天血崩，去醫院了？」

這也還正常吧。

「聽說妳前個晚上肛裂，血崩啦？」

林西聽到後來，都不生氣了，她就想知道，這麼點屁事，到底能謠傳到多麼離譜？

發現給林西惹了不少麻煩，付小方怕被罵，飯都沒吃就跑了。林西一個人到學生餐廳去打飯，一路上都是讓人盛情難卻的「關愛」，真讓人想罵髒話。

站在打菜窗口前，林西正在番茄炒蛋和麻婆豆腐之間猶豫，突然餘光看見江續走了過來，還是那副拒人於千里之外的姿態。

不知道是不是林西眼花，他今天看起來好像有幾分不爽的樣子。

林西想著好歹人家幫了她，雖然最後有點不愉快，也必須回報一下。林西見江續走到自己身後，立刻輕聲細語地問：「來吃飯啊？」林西想了想又說：「那天謝謝你送我去醫院，你想吃什麼，我幫你刷卡吧？」

林西有點後悔說出這麼客氣的話，因為江續，根、本、不、領、情。

江續以高高在上的姿態，冷冷瞥了她一眼，也不理會她，只是敲了敲她的餐盤，命令道：「番茄炒蛋。」

「哦哦。」林西尷尬地扯了扯嘴角，解釋道：「我不想吃麻婆豆腐，想都沒想。」

林西看江續陰陽怪氣的態度，有點忐忑，哪還敢猶豫，趕緊點了番茄炒蛋。

江續沒有再理她，刷好自己要買的東西。

見他要走，林西又客氣地問了問：「你回宿舍嗎？要不要一起吃？」

「不要。」江續冷嗤一聲：「我可不想有什麼亂七八糟的緋聞。」

「這……」

江續停住沒動。

林西立刻嚴陣以待：「……還有什麼事嗎？」

江續低頭用那種冷冷的眼神看了林西一眼，臨走前說了一句話。

「飯前吃藥。」

厲害了，傲嬌狗。

林西拎著打好的飯菜回寢室，付小方已經睡到床上去了。

見林西一臉怒容，剛下課回來的圈圈和莉莉不免有些擔心。這個寢室裡，圈圈和莉莉是同系，林西和小方是同系，平時一貫是兩兩分組。

「西子，妳和小方怎麼了？」莉莉說：「她飯都沒吃，一回來就躲床上了。」

圈圈還是那嗲嗲的聲音，安慰林西：「西子，有什麼事都別生氣，小方肯定不是故意的。」

林西：「……」

林西懶得解釋，直接把飯菜放上桌，故意扯著嗓子喊了一句：「今天有乾鍋茶樹菇，炒得真香啊……」

「留點給我！」付小方本能的從床上跳了起來。

林西趁機一把勾住付小方的衣服了，語氣兇狠：「看我打不死妳，要妳造謠！」

「救命啊……」

付小方一邊吃著林西買回來的飯菜，一邊向圈圈和莉莉講述著林西上午的「壯舉」。

聽付小方眉飛色舞地講述，林西正咽著番茄炒雞蛋，突然有幾分心有餘悸。

想想林西膽子還是挺大的，居然敢怒嗆流氓一樣的韓森。

回想一下當時的衝動，林西想，大概是她對非主流殺馬特忍無可忍了吧。

就在林西毫不留情地說了韓森的第二天，韓森居然把那頭洗剪吹髮型剃了。

說起來，這事挺詭異的。

那天又是早八，快到上課的時間了，教室裡陸陸續續坐滿。

韓森還是和以往一樣，遲到、書不帶、筆沒有，筆記本更是見都沒見過的東西。

他進教室的時候，稍稍引起一點點騷動，因為他的形象變化。

不過一個晚上而已，他好像變了一個人。理著男生最常見的平頭，黃毛也染成了黑色，那些亂七八糟的金屬鏈條不戴了，吊到膝蓋的垮褲也不穿了，突然變得好正常。比起非主流殺馬特造型，韓森更適合這樣打扮。清清爽爽的，露出來的濃眉高鼻子，看起來有了幾分男人味，多了點酷酷的感覺。

明明是遲到，還大喇喇從前門進來，一點也不給老師面子，一如既往囂張。

路過林西身邊時，韓森皺了皺眉。

林西微微抬頭看著他，有些詫異他的停頓。然後，他瞪了林西一眼，表情凶狠，做了個抹脖子的動作，把林西嚇得縮了縮脖子。

上課的時候，韓森依然在教室最後一排呼呼大睡。

前排的同班女生議論紛紛，連付小方都忍不住感慨了幾句。

「韓森這髮型也太酷了吧，原來他長得還是挺好看的啊，再看看他那一身腱子肉，真的好帥啊！」

林西回頭瞥了那老 Gay 一眼，並不是很買帳。

腦海中一晃而過他和男人擁抱的場景，忍不住打了個激靈，半晌，鄙夷地說：「帥在哪？Gay 裡 Gay 氣的。」

林西進醫院的事，很快被林明宇這個大嘴巴傳到了大伯、大伯母耳朵裡。

大伯和大伯母受了林西爸媽囑託，承諾一定會好好照顧林西，得到消息的當天就來學校送補湯了。

又是請吃飯，又是幫兩個孩子儲值飯卡，又是給現金，臨走前還囑咐林西和林明宇：「你們兄妹倆要互幫互助，好好讀書，同時也要注意身體。」

林氏兄妹平時雖然愛鬥嘴，關鍵時刻倒是團結得很。

大伯和大伯母走後，林明宇拎著保溫盒和林西一起回宿舍。

林西囑咐林明宇：「你和大伯、伯母說說，別和我爸媽說這事，不然他們也要跑來了。」病都好了，還跑來就麻煩了。

林明宇說：「知道，我已經和他們交待過了。」

「對了，運動會上，我準備挑戰『十項全能』了。」林明宇突然信誓旦旦地說。

「噢。」林西沒有太意外。

「我要贏到徽章，送給妳嫂子。」林明宇說著，一臉熱戀中的嬌羞。

「可以啊，反正我們學校參加十項全能又沒有智商限制。」

「……」林明宇比了比拳頭，「林西，胃炎弄不死妳，我倒是可以打死妳。」

「哈哈哈！」

林西笑得開懷，林明宇突然想起一件事，又道：「對了，運動會後有聚會，一起去唱歌，帶妳一起。」

「和你啊？」林西嫌棄地看了林明宇一眼，果斷拒絕：「不去。」

「和整個籃球隊的。」林明宇一把拎著林西的衣領子，「我警告妳，妳不去，我就去宿舍抓人。」

「為什麼啊！我不喜歡唱歌！」

林明宇瞪了她一眼，沒好氣地說：「上次妳和那個死矮子的事，讓我意識到我必須對妳找男朋友的事負起責任。」林明宇鄭重其事地說：「我要幫妳建立正常的審美觀！」

林西：「……」

月底很快到來，運動會如期舉行。

這一屆運動會，十項全能比賽得到最多人的關注。大家都在期待著那個追求蘇悅雯的男生在比賽中的表現。

當然，那個男生最後不負眾望的失敗了。倒是林明宇這個四肢發達的大塊頭，很詭異地追平了五年前林西的體育老師創下的記錄。不過很可惜，追平還不夠，C大的規定，必須破紀錄。

因此，林明宇還是與徽章無緣的。

不過說起來，和林西記憶中不一樣的是，這一世，江續沒有去挑戰十項全能。

奇怪，難道江續真的不喜歡蘇悅雯？上一世去參加，只是為了展示一下他除了有天才的頭腦，還有非人的體育細胞？

唉，這人真是自戀。

運動會結束的當晚，林西被林明宇拎著一起去參加籃球隊的聚會活動了。

意識到都是男生不好玩，聽說他們也叫了幾個女生一起去。這樣也好，讓林西沒有那麼孤單了。

林西對籃球隊那群傢伙不感冒，隨便穿了件T恤就出門了。到了現場，林西才發現籃球隊裡有人把蘇悅雯叫來了。考慮到和蘇悅雯那些尷尬事，林西一直站在離蘇悅雯最遠的地方。

蘇悅雯化了點淡妝，一頭如瀑的長髮溫柔地披在肩頭，身上穿著一件米色雪紡連身裙，腳上是白色的高跟鞋，看起來仙氣飄飄的，女神氣質。

怪不得現場那些單身漢都一臉喜氣洋洋的表情，原來是從不參加聚會的女神被請動了。

只是可惜了，他們的女神蘇悅雯——只對江續那個撲克臉情有獨鍾。

二〇〇六年的KTV不像二〇一六年那麼多花樣。

沒什麼主題，大多是裝潢得金碧輝煌的，一股土豪氣息。

大廳的大螢幕上放著帶字幕的歌曲，林西對每一首都很熟悉。

十年，很多東西變了，歌曲的流行也變了很多很多，但是記憶中那些經典曲目，卻是一直沒有變過。

服務生把他們帶進大包廂，沿路走過各包廂，都能聽到靈魂歌者們鬼哭狼嚎的歌聲。當然，林西完全沒有嘲笑別人的意思，因為她也馬上要加入這個隊伍。

林明宇不知道怎麼和女朋友鬧彆扭了，本來是他安排的局，結果他卻沒跟著大家一起進包廂，一直在外面和女朋友吵架。

進入包廂後，大家各自選好了風水寶位坐好。林西抬頭看了一眼，江續和籃球隊的幾個大高個坐在一起，蘇悅雯則坐在離江續不遠的轉角。

林西撇了撇嘴，在離江續最遠的角落裡，和別人擠了擠才挪出一個位子。

不得不說，籃球隊的這群傢伙，塊頭實在太大了。

每人一首唱了兩三輪後，大家開始集結著玩遊戲了。

選的遊戲是二〇一六年時已經有些老土，但是當年紅得一塌糊塗的遊戲——真心話大冒險。

林西剛去過醫院，不能喝酒，便沒有參加。大家都不唱歌去玩遊戲了，倒是成了林西的專場。她抱著一杯西瓜汁，盡情暢快地唱了起來。

其實這麼多年的發展下來，「真心話大冒險」這個遊戲的宗旨不是為了要灌誰酒，而是一群曖昧著亦或有心結的年輕男女，趁機挖掘祕密，表白內心的好機會。

全場的人目標有兩個，男的對蘇悅雯，女的對江續。

江續嘛，聰明、運動細胞又發達，什麼都難不倒他，全程幾乎都沒有輪到他輸過。

反觀蘇悅雯就沒那麼幸運了，一群男生鬧她，沒幾局就要輸一次，一輪下來，蘇悅雯已經喝了幾杯酒了。

整不到江續，現場的一個男生突然建議：「不玩遊戲了，直接轉酒瓶吧，拚運氣，轉到誰，就是誰！」

這個提議一出，立刻得到眾人的同意。

那男生乾掉面前的一瓶啤酒，直接放倒瓶子：「來吧！」

不知是巧合還是故意，那瓶子轉了幾秒，第一局，直接在江續的方向停了下來。

眾人一見終於輪到江續下水，男的立刻起鬨起來，女的則在內心暗暗竊喜。

一個微醺的糙漢大喊著：「江續！說！真心話還是大冒險！」

「真心話！必須是真心話！」一旁有個女生酒壯慫人膽，大聲建議。

身邊一片起鬨聲，江續始終泰然自若地坐著，手指輕點玻璃茶几：「那就真心話。」

一直被灌酒的蘇悅雯趁此機會大膽地站了起來，沒有和別人商量，直勾勾地盯著江續，一字一頓地問：「江續，你喜歡什麼類型的女孩？」

蘇悅雯話音一落，眾人立刻起鬨地拍起KTV包廂的茶几，劈里啪啦的。

在一陣口哨聲中，江續稍稍往後靠了靠，還是一貫的清冷姿態。

他的視線落在酒瓶的瓶口，面上沒什麼表情，只是輕動嘴唇。

「短髮，皮膚白。」

「喲——」眾人激動地叫喚著。

這還是江續第一次當眾說出自己喜歡的類型。不論男生還是女生都沸騰了。

明明江續回答了真心話，眾人還是逼著他喝酒，他微微笑了笑，將滿滿一杯啤酒一飲而盡。

遊戲玩到最高潮的時候，角落裡的林西完全沒有關注一旁的戰場，獨自嗨到不行。螢幕上歌詞走得很快，她唱得荒腔走板，卻十分陶醉。

「阿門阿前一棵葡萄樹，阿嫩阿嫩綠的剛發芽；

蝸牛背著那重重的殼呀，一步一步地往上爬。

阿樹阿上兩隻黃鸝鳥，阿嘻阿嘻哈哈在笑他；

葡萄成熟還早得很哪，現在上來幹什麼？」

第七章　五百五十分

時間不知不覺過去了一個小時，進來時點的酒都快喝完了，林明宇還沒有回來。

林西看這情況，放下麥克風，以點酒為由出去找林明宇了。

在KTV消防通道門口，林西找到林明宇和他女朋友。

吵久了，此刻林明宇的臉色有些不好。見林西來了，他看了女朋友一眼，皺了皺眉，最後轉到林西的方向，聲音有些沙啞：「妳怎麼出來了？不和他們一起唱歌？」

林西抿了抿唇，小聲問：「你不進去？酒都快喝完了。」

怕影響隊裡其他人玩，林明宇搖了搖頭，「我就不進去了。」然後直接把錢包甩給林西，「去點些零食、酒和果盤什麼的，拿我的錢結。」

林西接過林明宇的錢包，「噢」了一聲，偷偷瞥了不遠處一眼。林明宇的女朋友還在生悶氣，一臉委屈的表情，眼眶紅紅的。

「你真的不進去啊？」林西又問了一遍。

「還有點事，妳先進去。」

想到局是林明宇招的，林西作為林明宇的妹妹，也算半個負責人。

聽話的拿著林明宇的錢包，去了趟KTV自己的超市，準備買點零食。

小超市裡人很多，大家都在選購。門邊有購物籃，林西躬身剛要拿，一隻長手已經眼疾手快，拿了林西要拿的那一個。

「走吧。」那人拿了購物籃以後，對林西說了一句。

林西有些茫然，一抬頭，原來是江續來了。

「你怎麼出來了？」林西有些意外，見他拿了籃子，趕緊說：「我來吧，林明宇讓我出來買的。」

「買不買？」江續也不理會林西，直接走近一排排的貨櫃，「要買就過來。」

「噢。」林西趕緊屁顛屁顛跟了過去。

兩人合力選了不少零食和酒水，末了又在櫃檯點了個水果拚盤。

服務生正在算錢，林西準備結帳，問道：「多少錢啊？」

林西剛把林明宇的錢包拿出來，江續的大手已經強勢地蓋住林西手裡的錢包。

表情還是一如既往的跩，容不得林西反對，「我來。」

林西愣了一下，然後趕緊去搶單，「別搶了，反正這是林明宇的錢，你和他客氣什麼？」

不理會林西說的話，江續已經拿出錢包。深卡其色的羊皮錢包，錢包角落有代表著品牌的LOGO，和它的主人一樣，冷淡又精緻的風格。

江續低頭看了林西一眼，勾了勾唇：「女人負責選，男人負責付錢。」

「……」這江續，電視劇看多了吧？

林西看江續那一臉直男癌的表情，也不搶了，直接把林明宇的錢包收了起來。

既然他愛付，就讓他付吧，林明宇的錢，就直接捐給她了吧！

那天，雖然林明宇很晚才進包廂，但是大家還是玩得挺開心的。

後來林西才知道，兩個人吵了一兩個小時，是因為林明宇拿女朋友的假睫毛開玩笑，說她黏的是蒼蠅腿，那女的不依不饒鬧了一個多小時。

林西慶幸那女的後來沒成她嫂子，不然這麼做作，她可真是喜歡不起來。

唱完歌，大家就各自散了。

有幾個男男女女玩遊戲玩出了好感，很快各自組隊。

林西自然是跟著大部隊一起回學校。浩浩蕩蕩的一群人，這是大學裡才能常見的情景。

大家在KTV玩得挺嗨的，回學校的路上還是聊個不停。

月光溫柔地籠罩著一個個青春而躁動的年輕人，林西雖然沒有說話，卻還是有些感慨。

當年，她從來沒有好好珍惜過現在這樣單純的日子。

其實林西並不是多喜歡唱歌，準確來說，她甚至是有幾分陰影的。

上一世，林明宇要出國的時候，也曾叫了一大群人出來，大醉了一場。

林明宇是到快畢業，才知道林西對韓森的心思，趁著這機會，好心把韓森叫上了。

林明宇說：「我聽說韓森要調去外地兩三年，妳好好把握機會。」

林西很感激，也在心裡暗暗發誓，一定要好好把握機會。

結果，韓森雖然來了，卻不是一個人來，還帶著當時的女朋友，一個濃妝豔抹的妖冶女人。

林西準備好的一腔熱血付諸東流，除了喝酒，她不知道還能幹什麼。

那天林明宇醉得不省人事，自己都管不過來，最後，是江續把吐得一塌糊塗的林西送回家的。

當時大家才剛畢業沒多久，租房子都要算著錢，江續卻已經有自己的車了。

林西靠在副駕駛座上，酒精麻痺她的每一根神經，明明已經那麼醉了，心卻還是一陣一陣疼著，她忍不住流眼淚，眼前視線模糊。

路上的路燈一束一束的光打在林西臉上，光影變換，忽明忽暗。林西的情緒越來越低落。

一直沉默開著車的江續，微微皺眉。半晌，他用低抑的聲音問她：「有那麼喜歡嗎？」

江續問這個問題的時候，林西在心裡埋怨過林明宇這個大嘴巴，後來想想，告訴江續也好，至少證明了情書那件事確實是個誤會。

「他就是我的青春。」林西倔強地用手背抹了把淚，洩氣道：「算了，你這麼冷血的人，你懂什麼？」

許久，江續冷冷地吐出了一個字，「蠢。」

想到這裡，林西忍不住抬頭看了江續一眼。

和後來那個冷酷到有些刻薄的他不同，現在的他還只是個有些清冷的大學男生。此刻，他雙手插口袋，安靜地走著。

雖然不愛說話，人緣卻一直很不錯。走到哪裡都被簇擁著，在男生裡也很受歡迎。

幸好林西知道韓森是Gay，幸好江續不是重生的，幸好大家都不記得她的糗事。

命運重來了一次，真好。林西忍不住抿唇偷笑。

再次抬頭，感受到一陣探究的目光，林西下意識搜尋，最後和蘇悅雯四目相對。蘇悅雯那副欲言又止的樣子，讓她忍不住開始反省起來，是不是又和江續走太近了。

回到學校，籃球隊的大漢們挺有風度，先把女生送回宿舍才走。

林西和蘇悅雯住同一棟，同一樓，自然有一段是同路的。

兩人一起走進宿舍，又一起上樓，全程不交流，真是尷尬出天際了。

「妳這件裙子真好看。」林西沒話找了句話說。

「謝謝。」

話題戛然而止了，林西決定放棄掙扎。

幾分鐘後，終於到了四樓。林西跟剛被釋放的坐了十年牢的犯人一樣，興奮的就要走，頭也不回。

「林西。」分別前，蘇悅雯秀秀氣氣喊了她一聲。

「欸？」

蘇悅雯的眼中有幾分堅定，「我真的很喜歡他，我不會放棄的。」

「噢。」林西連廢話都懶了。

聚會的第二天，正是黃金週連假的第一天，林西和付小方高高興興去逛街，還不小心又碰到了蘇悅雯。

彼時，她正從美髮沙龍出來，也不知道是受了什麼刺激，把一頭快要及腰的黑色直髮，剪成了耳上長度的那種學生頭。

雖然還是一樣好看，但是她突然這麼大的轉變，還是讓林西她們有些好奇。

付小方詫異地問：「蘇悅雯怎麼也把頭剃成這樣了？難道妳這種男不男女不女的頭要成為流行了？」

林西一聽這話，立刻撩了撩自己那頭短毛，傲嬌地說：「妳看，姐永遠走在時尚尖端。」

「……滾。」

連假的第二天，林西也沒閒著，因為她接到了韓森的邀約。他在電話裡說得十萬火急，卻又神神祕祕，把林西弄得莫名其妙。

韓森約林西在校門口碰頭，她隨便套了件衣服就去赴約了。

從宿舍走到校門口，林西一眼看見等在那裡的韓森，因為他實在穿得有些隆重。

白襯衫，黑褲子，還配了雙有些滑稽的皮鞋。

林西走近後，立刻警惕了起來，她狐疑地看向韓森，「你是不是被人弄去搞傳銷了？現在找我發展下線？」

韓森本來面上表情很正常，被林西這句話一說，立刻變了臉：「林西，妳再他媽給我胡說八道，我捏死妳。」

林西撇嘴，「那你找我出來幹什麼？」

韓森被這麼一問，臉上飄起兩朵紅暈，「我訂了個雙人影院，想請妳看電影。」

「和你啊？」林西看了他一眼，果斷拒絕：「我不去。」

「妳敢！」

「……」

最後，林西還是被韓森劫持到那家雙人影院。說是雙人影院，實際上是比較寬敞的網咖包廂改的，每間都裝上了投影機，配備雙人沙發。

環境還算舒服，如果旁邊的人不是韓森這個老 Gay 的話。

韓森在電腦上的目錄裡找著電影，林西站在一旁看著。

滑鼠滑動，林西眼尖，一眼看到桌面上一個取名「成人」的資料夾。立刻興奮起來，「哇，厲害啊！這裡還有成人電影可以看！」

韓森的臉瞬間脹紅，瞥了林西一眼：「妳他媽是女的嗎？能不能矜持一點？」說完，惡狠狠瞪了她一眼，「說，想看什麼？」

「我自己來選。」林西奪過滑鼠，思考了一下，最後在一串電影名裡，點開了電影《藍宇》。

八十六分鐘的電影，林西看得很感動，最後結尾還哭了。韓森全程黑著一張臉，眼睛裡簡直要冒出火來。

電影看完，林西拿衛生紙擦了擦眼淚，隨後很鄭重地對韓森說：「韓森，其實男人和男人之間的愛情，也很讓人感動。你看胡軍演的陳捍東，明明愛的是男人，偏要追女人，還和女人結婚，這不是在害人嗎？最後他連藍宇也失去了，多痛苦啊！」

韓森沒想到林西能說出這樣的一番話來，一臉看神經病的表情看著她，憋了許久，他終於忍不住問道：「妳不覺得兩個男人，很噁心嗎？」

兩個男人噁心？林西有些意外韓森把話說得這麼狠。

林西突然想到，有些深櫃怕別人知道自己的性取向，會故意鄙視同性戀，表現出很噁心同性戀的樣子。沒想到韓森就是這種不坦誠的人。雖然已經看穿他的套路，內心還是不免有些鄙視。

「反正我覺得，喜歡男人，就不該再禍害女人了，這是做人最基本的道德。」林西氣鼓鼓地說。

韓森實在聽不下去林西在那講什麼男男大愛，道理道德，忍了許久，他終於發作：「我警告妳，林西，妳再讓老子看這種搞屁眼的電影，妳試試看！」

自從付小方知道韓森約林西去看電影，她體內的八卦之魂就控制不住了。連林西上廁所，她都要守在門口纏著問她：「說一下嘛，和韓森約會約得怎麼樣？他有沒有表白啊？」

「……」

這時，林西正在洗衣服，付小方又來了。林西不得不推開付小方的腦袋，無奈地說：「誰理他啊，正常人會喜歡韓森那種躁鬱症嗎？我又不是受虐狂，要命！」

付小方笑嘻嘻，雙眼放光，「我看他好像是認真的啊？」

林西白眼回她：「他是故意想整我的。」她想了想又說：「我覺得他可能是不爽，我說他是非主流殺馬特吧。」

「這事啊，我覺得倒是妳救了他，他現在這樣子，都可以去選校草了。」

林西驚訝：「我們學校水準有這麼低嗎？」

付小方「哼」了一聲，沒好氣地說：「妳當然看誰都普通了。坐擁林明宇和江續，飽漢子不知餓漢子飢！」

「……」

上次一起看電影，那樣不歡而散，林西本來以為韓森不會再來騷擾她了，卻不想，才過去兩天他又來找林西了。

那天，午飯時間已過，林西和付小方起晚了，慢慢吞吞到學生餐廳。林西先打好飯菜，找好了位子，剛坐下，就有人直接坐到她對面。

偌大的學生餐廳，那麼多空位，怎麼有人這麼唐突呢？林西正詫異著，抬眼一看，來人不就是韓森嗎？

真是陰魂不散啊。

不知道是不是沒睡好，韓森眼睛下面有些青黑，一雙濃密的眉毛緊緊皺著，黑白分明的眼睛透露出主人的糾結和妥協。

林西拿起筷子，在米飯裡戳了戳，最後還是憋不住了：「唉，說吧，又有什麼事找我啊，韓大爺？」

韓森盯著林西看了許久，突然往後一靠，震得整張桌子都在晃。

「妳是腐女吧。」韓森表情嚴肅。

「蛤？」

韓森目不轉睛地看著林西，「我已經搜尋過了，像妳這樣，有這種喜好的女生，就叫腐女。」

「……」林西呆若木雞地看著韓森，完全不知道他在胡說八道什麼。

韓森鬱悶地抓了抓自己的頭髮，許久，似乎是下定了決心，突然一拍桌子，霸氣地說：「雖然兩個男的搞屁眼有點噁心，但是只要妳喜歡，我願意陪妳看。」

韓森情緒激動，皺著眉說：「誰叫老子看上妳了！該！」

莫名其妙說完這一通，韓森「啪」一聲，又搥了桌子一把。

「妳看著辦。」韓森酷酷地起身，「我走了。」

「……」林西一臉茫然。

韓森走了一陣子，付小方打完飯菜過來，也是一臉莫名其妙，「剛韓森怎麼了？拍桌子摔板凳的，他是不是又威脅妳了？」

林西啃著筷子，許久，終於意識到韓森說了什麼

「……我的媽呀，太嚇人了啊！」

「怎麼了？韓森說要打妳嗎？」付小方一臉擔心地坐下，「找林明宇吧，好歹是男生呢！唉，這種暴力狂非主流殺馬特就是嚇人啊！」

「他說他要追我啊！可怕啊！」韓森這低級的行為，絕對是想報復她，再用追求她掩蓋他是 Gay 的事實，一石二鳥。林西心想，老 Gay 果然是惹不得啊！

付小方聽完，差點被口水嗆著了，半晌憤怒地吼道：「……炫耀你媽，滾。」

韓森的衝擊力太強，讓林西回寢室的路上有些精神恍惚，一直在思索對策。想事想得太入神了，林西上樓的時候，撞到一個文文靜靜的女生，把人家打包回來的飯菜撞飛了，潑得滿地都是。

眼前的混亂終於讓林西清醒了過來，付小方第一時間蹲下幫別人撿，邊撿邊抱怨：「就算被系草追，也淡定點好嗎？」

林西不好意思地蹲下，撿著散落一地的東西，嘴上不住道歉：「對不起對不起，都灑了，我去重新買給妳吧？」

忐忑地抬頭，那個文靜的女孩也微微抬了個頭，兩人視線相會。

女孩長著一張圓圓的娃娃臉，白淨的臉上帶著善意的笑容，她說：「沒關係，不用買了，我回去吃泡麵也可以的。」

林西看清了面前的人，下意識喊出她的名字。

「單曉！」

如果說，韓森是林西青春時最大的烏龍，單曉可以算是林西大學時代最大的陰影。就是她那封不寫名字的情書，澈底改變了林西的大學生活。

上一世，林西為了體驗大學生活，也曾經參加過學校志工活動什麼的，她就是那時候認識了單曉。

這一世為了避免和單曉接觸，林西完全沒有再去考慮志工活動。

林西慌張地從地上爬了起來，被嚇得連連後退。

單曉一臉疑惑地看向林西：「……同學？我們認識嗎？」

不管林西怎麼避免，有些人，有些事，該來的，命運總會讓她來的。

林西千方百計逃避，付小方卻誤打誤撞和單曉成了朋友。

單曉很溫和、文靜，對人非常好，林西那麼排斥單曉，付小方對此特別不理解。

「單曉是不是得罪過妳？」付小方好奇地問：「從來沒聽說過妳討厭誰，怎麼就對她那樣？」

林西為什麼會對單曉這樣？那是一朝被蛇咬，十年怕井繩。

當時因為替單曉扛事，林西一下子被曾經擁護她的女孩們孤立了起來了。大家覺得她假裝不喜歡江續，假裝幫助所有人，其實是在探聽大家的祕密，探知江續的喜好，最後一舉拿下；最詭異的是還有很多以前她當朋友的人，說她背後把私下聊天的內容到處和人說，說她是和《金枝欲孽》裡的安茜一樣的心機 girl。

林西真是有口難言。

那段時間是怎麼過的呢？上課前去裝水，必須把水壺拎到教室，不然再去熱水房，不是蓋子沒了，就是塞子沒了，有時候乾脆水瓶都沒了。

不敢在天臺曬被子，每次去曬，總有人用水把她的被子潑得濕透。

那時候，因為不和她斷交，連付小方都受了不小的牽連。換教室、班級有什麼活動，管理員故意避開她和付小方，讓她們永遠在被老師罵。

而單曉呢？她膽小怕事，看到大家這麼對林西，心裡雖然內疚，卻連和林西說話都不敢。

林西不怪她，卻不能再和她當朋友了。

她永遠記得，當她狼狽的在開水房找自己的水瓶的時候。單曉遠遠地把自己的水瓶放在角落，對林西說：「我多裝了一瓶。」

林西看了她許久，最後只是搖了搖頭：「不用。」

看著付小方那雙善良可愛的眼睛，林西想：還好妳什麼都不記得了，不然妳現在肯定很生氣。

想起上一世的事，依舊心有餘悸。林西撫摸著胸口，感慨萬千地說：「妳不懂。」

「我不懂妳倒是解釋啊！」

林西想想解釋起來太複雜，最後回答：「反正江續和她，是我最怕的兩個人。」

「……又是江續，江續掘妳家祖墳了？」

「總之，惹不起，我躲得起。」

韓森和單曉讓林西下定了決心，必須儘快找到男朋友，以應對也許會發生的烏龍情況。

就在大家計畫著報名英語檢定考試，積極準備的時候，林西也在書桌前奮筆疾書。這種千古奇觀，讓幾個室友都驚到了。

付小方躡手躡腳走到林西身後，看到她桌上鋪著放的幾本參考書，震驚道：「我的天吶林西，妳要發憤圖強好好念書了？」

林西頭都不抬：「大驚小怪什麼。」

付小方又往前湊了一些，這才看清楚林西到底在寫什麼。

「擺脫母胎單身計畫？」付小方一把奪過林西的本子：「找男朋友注意事項十二條？目標對象五個？什麼東西？找男朋友還有 plan A、plan B？妳逗我嗎？」

林西奪回自己的本子，反手拿本子在付小方頭上敲了一下：「妳管我呢！」

「都要考檢定了，妳不好好看書，在這搞這麼無聊的事啊？」

「檢定一年能考兩次，男朋友這東西，敢幾十年都不出現一個，妳說誰稀罕！」

付小方：「……」

雖然大家都不看好林西，但她還是認真開始找男朋友了。

回想上一世校慶的時候，付小方說到的那幾個人，林西想，就從這幾個人下手，都是母胎單身，互相拯救吧。

林西瞄準的第一個人，是一個叫陸仁珈的男生。這人是英語系的，長得倒是挺帥，白白淨淨的，有點像陸毅在《永不瞑目》裡的樣子。只是他比較內向，平時圖書館、教室、寢室三點一線。

聽說他第一次升學考發揮得不好，後來重讀了一年考上C大，在課業上自我要求很高，一刻都不敢鬆懈。

林西光是打聽這人，就花了不少功夫。

聽說他每天都在圖書館三樓的自習區看書，林西跑來也是碰碰運氣，沒想到她運氣還真是不錯。

陸仁珈此刻正專注地坐在圖書館的大桌上，面前一整堆的書，看著就壓力山大。

這一區整櫃都是英文原文書，林西隨便抽了本書作為搭訕的道具，十分熱情地坐到了陸仁珈對面。

「同學，你好，我是……」

林西還沒說名字，陸仁珈打斷了她。

「不給電話，不想談戀愛，別問我問題，我什麼都不會。」

林西沒想到這個人這麼高冷，訕訕地捏了捏手上的書，「同學，我只是想和你交個朋友。」

陸仁珈抬頭看了林西一眼，半晌，格外認真地說了一句：「檢定考到五百五十分以上，我和妳做朋友。」

林西出師不利，氣鼓鼓地走出自習室。正要下樓，迎面走來一個熟面孔。

——江續。

他剛從圖書館出來，手上還拿了本厚得和字典一樣的英語原文書。

不管林西願不願意，下樓的路就這一條，兩個人狹路相逢，也只能一起了。

江續側眸打量著林西，有些驚訝：「妳還會來圖書館？」

林西剛被人這麼嗆了一通，這時正不痛快，哪有什麼好臉色給江續看，她氣鼓鼓地說：「怎麼？我不能來圖書館？我就是要來看書不行嗎！」

不管林西怎麼挑釁，江續始終不氣不惱，「妳看得懂？」

「我怎麼看不懂？我也報了檢定考好嗎！」林西撇嘴：「不就五百五十分嗎！我這就考給你們看！」

說著，舉起手上的書，就是剛才隨手抽的那一本，嚷嚷著：「我現在就借書回去看！別以為只有你看全英文的！」

「噢。」江續始終表情淡淡看著林西，半晌，他用他那獨特的音色念著英文，每一個連讀都帶著令人酥麻的音色。

「Pig production: biological principles and applications.」

林西一聽江續開始說英文，更為惱怒：「什……什麼 pig？你罵我是豬？炫耀英文是不是，以為我聽不懂是不是？」

「養豬生產的生物學原理及應用。」江續下巴點了點：「我說妳手裡的書。」

第八章　兔子

雖然江續沒有什麼表情，也沒有說什麼嘲笑林西的話，但林西還是能感受到他揭穿她的那一刻，內心絕對是充滿著鄙視的。

抱著那本教人養豬的書，林西滿肚子不爽，卻找不到辯駁的話，只能硬著頭皮說：「我研究著怎麼養林明宇，不行嗎！」

江續看了林西一眼，眸光溫和，不置可否：「噢。」

「什麼意思啊？你不信是不是？」

江續抿唇，最後拍了拍林西的肩膀：「先研究養妳自己吧。」

林西：「……」

林西也不知道自己為什麼要把那本養豬的書借回來。一路上她都很氣憤，越看越鬱悶。也就那麼幾個單詞，每個看起來都挺眼熟的，想想意思，除了「pig」，別的都不太肯定。不過十年，這知識水準，退得完全無法看了。

一路馬不停蹄地奔回寢室，一開門就看到桌上堆積的檢定模擬試題，林西更是氣得恨不得把桌子掀了。

英語，她真的討厭英語！

雖然林西很不爽，但是想想，不能讓江續和那個叫陸仁珈的把她看扁了。拿起桌上的筆，她一屁股坐在椅子上，開始刻苦學英語了。她想，就沖著他們這份鄙視，她也必須在檢定考試考出高分給他們瞅瞅！

哼！

林西的決心很大，可惜現實很殘酷。

升學考結束以後，她的知識水準就像流星隕落一樣，曾經確實有過，但是快到大部分的人都不能捕捉到它的英姿。

說起來，以林西的高中成績，本來讀個私立大學都有點難。能考上C大這所明星大學，全靠林明宇最後三個月幫她突擊和C大在二〇〇五年的擴招。

林明宇這人看起來毛毛躁躁，成績倒是不錯。林西想著五百五十分也不容易考，自己死學不如找林明宇來補習補習。

拿出手機，林西撥了通電話給林明宇。嘟嘟響了好幾聲，林明宇慢吞吞地接起來，聽筒裡傳來他剛起床的哈欠聲。

「哥，你在做什麼呢？午睡啊？」林西這次絕對表現得很客氣，甚至帶著幾分諂媚。

剛睡醒的林明宇聽到林西的聲音，沉默了幾秒，隨後冷冷地說：『我沒錢。』

「蛤？」

林明宇說：『妳只有找我借錢的時候才會喊我哥，別裝了。』

林西想想，平時和林明宇的關係還是太惡劣了，趕緊彌補起來，「我不喊，難道你就不是我哥了？嘿嘿。」

『……直白一點可以嗎？像個男人一樣！』

「……」這人吶，是多賤的動物，平日對他大吼特吼，他習慣得很；對他稍微好一點，他反而渾身皮癢癢。林西聽林明宇這麼說了，也就不拐彎抹角了，直捷了當地說：「教我英語，我要考檢定考。」

林明宇下午有課，在林西軟磨硬泡威脅辱罵之下，答應從晚上七點教她到九點。

林西早早就在圖書館等候，結果眼看著時間都快到八點了，林明宇才姍姍來遲。

林西看看時間，忍不住揶揄他：「要是你女朋友約你，你敢遲到這麼久嗎？」

林明宇也不知道從哪跑來的，滿頭大汗。剛坐下，就直接把林西帶來的一瓶水喝完了。

「妳嫂子的朋友到我們學校玩了，一直在接待他們呢。」林明宇放下喝空的水瓶，隨手搶過林西面前的模擬試題，「別浪費時間，趕緊。等一下江續還要來找我。」

「江續？」林西想到江續就有點淡淡的不爽，「他找你幹什麼？」

「我忘了帶寢室的鑰匙，跟江續借，他鑰匙串上有實驗室的鑰匙，要回去關門。」

「噢。」

林西正若有所思，林明宇的手機就吱吱吱地震了起來。

他到樓梯間去接了個電話，再回來，看他的臉色，林西已經懂了。什麼樣的人叫不可靠？林明宇就是啊！

「老佛爺又召喚了？」林西忍不住白眼，「你再這樣下去，肯定有報應的。林明宇，你這麼重色輕妹，小心被甩了都沒處哭！」

「我和妳嫂子情比金堅！」林明宇嘿嘿一笑：「妳先看啊，妳嫂子有點急事找我，我等等回來。」

臨走前，他想想又從口袋裡撈出一串鑰匙，放在林西面前的桌上，「還有這個……」

「給江續是吧？」林西撇了撇嘴，認命地接了，完全放棄掙扎。

林西抱著題目寫了一陣子，連蒙帶猜，效率很低。正認真鑽研著，眼前突然多了一個人影。

林西一抬頭，江續已經大大方方在她身旁坐下了。他身上還是穿著上午的衣服，藍底白條紋襯衫，看起來斯文得體，氣韻清朗。他抬眸掃了林西面前的備考資料一眼，臉上依舊沒什麼表情。

「我的鑰匙。」

江續一貫言簡意賅，那跩霸天的態度真是讓人不爽。林西邊腹誹邊把手伸進包裡，正準備把鑰匙拿給他。突然，腦中靈光一閃，又把手縮了回去。

江續見林西不動，又說了一遍：「鑰匙？」

林西手上握著筆，敲了敲桌子。她眼中流露出一絲狡黠，緩緩道：「林明宇說好教我英文的，結果他半路跑了。」

林西看了江續一眼，鼓起勇氣說道：「你想要回你的鑰匙也行，林明宇不在，你教我。」

江續沒想到林西會這麼說，先是愣了一下，隨即勾唇一笑。

「不怕緋聞了？」

林西掃了周圍一眼，最後下定決心，「等我考上五百五十分，就澈底不用怕了！」

上一世，林西到大三才知道英文檢定考試和畢業證書掛鉤，趕著大三下學期的那一次裸考，一次就考過了，四百二十六分，雖然驚險，但是結果還不錯。

這一世再打開這些書，真是一看就頭昏腦脹。

十年過去，都還給老師了。

江續翻了翻模擬試卷，然後手一伸，「筆給我。」

林西趕緊把手裡的筆雙手奉上。

江續微微低頭，認真的側臉看起來十分迷人。骨節分明的手握著林西那支粉紅色 Hello Kitty 的自動鉛筆，讓她產生一股莫名的親密感。美色當前，林西突然有點理解了「從此君王不早朝」的原因。

江續隨手圈了幾題，然後把試卷和筆都推到林西眼前，「翻譯題開始，看看妳的詞彙量和文法水準。」

林西看了江續勾的幾道題目一眼，每一題都是看中文認識，要翻譯英語，大腦一片空白。

「噢。」說著，啃著筆就開始翻譯了。

半小時過去，江續狐疑地看了林西一眼：「還沒翻完？」

見江續要來拿試卷，林西趕緊用自己的手臂將試卷遮得死死的，結結巴巴地說：「翻是翻完了，只是……」

「拿來。」江續微微蹙眉，氣勢凌人。

林西只好唯唯諾諾上交自己的翻譯。

短短幾十秒的時間，林西看著江續的臉從白轉紅，從紅轉黑。

「這是翻譯？」

林西弱弱地問：「不然是什麼？」

江續冷冷瞥了她一眼，「音樂會妳翻 music party ？」

林西吞了一口口水，小心翼翼地回答：「好像沒問題啊？」

江續一記眼刀掃過來，林西不敢說話了，趕緊垂下頭去。

「改革開放，open the door ？」江續有幾分難以置信。

林西趕緊解釋：「不是說改革開放，是打開國門嗎？」

「這裡呢？」江續不想聽她胡扯，眉頭皺得緊緊地，敲了敲試卷，「jinzhang，這是英語？」

「這個實在是不會……」

江續微微低頭，鄙夷的看著林西，「妳這水準，別報名了。」

「……可是我已經報名了。」

「嗯，退考吧。」

林西步步退讓，江續始終冷言冷語。她的脾氣也不好，聽他這麼說，面子裡子都過不去，書一丟，和他槓上了，「要是水準很高，還要你教嗎？不就是因為都不會，才要你教嗎？你愛教不教，不教算了。」

林西發洩完畢，再看江續冷冰冰的眼神，有些後悔了，瞬間就怕了。

「那個……江續……其實我……」

江續打斷林西，手一伸：「鑰匙給我。」

林西被江續這麼鄙視了一通，心裡其實也挺委屈的。江續才二十歲，升學考完也就兩年，她都過去十幾年了，能一樣嗎？

見他踐到不行的離開，林西越想越氣，書也不要了，衝動地追了上去。

江續腿長走得快，沒幾步就下完一層樓的樓梯，林西鍥而不捨地跟在他身後。

「江續！給我站住！」

江續聽見身後的呼喊，停下腳步。他回過頭，始終是那副高高在上的姿態：「還有事？」

「你為什麼總是這樣？」林西氣急敗壞。

「我怎麼了？」江續挑眉，一副置身事外的樣子。

林西一見到江續這副表情，就止不住生氣。想到江續對她的花式鄙視，上一世也好，這一世也罷，真是罄竹難書。

林西越想越不爽，雙手插腰，仰起頭要和江續吵架的架勢。

「江續，你老是鄙視我，是什麼意思？」林西瞪了江續一眼，「我告訴你江續，我早就看你不順眼了。」

「所以？」江續始終面色平靜，語氣平靜：「妳到底想說什麼？」

「我想和你好好談談！」

江續微微偏頭，居高臨下地看著她：「嗯。」

「你你你！你站那麼直，看哪呢？是好好談的態度嗎？」林西仰著頭控訴：「長得高了不起嗎？動不動就用鼻孔看我，你以為你的鼻孔很好看嗎！」

「噢。」

江續低頭看了林西一眼，帶著幾分探究，把林西看得有些害怕。

林西剛要往後退，江續突然移步上前，不等林西反應，江續的長手已經穿進林西手臂內側，握住她盈盈一握的腰，掌心那灼燙的溫度讓她整個人一僵。

江續稍稍用力，就把林西從和他平層的那層階梯，抱到了比他高兩階的階梯之上。

林西看江續的視角，瞬間從仰視變成了平視。

江續英俊的臉上看不出什麼情緒，只是勾了勾唇：「現在可以談了。」

不是吃飯時間，也不是圖書館要關門，沒什麼人走來走去。此時此刻，樓梯間裡只有林西和江續這麼對峙著。

平視的視角，讓林西能從江續那黑亮的瞳孔裡看到自己瞬間石化的模樣。

腰上還有江續手掌心的餘溫，被他觸碰過的地方，好像有火在燒灼一樣。林西一動都不敢動。也不知道是怎麼了，心臟砰砰砰的，彷彿要跳出胸膛。

江續見林西一句話都不說，微微皺了皺眉：「不是要和我談談？」

呆若木雞的林西，終於被他的話喚醒，理智回歸大腦，越發覺得眼前的情景讓人尷尬。林西臉上瞬間紅得如同熟透的番茄。

林西是那種越是羞窘，就越是會用惡劣的語氣來掩蓋的人。

「你為什麼突然……」林西指著江續的鼻尖，說不出口「抱」字，轉而惡狠狠地說：「那什麼我！你什麼意思？」

江續挑眉，一臉無辜的表情：「妳不是說，我總是用鼻孔看妳？」

林西白皙的臉龐被氣得通紅，她插著腰在臺階上踱了兩步，最後氣憤地指責江續，說話都不順暢了。

「你你你你你……臭流氓！」

林西真是越想越氣，一路罵著髒話，從圖書館往宿舍走。

這江續，看起來人模狗樣的，怎麼老是對人動手動腳？這是不是就是傳說中的衣冠禽獸？

明明已經走了很遠了，林西腦中還是會閃過他直勾勾盯著她的樣子，忍不住又是一陣臉熱。

不管她嘴上如何老司機，內心都住著一個小純潔。不得不說，沒談過戀愛，真是一種缺點。只要是個男的靠得太近，她都會面紅心跳的，一點都淡定不下來。

記憶中，所有和男人這麼親近距離的經歷，好像都是和江續。林西和他也算是有孽緣了。

猶記得上一世校慶那天，第二攤是在江續的酒店裡進行的，因為一直有客戶、經理之類的找他，他頻繁地進進出出。大家都是在社會上打拚的人，對此都理解，他一直不在，林西也就沒注意他了。

發現韓森是Gay之後，林西崩潰了。

十年的時間，僅有幾次機會和韓森見面，每次他身邊都有不同的女人，好不容易他身邊沒有女人了，又被男人頂上了。

她這場暗戀真的是命運多舛。

從廁所回來，林西整個人已經被澈底被擊潰了。

時隔多年，同學們聚在一起放浪形骸的樣子。大家越玩越大，玩遊戲十分惡趣味，誰輸了，誰就去親當年喜歡過的對象。

林西渾渾噩噩地看著眼前的一切，心想，怪不得有句話說「同學聚會，拆散一對是一對」，一個個結婚的結婚，有另一半的有另一半，趁遊戲的機會亂來，完全是不懷好意。

林西不想參與那些惡俗的遊戲，坐到一旁決定大醉一場。林西一杯一杯地喝著酒，喝到後面整個人有些精神恍惚。

宴廳裡放著懷舊的歌曲，一首一首，林西聽著有些想流淚。她的青春，居然就這麼沒有了，明明她什麼都沒做過。

抹了抹眼睛，林西感覺到一陣睏意來襲，閉上眼睡了一下。

耳畔是大家笑笑鬧鬧的聲音，迷濛之中，林西感覺到有人低頭湊近她，那人溫熱的呼吸拂掃在林西額頭上。

一隻溫熱的手在林西臉上輕拍，「林西？林西？」

林西睜開眼，近距離看見江續那雙黑白分明的眸子。他的睫毛很長，瞳孔很黑，鼻梁高聳，鼻梁上還有一個小小的骨節。

酒精作用之下，林西迷迷糊糊的，並沒有覺得哪裡不對，倒是江續，見林西醒了，像沾染了什麼髒東西似的，很快彈開。

他沉默地回到林西旁邊的位子，始終正襟危坐。黑色的西裝外套被他脫了，只著一件白襯衫，雙手交疊，眉頭緊蹙地看著她。

林西醉得迷迷糊糊的，問他：「你怎麼躲這了？你遊戲輸了嗎？」

江續愣了一下。

「是不是他們也要你親喜歡過的女孩？」

「嗯？」

林西笑，特別豪爽地說：「要不然我讓你親一下？反正我們都沒有喜歡的人了。」說完，自嘲地咯咯笑了。

那天，江續也是用這樣直勾勾的目光盯著她，醉意朦朧中，林西看見江續的瞳孔裡映著自己的身影。

江續臉色冷峻，想都沒想，勾了勾嘴唇。

「不必。」

「……」

林西回憶這段過去，也是覺得日了狗了。她好心幫他解圍，姓江的有必要這麼嫌棄？都是三十歲還單身的人，他跩什麼？

白日天氣晴朗，夜裡繁星滿天，盈白的月亮高懸，星星緊緊將月亮包圍著，把夜空布置得那樣美麗。

走在路上，看著美景，腳步忍不住慢了幾分。

江續回寢室的時候已經快到十點了，被林西耽誤了那麼久，導致他回實驗室的時候還被同組的同學抱怨了兩句。

室友們都在各忙各的，只有林明宇，既不看書，也不洗漱。

江續換鞋，他把江續的拖鞋踢了過來；江續要坐，他把江續的椅子從桌下拉了出來；江續要去上廁所，他也跟在一旁，江續站著沒動，忍不住回頭瞥了他一眼，「你是不是還要幫我扶？」

林明宇大驚，趕緊從廁所退了出來。

江續在洗手檯洗手，林明宇守著；江續回座位，林明宇還是牛皮糖一樣跟著他，他忍不住皺了皺眉，「你到底想幹什麼？」

林明宇趕緊挪了自己的椅子，坐到江續身邊，一臉愁容，「江續，你趕緊幫我分析分析。」

江續打開電腦，頭也不回，「說。」

「最近我約小可，她都不出來，你說她是怎麼了？」

聽到是感情問題，江續回頭同情地看了林明宇一眼，「不好意思，這種題型，我不擅長。」

「別啊，你都不管，我就沒人可問了！」

江續輕嘆了一口氣，想要拒絕的話被林明宇的苦苦請求堵了回去。

「說吧，你們出了什麼問題？」

「我感覺小可好像有點故意避開我。我約她，她都不出來，去宿舍等她，她說兩句就要走。」

林明宇的表情有些痛苦，「你說她是怎麼了？」

江續打開桌面上一個文件，十分理智地回答：「想分手了吧。」

「不可能──」林明宇情緒激動。

林明宇這一聲嚷在江續耳邊，正看著論文的江續忍不住皺了皺眉，「要不然買點東西送吧，女孩不是都喜歡這樣嗎？」

林明宇一臉糾結，「那我送什麼好呢？」

江續握著滑鼠的手指往下滑了滑，淡淡道：「女生喜歡的都差不多，參考參考身邊的人。」

林明宇愁死了，「我身邊哪有女生可以參考啊，只有小可一個。」說著，突然一拍大腿，「林西？」一提到林西的名字，他瞬間又沮喪了下去，「林西不行，林西完全是個男的！」

江續看著林明宇這麼自言自語的，嘴角抽了抽，「要不然送小動物，女生不是都喜歡嗎？」

「你說送活的？」他想了想又不確定了，「我不知道小可喜不喜歡小動物，沒聽她說過。」

「女孩都喜歡吧。」江續放下滑鼠，轉過身來，看了林明宇一眼，「連你妹都養過兔子吧。」

「你說林西？」林明宇驚異地看著江續，「她是養過兔子沒錯，可是她根本不喜歡好嗎！」林明宇越說表情越誇張，「我差點就信你了，你居然拿林西當例子，她算什麼女人？」

江續沉默了幾秒，眉頭輕輕皺了起來：「她不喜歡，為什麼養？」

「因為她喜歡吃麻辣兔丁，養著就是準備吃的。」

「……」江續還是有些不相信，「後來她那兔子死了，為什麼她哭得那麼傷心？」

林明宇一臉「天才也會智障」的表情看著江續，最後敲碎了江續腦海中那些美好的想像，「因為兔子還沒養肥就死了，死了就不能吃了！」

「……」

林明宇只知道林西養過兔子，卻不知道林西養的那隻兔子原本是江續的。

有個喜歡江續的女生托林西送一隻兔子給江續。這小東西，真是讓他一籌莫展。

林西替人送完禮物，也沒立即走，只是雙手背在身後，微微側著頭看著江續。

她睜著圓圓的大眼睛，小心翼翼地問江續：「那個，你不要的話，能不能送給我？」

她往前走了一步，自然捲的長髮，被她綁成高馬尾，陽光下，她的髮鬢兩側有幾綹捲捲的碎髮黃橙橙的，明晃晃的，讓人恍惚。

江續還在發愣，她抿唇笑了笑，充滿少女的嬌嗔，她說：「我最喜歡兔子了。」

當初就是那樣把兔子騙走的，也那麼認真地養了一陣子，卻不想是這樣的理由。

小騙子。

江續想著想著，嘴角勾起一絲弧度。

林明宇原本還在碎碎念，一看江續居然笑了，忍不住苦著一張臉抱怨：「我都這麼痛苦了，你還笑？江續你是人嗎？」

江續咳了兩聲，清了清嗓，「不是。」

第九章　演唱會

和江續不歡而散，回到寢室，林西還是難以排解內心的不爽。踱步到付小方桌前，她正嗑著瓜子看著韓劇《狐狸啊，你在做什麼？》，見林西回來了，她自覺地把手裡的瓜子分一半給林西，一邊嗑瓜子一邊說：「年紀大了談不上戀愛的女人還真是可憐，妳看這個女主角，一事無成，也沒有男朋友，唉，還長了子宮肌瘤。」

林西剛放一顆瓜子到嘴裡，就看見劇中的女主角高秉熙以為自己得了子宮癌，抱著一個子宮的模型坐在地鐵上哭得稀哩嘩啦的。

那一瞬間，她彷彿看到上一世的自己，不免有幾分感同身受。

「妳以為她想這樣嗎？妳以為談戀愛那麼容易嗎！妳不能理解一下年紀大的女人嗎？」

「……」付小方被林西質問得哭笑不得，「我才二十歲，讓我怎麼理解啊！妳吃錯藥了吧，陰陽怪氣的。」付小方嘟囔著皺了皺眉，瞥了她一眼，繼續嗑瓜子。

付小方不理林西了，林西站在她身後，越想越覺得害怕。趕緊把瓜子還給付小方，轉身又回到自己桌前，把參考書打開了。

曾幾何時，她也浪費過大學裡的時光，覺得大學裡沒有幾個像樣的男人。後來她出了社會，見識了社會上那些可怕的猥瑣男以後，她才後悔，當初大學裡的都是精品啊！

不就檢定考考到五百五十分以上嗎？想要林西知難而退？林西偏不！

自己埋頭念書好幾天，毫無進展。

林西不得不又把主意打到林明宇身上。

幾天不見林明宇，林明宇也很難得的完全沒來煩她，這倒是讓她有些意外了。打林明宇的手機，他都不接，林西不得不用迂迴的方式，去他上課的教室蹲點。

好不容易找到他，他卻趕著要走，說是要去排隊買演唱會的票。

林明宇這個初戀女友是女子團體S.H.E的粉絲，前一世林明宇也曾排隊去買過票，但是當時的他並沒有買到。

想到自己的「母胎脫單」計畫，林西一把抓住林明宇的衣服，「我幫你買到票，你是不是就肯花時間教我英語了！」

林明宇將信將疑地看了林西一眼，「妳能買到？」

「你就說肯不肯吧！」

「只要妳買到，我保證教妳英語，檢定妳要多少分我教妳到多少分！」

林西敢這麼誇下海口，是因為林西想起來，室友圈圈的媽媽正好在贊助商公司工作，有員工票。林西按林明宇要求買了四張。給票他的時候，林西忍不住問了一句：「你為什麼買這麼多啊？

而且還買隔那麼遠的，是還幫誰買了嗎？」

林明宇抽了一張票遞給林西，「妳這次幫了我大忙，肯定也要帶妳去見見世面。」

「呸，我說呢，原來是怕我當電燈泡。」林西鄙視地瞪了林明宇一眼，「你再給我一張吧，我一個人去多無聊啊，我帶小方一起。」

「另一張是送給朋友的，不行。」

林西瞥了他一眼，「又是小可的朋友吧，切。」雖然不爽，還是很不客氣地把票收下了。林明宇下手狠，位子都買得很前面的，不看白不看。

週六，林西早早出發去舉辦演唱會的體育館。林西並不是誰的粉絲，但她對陪著她度過暴躁青春的周杰倫、蔡依林、S.H.E、林俊傑等歌手，始終充滿感情。雖然林明宇給的印著三人照片的T恤有些傻，她還是欣然穿上了。

二〇一〇年，S.H.E宣布單飛不解散，自那以後不再作為組合發展。重回二〇〇六年，S.H.E還在舉行「移動城堡」巡迴演唱會，不得不說，林西光是想一想，就有些想哭。

林西已經提前了一個多小時，林明宇和他女朋友比她還要早出發，可見有多興奮。廢了點功夫才找到他們，三人匯合。

「進去嗎？」有人發了根螢光棒給林西，林西甩得很起勁。

林明宇看了手錶一眼，「等一下，還差一個人。」

「不是小可的朋友嗎？沒一起來？」

「是我的朋友。」

林西一聽這話，瞬間湧起一股不詳的預感，「你還叫誰了？」

林明宇嘿嘿一笑，偷偷湊近林西說：「我這個月的生活費早就花光了，票錢是江財主借我的，我想著反正是下個月還，乾脆人情一起還，請他聽個演唱會。」

林明宇剛說完，林西就看見江續和一大群人一起從人行道走了過來。在一眾路人裡，江續的畫風就是那麼格格不入，像MV畫面一樣，人來人往的街道上，旁人都是虛晃而過的影子，只有他正被特寫……

江續一來，林明宇就帶著女朋友去買周邊了，剩下林西和江續大眼瞪小眼。

江續一件白襯衫搭配淺灰色針織衫，天氣有些熱，他的針織衫披在肩上，沒有穿，看起來十分休閒。眾人群情激奮，唯獨江續表情淡淡的，一副走錯片場的樣子。這讓穿著印著S.H.E照片的T恤，拿著一根螢光棒的林西覺得自己有些滑稽了。

見江續盯著自己手上的螢光棒，林西尷尬地揮了揮，「這是別人發給我的。」

「喝水嗎？」江續看了林西一眼，又問：「爆米花？」

林西噗嗤一笑：「你以為是看電影啊。」

江續頓了頓：「我第一次聽演唱會。」

林西沒想到江續沒聽過演唱會，瞬間優越感油然而生，「真的假的？你沒聽過啊？為什麼啊？」

江續面上沒什麼表情，眸光淡淡，依舊是那副理所當然的語氣：「嫌吵。」

「……」林西忍不住白眼，「那你來幹什麼？」

「林明宇送票。」

林西皺了皺鼻子，最後拍了拍他的手臂，「算了，不管是什麼理由，來了就享受！好好聽你人生的第一場演唱會！」

等了近一個小時，演唱會終於開始了。

S.H.E 一上臺，大家一頓尖叫。她們唱什麼，下面的粉絲們就跟著唱什麼。這些歌對林西來說是很多年沒怎麼回顧過的老歌，卻能憑記憶跟著唱，原來有些東西，以為忘了，記憶還是存在的。

林西一直跟著眾人大力揮舞著螢光棒，大家唱她也唱，五音不全，鬼哭狼嚎。

林西在這邊激動到不行，S.H.E 下去換衣服的空檔，她甚至手賤去拉了江續一把，「一起唱啊！你怎麼都不哼一聲啊！」

江續用鼻孔看她：「哼。」

「……不是這個哼。」

江續雙手抱胸，坐在一旁，冷冷瞅了她一眼，忍不住諷刺道：「果然是『聽演唱會』，就是不知道聽誰唱。」

江續這麼一說，林西才明白他在「哼」什麼。她揮舞著螢光棒，訕笑著說：「演唱會嘛，都是這樣的，大家都在唱啊。」

雖然江續控訴林西，林西還是不在乎，S.H.E 重新上臺，她又跟著大家一起激動。

快節奏電音前奏響起，全場沸騰了。大家站起來跟著節奏揮舞螢光棒，林西自然不甘落後。

「……你是電，你是光，你是唯一的神話……」林西唱得很嗨，猛然撇頭，江續正黑一張臉看著她，她趕緊拍了拍江續的肩膀。

「你也一起唱啊！」林西一邊跳一邊唱：「……you are my super star……」

江續冷眉冷眸地抬頭，以眼神帶著林西往下看。

他嘴唇輕動，林西聽不清他說什麼，卻看懂了他的嘴型。

他說：「妳踩到我的腳了。」

林西情緒激動之下，把江續的白色板鞋踩出好幾個黑印，被江續一頓眼刀伺候，這才收斂了一些，肯乖乖坐下聽了。

其實林明宇買的票位子已經很好了，但是林西還是看不太清楚舞臺。買好位子票的都是忠實粉絲，長槍短炮的拍，個子大的男生也多，一激動就站起來跟著唱，林西就算站起來也會被擋住，更何況這時坐著，基本上都在看別人的屁股和後背。

演唱會到了最後一首，大家開始喊安可，S.H.E 在舞臺上動情地說著感謝的話，林西知道，馬上就是最後一首了。

全場都站了起來，林西什麼都看不見了。她低著頭，無力地揮了揮螢光棒，一臉失落的樣子。

江續坐在一旁沒動，見林西像被消了氣的氣球，沉默地皺了皺眉。

半晌，他突然起身，在林西面前半蹲下來，拍了拍自己的肩膀，對林西說：「踩我腿，上來。」

林西一臉震驚地看著江續，說話有些結巴：「你要我坐你肩上？」

江續有些不耐煩地催促起來：「快點。」

「代表世界感激你！」有這麼好的機會，林西自然不會拒絕。林西不好意思踩江續的腿，而是踩著凳子爬坐到江續肩上。

江續一隻手緊緊抱著林西的雙腿，林西箍著他的脖子。

江續輕嘆一口氣，語氣充滿著無奈：「長得矮就是麻煩。」

「嗯？」前一秒林西還在怔愣，下一秒，他一起身，林西的視線瞬間開闊了起來，眼前再也沒有任何阻擋物。

全場的螢光棒組成了光的海洋，風緩緩吹過，光的海洋劃過溫柔的浪潮。

舒緩而動情的音樂從音響設備裡傳來，清透而悅耳，全場合唱，林西也混在其中。

「再靠近一點點，就讓你牽手；再勇敢一點點，我就跟你走。

你還等什麼，時間已經不多。再下去，只好只做朋友……」

演唱會結束，緩緩跟著人流從體育館出來。林西走在前面，江續走在她身後。江續身高高，能擋住一部分推擠的人群。雖然被江續嫌棄長得矮，但是林西不得不承認，長得高還是有點用的。

出了體育館，林西完全找不到林明宇。江續也不說話，雙手插口袋杵在那不動。

林西到處看了看，也不知道接下來該怎麼辦，只能訕訕吐槽了一句：「林明宇真是太不可靠了。」

「嗯。」

她暗暗打量打量江續，見他沒什麼表情，又試探性地問了一句：「回學校嗎？」

江續看了周圍混亂的人群一眼，點了點頭：「嗯。」

公車上人多得如同沙丁魚罐頭，擠都擠不上去，兩人只能先往終點站走。披著星光一步一步走著，看著身後的體育館越來越遠。秋風陣陣，林西卻感覺不到冷，耳邊似乎還有演唱會時澎湃熱烈的音樂。

這一刻，即便都沒說話，也不覺得尷尬。走著走著就快到了，剛下天橋，林西的腳就挪不動了。天橋下有個氣球小販佇立在那裡。那個中年小販個頭不高，五彩斑斕各種人物氣球幾乎將他淹沒。這畫面讓林西有些眼熱。

上一世，她曾無數次一個人路過賣氣球的小販，卻一次都沒有買過，一個人的時候買，真的太寂寞了。

江續見林西突然不動也不說話，順著她的視線看去。

「想要？」江續輕聲問。

林西忸怩地看了江續一眼，明明充滿期待，嘴上的話卻很作做：「這怎麼好意思呢？」

江續看了小販面前豎著的價格牌子一眼，從錢包裡拿了錢遞給小販。小販對每個客人都喜笑顏開的，立刻問道：「要哪一個？」

林西指了指黃色那個醜醜的氣球：「皮卡丘。」

林西把那個醜醜的皮卡丘氣球綁在自己的包上，她在前面走著，氣球就在她身後飄，畫面看起來很詼諧。

好不容易回到學校，這一夜終於臨近尾聲。林西看著氣球，不禁有種「江續人還挺不錯」的感覺。

「話說，江續，你為什麼不談戀愛呢？你有喜歡的女孩嗎？沒有的話，我可以幫你介紹啊。」

江續挺直背脊，雙手插口袋，遷就著林西的腳步慢慢走著。

「不用。」他的聲音很平靜，沒什麼情緒。

被江續拒絕後，林西尷尬得回過身，趕緊幫自己打圓場：「也是，你這麼受歡迎，肯定不用幫你介紹的。」

見江續對這個話題沒什麼興趣，林西忍不住又說了一句：「不過我還是覺得你應該談個戀愛。」

如果江續談戀愛了，真是讓人省了好多事。以後和他來往也不會有負擔，再也不怕被人說是「安茜」了。

夜風襲來，吹動學校裡的老樹，枯葉被捲起，孤寂地墜落、遷徙。

江續走著走著，突然回過頭，深沉的眸子讓人看不清情緒。

他問林西：「那妳呢？」

「我？」林西指了指自己，「我不是談不上嗎？」她說著說著就輕嘆了一口氣：「你不懂，像我這種普通到丟到人堆裡就找不出來的女孩，真的很難找男朋友。」

「不會。」

擲地有聲的兩個字，讓林西正走著的腳步頓了一下，「什麼不會？」

「妳丟在人堆裡，我一眼就能找出來。」江續特別認真地說。

林西無語凝噎：「江續，這只是比喻。」

正說著，女生宿舍到了。

「今天謝謝你了，江續，晚安。」

林西頭也不回，歡樂地扯著自己的氣球上樓了。

林西牽著那顆醜氣球回寢室，又一次引起付小方的高度關注。

氣球被綁在凳子上，付小方扯著繩子，把氣球拉近，觀察了許久。

「趕緊交待這是誰買的？追求者啊！」

「怎麼可能？」林西鄙夷地看了付小方一眼，「我要是有追求者，我還需要這麼痛苦的準備英文檢定考試，只為和別人從朋友當起嗎？」

「不好說啊，說不定有暗戀妳的人，給妳很多暗示，妳就是不懂呢？」付小方說得煞有其事。

林西白眼：「妳把我說得太蠢了。」

「誰說不是呢？」付小方嘖嘖兩聲：「人家韓森要追妳，妳還說人家是要追殺妳呢。」

「被韓森追，和被追殺有差別嗎？」

付小方一臉悲憤，「……又炫耀，滾！」

付小方不想和林西聊下去了，灰溜溜地回自己座位。

林西看了頂到天花板的氣球一眼，若有所思。

怎麼可能呢？林西搖了搖頭，搖走了那荒唐的念頭。

週日，林西還是很早就起來了，要先去圖書館「打了個卡」，向陸仁珈表表決心。

陸仁珈是個學霸，林西為了陸仁珈還特別做了一些改變。

首先，她開始穿學生氣息很濃的格子襯衫，和不緊不鬆看起來毫無款式可言的直筒牛仔褲；然後，她明明沒有近視，還是幫自己弄了副沒度數的眼鏡；最後，也不是去看書，還要拿本破書。真是做戲做全套。

雖然陸仁珈對她不理不睬，但是存在感還是要刷的。

早早跑到圖書館，結果男主角陸仁珈卻沒有按照劇本去看書，這讓林西感到有幾分洩氣。

從圖書館出來，直接去了學生餐廳，比起讀書，林西更喜歡吃。

一邊走一邊傳訊息給小方，問她要吃什麼，準備帶點給她。

林西正要進學生餐廳，就遇到了剛從學生餐廳的超市出來的韓森，還真是冤家路窄啊。

韓森一連看了好幾眼才確定是林西，一把扯住她的衣服。林西趕緊拍掉他的手，把衣服整理順了。

「妳是怎麼回事？」韓森一見她，就止不住生氣。

林西也是無奈了，「我又怎麼了？」

「我打電話給妳，妳為什麼不接？」

「不知道是你啊。」一重生就把他的號碼刪了，再也不想和這個老 Gay 有什麼瓜葛。

韓森聽她理直氣壯的這麼說，更生氣了：「妳為什麼不存我號碼？現在存！」

說著，就要搶走林西手裡的手機，林西眼疾手快，趕緊把手機藏到背後。

「我的手機丟了。」

「妳當老子瞎了？」韓森指著她背後，「妳剛剛用的是什麼？」

「付小方的。」

「……」

雖然林西拚命反抗，還是敵不過韓森的力氣，他三兩下就把林西手機搶了過去，把自己的號碼輸了進去。

林西看了一眼，他幫自己備註的名稱是「森」，這讓她忍不住一陣惡寒，轉頭就改成了「韓老Gay」。

韓森沒注意這些小動作，只是惡狠狠地威脅她：「妳敢刪試試。」

「你到底想幹什麼？」

「上次不是說了嗎？追妳啊。」

林西嫌棄地抬頭，「我可以拒絕嗎？」

「可以啊。」韓森陰陽怪氣地一笑，揮了揮拳頭：「妳想死的話。」

費盡九牛二虎之力，終於擺脫了韓森的糾纏。唉，想好好買個飯，也是相當不容易。

買完兩個人的飯，林西哼著歌往宿舍走，路過熱水房，突然想起昨天晚上裝的水忘了拿，趕緊跑去把自己的開水瓶拎回去。

一手拿著開水瓶，一手拎著三四個盒子，還沒走出兩步，拿著開水瓶的手已經空了。

林西一臉茫然的回頭，心想這年頭還有人搶劫開水瓶？

不等林西反應過來，江續已經一臉理所當然的表情，一手拎著林西的開水瓶，一手對她勾了勾：「左手的，也給我。」

「江續？」林西幾乎是下意識就把手上的飯也遞給了他，那麼順理成章。

最近和江續接觸變多了，她習慣什麼都聽他的。兩人一起走了好遠，林西才意識到不對勁。

天吶，她和江續一起大大方方走在校園裡，江續還幫她拿東西，這不是校園情侶才會出現的畫面嗎？

林西瞬間如芒刺在背。

好在開水房離宿舍不遠，沒多久就回宿舍了。林西趕緊拿回自己的東西。

「等等。」江續叫住一臉逃命表情的林西。

「那天演唱會，妳掉了這個。」江續的臉上帶著幾分溫柔的表情。從口袋裡拿出一個小小的鑰匙串，遞給林西。

林西看了那串鑰匙一眼，才發現那是她大一訂牛奶的奶箱鑰匙，後來沒訂了，就一直放包裡。鑰匙早就沒用了，怪不得掉了都沒發現。

鑰匙是林西的，原本該去接的，可是她卻不太敢。

因為那枚鑰匙被掛上一個小鑰匙扣，是一個小小的卡通皮卡丘，表情生動，形狀有趣，這讓林西一下子聯想到付小方說的話。

林西忍不住往後退一小步。

「這鑰匙是牛奶箱的，早就不用了。」林西說。

江續圈著鑰匙扣的手僵了僵，他看了林西一眼，眸光暗了暗。

「噢。」江續收回那串鑰匙，「那我走了。」

「喂，江續。」林西輕聲叫著他的名字。

江續回頭。

「那個……」她有些緊張，組織了半天語言：「就是，不要隨便送女孩東西……也不要隨便幫人拿東西什麼的……有些事，是追女孩子的時候才會做的，你又不是要追我，這樣讓人誤會了不好……」

空氣中帶著幾絲尷尬，林西覺得頭皮有些發麻。

江續狀似輕描淡寫地瞟了林西一眼。

輕輕撥了撥鑰匙圈，不經意地反問了一句。

「要是我想呢？」

第十章　為愛禿頭

林西呆呆傻傻地看著江續，良久過去，她依舊一句話都不敢說。
不知道說什麼，感覺說什麼都是錯的。
江續靜靜看著他，嘴角帶著一絲弧度，看起來似笑非笑：「怕了？」
漸漸有回宿舍的女生從他們身邊走過，那種探究的眼神讓林西後背一陣發涼。
她偷偷吞了幾口口水，半天才找回自己的意識。那一刻，尷尬得林西簡直想要當場表演胸口碎大石。
「那個……江續……我想起我還有點事，先走了……」
不等江續回答，林西已經腳底抹油跑了。
看都不敢再看江續，那一刻，除了跑，林西也想不到別的對策了。
走到樓梯間，確定江續看不見她了，林西才停下來，她放下開水瓶，用空出來的手撫摸著自己的胸口。
真可怕，重生一世，真是險象環生，什麼事都有可能發生。
韓森要追她就夠可怕了，江續也要追？

林西忍不住輕嘆了一口氣。長得太美，就是會引人犯罪。

本來林西只需要躲韓森，現在還要多躲一個江續。

林西想，指望他們談戀愛，短期內是不可能了，想解決眼前的困境，最好的辦法是她自己趕緊談戀愛。

偏偏林明宇這個大塊頭給她搗亂，張德靄後來到處說林西的哥哥多可怕多野蠻，讓林西在整個學院更為「名聲大噪」，為了生命安全，更沒有人敢追林西了。

林西不得不回頭寄希望於陸仁珈，也不得不又回來學英語。近來林西除了上課幾乎都窩在寢室。偶爾在教學大樓碰到江續，都躲得老遠。

晚上上課前，林西和付小方一起去學生餐廳吃飯。路上正好遇到林明宇和江續一起過來。

一見江續，林西簡直如臨大敵，飯也不吃了，拉著付小方就跑。

被林西拉著跑的付小方一臉茫然，「不是吃飯嗎？跑什麼啊？」

「過一下再去吃。」

「為什麼啊？」

「一言難盡。」林西說：「為了讓江續早點死心。」

付小方：「妳又發瘋了吧？」

付小方不理解，林西也不解釋。為了讓江續儘早忘情，林西也只能用這種方式了。

唉，被不對的人喜歡，也是一種負擔啊。

林明宇看到自家妹妹，本來準備追上去，誰知她一個小短腿，跑起來倒是快，沒多久就沒影子了。

林明宇一臉詫異：「她怎麼了？」

江續沒說話。

林明宇回過頭，看到江續正緊皺著眉頭。腦中突然靈光一閃，忍不住「咦」了一聲。

「說起來，林西最近好像看見你就跑啊。」林明宇挑了挑眉，問道：「你是不是惹到她了？」

江續沒有回答他，只是視線落向遠處，若有所思。

「喂，江續？」

收回目光，江續又恢復從前冷冷淡淡的樣子。

「吃飯。」

「……」

和付小方一起混了三天寢室，桌上堆了一堆書，看起來倒是挺勤奮，只是念書效率奇低。林西意識到這樣下去是不行的。

S.H.E 演唱會之前，林明宇明明答應好了要教林西英語，結果演唱會都結束好幾天了，林西每次聯絡林明宇，他都找各種理由推遲。這兩天更過分，直接聯絡不上了。

氣急敗壞地打電話給林明宇，他的室友接的，讓林西去一趟。

本來有些擔心會遇到江續，但是林明宇室友說得有點嚴肅，她也不敢耽誤，萬一林明宇真的有什麼事呢？

林西出門的時候，沒注意室內外溫差，忘了穿外套，出去以後感覺到幾分冷意，才發現這個問題。眼看著男生宿舍已經在眼前了，林西最後還是決定忍忍算了。

男生宿舍的舍監阿姨知道她是林明宇的妹妹，直接放她上樓。林西再一次感慨，男生宿舍就是這麼好進。

找到林明宇的寢室，一推開寢室門，一股沖天的酒臭味差點沒把林西薰死。

林西皺著鼻子往裡走了兩步，腳還不小心踢翻一個啤酒瓶。林明宇跟躺屍一樣癱在地上，手背蓋著臉，頹廢得像一條死狗。

林西趕過來也走累了，隨便拉了個凳子坐下。不巧，她一坐下，才發現坐的居然是江續的位子。收得整整齊齊的書桌，放置著很多不同語種的原文書，最顯眼的地方放著一本課本。扉頁上有他的名字，「江續」兩個字下筆遒勁有力，字如其人。

林西隨手一翻，整本書一個筆記都沒有，看來江續也不是多認真嘛。

書一動，裡面掉出一張紙。林西撿起來一看，把她嚇到了。

那張計算紙，居然是她那天在圖書館做翻譯的時候用過的。

天吶，這江續，也太情根深種了。

林西想著不能讓他再深陷下去，把那張紙一揉。林西在丟還是不丟之間猶豫了幾秒，最後又把手收回來了。

展開被揉成一團的紙，用手擼平，隨手拿了江續桌上的筆，刷刷在紙上寫了一行字，然後重新夾回那本書裡……

休息好了，林西皺著眉走到林明宇身邊，用手拍了拍林明宇的臉：「醒醒。」

林明宇醉得不行，雙眼朦朧地看著林西，半天才認出來，「啊，林西啊！」

看到自家老妹，林明宇憋了好幾天的情緒終於爆發，他一把抱住林西的腿，突然痛哭了起來。

林西嫌棄臉，「怎麼喝成這樣？」

「我那麼喜歡她……對她那麼好……她居然劈腿！！」

「終於被甩了？活該！」林西撇嘴：「重色輕妹的下場！」

「……她為什麼這麼對我啊！」

「……大概是因為你的智商不適合談戀愛吧。」

「林西妳是人嗎？老子都失戀了！」

「……」

哭了近半小時，林明宇終於得到充分的釋放。

林西覺得他實在太臭，把他推到洗手檯前，打開水龍頭：「洗個臉收拾收拾，一起去吃飯。」

「噢……」林明宇雖然雙眼還是有些朦朧，但是人已經冷靜了下來。

林西一個個撿起地上的酒瓶裝袋，然後把林明宇碰倒的凳子盆子，踢亂的鞋子一一還原。

等她想起去招呼林明宇時，林明宇已經把自己的臉和頭都糊滿了肥皂泡泡。

他還醉著，坐在洗腳凳上，糊裡糊塗地拿著刮鬍刀在自己臉上刮著，手一滑，直接剃掉頭頂的一塊頭髮，一片白花花的頭頂頭皮就這麼露了出來。

這把林西嚇壞了，喝成這樣，怎麼還能拿刀呢，多危險。

「林明宇，太危險了，這種事你怎麼能自己做？」林西趕緊走上前，奪走林明宇手裡的刮鬍刀，義正辭嚴道：「我幫你！」

說著，手起刀落，地上又掉了一撮頭髮……

林明宇歪著頭，坐著就睡著了，更是方便了林西。她正剃得不亦樂乎，寢室的門突然「嘎吱」一聲，被人推開了。

林西抬頭，視線與剛進來的江續四目相對，瞬間被嚇得鬆了手。

江續隨手將懷裡的書擱在桌上，眉眼間帶著幾分疲憊，林西看了一眼，覺得他和平時有些不同。

「剛回來？」林西沒話找話。

「嗯。」

又是一陣尷尬的沉默在兩人之間彌散。

「啪嗒。」

林明宇大概是不舒服，動了動，居然從椅子上摔了下來。

林西也不顧不上江續了，轉身去扶林明宇。林明宇迷迷糊糊的，手摳著洗手檯壁緣，嘴裡還在哼哼唧唧。

江續脫掉身上的卡其色風衣，隨手搭在椅背上，走了過來。

林西抬頭，正看到江續近距離的臉龐，兩個人都忍不住愣了一下。

江續過去扶起林明宇，淡淡瞥了林西一眼：「我來吧。」

林西趕緊讓出了路。

江續隨手扯下牆上林明宇的毛巾，粗糙地幫林明宇擦了擦。

「趕緊走吧。」江續指了指林明宇的頭髮，提醒林西：「趁他還沒醒。」

林西看著林明宇的那頭被剃得亂七八糟的頭髮，也後怕了起來。都怪林明宇，他一開始剃，林西也手癢了。

在歡樂過後，林西清醒過來。林明宇要是醒了，大概會殺了她。

她趕緊放下了「作案」工具，濕手在身上抹了兩下。

「那……他就給你照顧了，我先走了。」

「等等。」

林西剛轉身要走，被江續叫住了。

林西有些忐忑地回頭：「還有什麼事嗎？」

江續把林明宇扶到凳子上坐下，兩步跨出陽臺。

他的手下意識去拿自己椅背上的風衣，快要觸到的時候，突然頓了頓，然後調轉了方向，勾起他座位對面的，林明宇凳子上的衣服。

手上一拋，林明宇的棒球外套不偏不倚地蓋到林西的頭上。

林西的視線完全被衣服遮住，那一剎那，她怔愣著一動也不動，頭頂只有江續不帶什麼情緒的聲音，低抑平緩。

「外面冷。」

「砰——」

林西回應江續的，是受驚撞到門的聲音。

林西很快就跑得沒影了。

江續回頭，林明宇已經完全醉癱了，在陽臺睡得很香，江續也懶得理他。

坐回自己的位子，整理書的時候，突然發現自己的書桌被人動過。

他沉默地檢查著桌子，最後在課本裡找到一張皺巴巴的紙。

原本那紙上只有幾個糾正拚寫的筆記，現在卻多了被描得很醒目的字，末尾還跟了個顏文字。

『江續！不要再喜歡我了！╮(╯∧╰)╭』

江續起身到了窗邊，打開陽臺的窗戶，冷風一陣一陣灌進來。江續瞥了地上的林明宇一眼，用力踢他屁股一腳。

林明宇吃痛，迷迷糊糊睜開眼睛：「……江續？你回來了？」

江續居高臨下，鄙夷地睨了他一眼：「你再在寢室喝酒，我就把你丟下去。從五樓。」

「……像你這種沒失過戀的人，哪裡懂我的悲傷？」

江續一記冷冷的眼刀過來，林明宇自覺地閉上了嘴。

林明宇一臉憂傷地從洗腳凳上爬了起來，扶著牆準備爬上床睡覺。

路過鏡子的那一刻，鏡子裡一閃而過的人影吸引了他的注意。他站在鏡子前，再三確認，才發現鏡子裡的人居然是自己。

頓了幾秒，他突然大吼了一句：「靠——誰把老子頭髮弄成這樣！」

氣急敗壞的林明宇瞪大了眼睛，突然一拍腦袋，恍悟過來：「林西——」

近來，林西每天都靠東躲西藏才能免於一死。

小心翼翼地過了一週，林西想，都這麼久了，林明宇有再大的氣也該消了吧。於是和付小方低調地去了學生餐廳，想去吃熱炒。

這世界上的事吧，說起來就是那麼巧，兩人才剛進學生餐廳，腳都還踩在坎上，就看到了林明宇和江續。

現在的林明宇比之前更好認了，一百九的大個頭，配上光得一根毛都沒有的滷蛋頭，真是想忽視都難。

林西一看到他，下意識往反方向走。

「林西！我操你大爺的！妳給我站住。」林明宇兩步過來逮住她，拎著她的衣領跟拎雞崽似的。

林西向林明宇求饒：「哥——哥——我大爺就是你爸啊……放過他老人家吧……」

正常不喊「哥」的林西一連喊了兩聲，但是林明宇依舊不為所動：「妳趁老子喝醉，剃老子頭髮，老子現在也要剃妳的！」

林西掙扎了半天掙扎不開，趕緊解釋：「真的是你自己剃的，你當時都剃缺了好幾塊了，我想著乾脆幫你剃個造型吧！」

「放屁！」林明宇越想越氣：「你他媽在老子頭上剃了個『SB』，這是哪門子的造型！」

林明宇話音剛落，連在旁邊觀戰的付小方都忍不住笑了起來。

「笑屁啊——」林明宇大吼一聲，拽著林西往外走，「老子不管，妳必須剃個光頭陪我！」

「不要啊！救命啊！」

江續看著眼前打鬧的兄妹倆，眼眸中透露出一絲淡淡的笑意。他出手分開了扭打在一起的兩人。

「別鬧了。」江續對林明宇說。

「這事和你沒關係！你別管！」說著，就要推開江續，但是江續也是練家子，林明宇推了一下，紋絲不動。

江續皺了皺眉：「我說了，別鬧了。」

六個字，氣勢懾人。

林明宇看了他一眼，「哼」一聲直接進學生餐廳了。

見他走了，林西才輕舒了一口氣。

「嚇死了，真是個野蠻人。」林西想到剛才，就忍不住吐槽：「一個大男人，光頭怎麼了，我是女生，怎麼可能光頭陪他啊！」

江續抿唇一笑，幾分溫柔，完全是看小寵物的眼神：「妳啊，怎麼這麼壞？」說著，在她腦門上彈了一下。

林西揉著自己的腦門，覺得這動作實在有些不對勁。又想起那天在他們寢室，他怕她冷，拿衣服給她。

唉，他真是太喜歡她了。

林西彆扭地看了江續一眼，忍不住說道：「江續，你能別老是用這種語氣和我說話嗎？」

江續愣了一秒，隨即反應過來，眸中的零星光芒黯淡下去。

「我不和妳說話，豈不是更好？」

說完，拂袖離去。

看著他的背影，林西嘆息。

江續接受不了拒絕，惱羞成怒了吧？是吧？

學生餐廳碰到後的第二天，林西又在電腦教室碰到江續。他們系調了課，正好在林西他們之前上電腦課。原本已經下課十幾分鐘了，老師還在教室最後和江續說著話。

林西平時上電腦課，最愛坐最後一排，方便聊天看論壇什麼的，她習慣性就要往後走。這時，老師的話說完了，江續拿上書起身，從最後一排朝自己走來了。

林西可不想和他在窄窄的走道裡狹路相逢，趕緊找了個中間的位子坐下。

江續路過她那一排，不經意地掃了她一眼，她頭都不敢抬。

付小方從廁所回來，見林西坐在中間，質問她：「妳為什麼坐這麼前面？前面容易被點好嗎！」

林西偷偷用下巴點了點剛出去的江續，壓低聲音說：「妳也知道的，江續他喜歡我。」林西嘆了一口氣，無奈地說：「我不能太靠近他，不然他永遠都忘不了我。」

付小方對此完全不信，白眼簡直要翻上天，「我現在只想一巴掌把妳打到牆上，摳都摳不下來。」

上完課，兩人一起去學生餐廳吃飯，付小方口渴，要先去便利商店買水。兩人一進去，又碰到江續了，他也進來買水。

林西本來離放水的貨架更近，一見江續在往那邊走，立刻退了回來。

付小方被急著後退的林西踩到了腳，忍不住吐槽：「林西，妳今天怎麼回事啊？」

「噓。」林西趕緊捂住付小方的嘴，指了指前面的江續，「讓他先買。」

付小方無語了：「為什麼？」

「我怕他跟著我買，睹物思人，更傷心。」

「……妳吃多了吧。」

林西付完款，付小方想起忘了買衛生紙，又回去排隊，便利商店裡人多，林西只能先出來：「我去外面等妳。」

林西剛走出便利商店，就被江續的黑臉嚇到了。

也不知道他等了多久，一臉肅然地盯著她，良久，才動了動唇：「跟我過來。」

兩人在學生餐廳後的石柱後面相對而站。近距離的接觸，林西才被迫注意到江續的改變。

不過隔了一個晚上，江續就換了新髮型。不知道是不是為了陪林明宇，這一次理得很短，露出了額頭和形狀好看的眉毛，更突顯英俊的五官。

在林西印象裡，江續一貫走的都是簡單休閒風格，襯衫T恤什麼的。今天的他倒是有幾分不同，上身著一件黑色機車夾克，下身牛仔褲，看起來有些騷包，帥出了新高度。

雖然被大帥哥追能滿足虛榮心，但是不喜歡這個大帥哥且和他扯上關係還後患無窮，也就沒什麼卵用了。

林西緊張地摳了摳自己的手心，尷尬地訕笑了兩聲。

「沒什麼要說的，我就先走了哈。」

林西剛轉身就聽見「咚」一聲，江續的右手頂在石柱上，正好擋住林西的去路。

林西被江續半圈在懷抱裡，一抬頭，差點要撞到江續的下巴，嚇得趕緊往後縮了縮，全身的血液迅速往臉上聚集，半晌，她結結巴巴地問：「你……你要幹什麼？」

江續半佝著背，低頭湊近林西，一股溫熱的氣息落在林西頭頂。

風輕輕吹拂，草木沙沙的聲音勾得人心裡癢癢的。

耳邊是江續質問的聲音，低啞的，帶著幾分惱怒。

「妳這幾天是什麼意思？」

林西睜著一雙水潤清透的杏眼，一臉無辜地看著他，「我又什麼意思了？」

江續皺了皺眉：「妳看到我就躲，還有那小紙條，妳想表達什麼？」

林西唯唯諾諾縮了縮脖子，「我不是為了你好嗎？」
「……」江續被她的話哽到，手一收，插到腰後，腳下來回踱著步。
林西見江續有些生氣，趕緊解釋：「我是怕你走不出來，我也喜歡過別人，理解那種痛苦。」
江續嘴角抽了抽：「妳都亂理解了什麼？」
林西看了江續一眼，鼓勵地拍了拍他的肩，「你放心，我以後會儘量不出現在你面前，給你充分的時間忘記我。」
江續皺眉，死死盯著林西，說道：「林西，妳最好給我早點恢復正常。」
江續這話林西有些不理解，她撇著嘴委屈地對江續說：「我挺正常的啊。」
「妳做的事，哪一件正常？」
林西說：「不是你先不正常的嗎？你為什麼要喜歡我啊？」
江續被她頂得一句話都說不出來，眉間的溝壑更深了。那雙孤傲的眼睛裡，透出讓人捉摸不透的光。他靜靜地盯著林西，許久，只聽見他一字一頓地說：「我不喜歡妳。」
林西狐疑地看著江續，「你是不是嫌丟臉，故意這麼說？」
江續表情依舊冷冷的，反問林西：「有這個必要嗎？」
「你不喜歡我，那你為什麼收著我的紙。」
江續撇開視線，淡淡回答：「不小心夾書裡，忘了丟。」
「那你為什麼拿衣服給我？」
「外面冷，換個人我也一樣。」

林西沒那麼好打發，又問：「買氣球給我呢？」

江續：「因為妳看氣球的眼神，像乞丐一樣。」

「……」

「你真的不喜歡我？」江續這麼說了以後，林西明顯感覺到面對他的壓力少了很多，嘴角不自覺揚起了一絲微笑：「我就說呢，我也覺得這太不符合邏輯了。那我是不是不用躲著你了？」

「嗯。」江續眼中閃過一絲異樣。

林西鬆了一口氣，又恢復成平時的模樣，趁機抱怨了起來：「每天躲著你也挺累的，你還是林明宇的室友。誰叫喜歡你的人太多了，我可不想成為大家的靶子。唉，還是必須在大學時找男朋友啊。」

江續淡淡掃了林西一眼。

「不用躲著我。」他頓了頓，語氣聽起來有幾分讓人辨不明的情緒：「像以前一樣就好。」

第十一章　深夜開房

和江續把話說開了，林西心情好了很多，午飯都多吃了一碗。

二十歲就是好，吃多了也不會胖，不像後來的幾年，每天跑婚禮忙成狗，也沒怎麼吃，肚子上的肉就是怎麼都減不下去。

下午上英語會話課，從三點一直上到七點多下課。這種酷刑課，林西一貫是和小方坐在一起的，可以偷偷聊天什麼的。上了半節課，老師突然要做對話練習，男女演繹，大家各自結伴。

付小方這個沒義氣的，很快和前座的男生結伴。剩下林西，她四下打量，剛準備和坐在後面的同班男同學結伴，身邊原本屬於付小方的座位就被一個唐突鬼坐了。

林西看了看來人，忍不住白了他一眼。從教室的最後面鑽過來，真是難為他了。

韓森身上還帶著淡淡鬚後水的味道，一看就是剛起床沒多久。

林西嫌棄地皺了皺鼻子，揶揄道：「韓大爺，你還會來上課啊？」

韓森撥了撥自己剃平的頭髮，拽拽地看了林西一眼，回答：「睡醒了，就來了。」

這時，老師讓大家戴上耳機，林西拿出紙筆的時候想起韓森，鄙夷地問：「你別和我說你又沒帶紙筆。」

韓森挑眉，一副理所當然的樣子。

林西想著這傢伙大老遠過來，只為禍害自己，也是夠討厭的。考慮到隨堂成績，林西怨念地從自己的本子撕了一張紙，然後又從筆袋裡拿了一支筆給韓森。

「好好記，你要是害我被當，我和你沒完。」

韓森接過紙筆，很不正經地說：「我們本來就沒完，只要我還看得上妳，就完不了。」

「……」林西簡直受不了這個非主流殺馬特霸道怪，也懶得和他說了，直接戴上自己面前的耳機。

這節課的內容是聽耳機裡的場景，然後用自己的話演繹耳機裡的場景。鑑於林西英語比較差，能記下來的越多，需要自己寫時就越少，所以林西聽得格外認真。十分鐘過去，她記了滿滿兩頁紙。

再回頭看韓森，聽了這麼長時間，他只拿著林西的筆在紙上畫了一個卡通少女，短髮大眼睛，是林西的樣子。

林西簡直難以置信，壓低了聲音，卻壓不住憤怒：「韓森，你是什麼意思？你是不是想害我隨堂被當？」

韓森始終好整以暇，手仍在紙上細細描繪，最後在少女的背後補上一雙翅膀。完成了畫作，韓森把筆一丟，一臉無所謂的表情。

「一次隨堂才五分。」

「平時分高，考試壓力就小了，懂嗎？」林西越想越生氣：「你為什麼不好好聽？」

「聽不懂。」韓森把耳機一丟，大爺一樣往後靠了靠。

「你聽不懂死到我這來幹什麼？」

韓森頭一抬，對她眨了眨眼：「喜歡妳啊。」

林西對這種不可理喻的人實在束手無策：「你到底怎麼考上C大的？」

「我升學考的時候，前面坐的是我們全年級第一名。」韓森笑，表情還挺得意：「眼睛太好，就到C大來了。」

「……」

見林西要炸毛了，韓森才不慌不忙地說：「別著急，不就是隨堂嗎？總有辦法過的。」

林西正要罵他，就見他突然回頭，對後座那個瘦弱的男生說：「你的筆記呢，借老子抄一下。」

語氣之凶狠，活像黑社會。

後面的男生被嚇得往後縮了一下，趕緊顫抖地奉上自己的筆記。

韓森拿到人家的筆記本，得意洋洋地晃了晃，說：「看，這不就解決了？」

林西：「……」

晚飯時間，付小方突然被叫去社團活動。落單的林西一個人跑去買麻辣燙。美食街裡人很多，都是剛下晚課的。

林西只有一個人，本來準備買了帶回寢室吃，結果她等麻辣燙的時候，突然被人拎鵪鶉一樣拎進了店裡。

剛打完籃球，滿頭大汗的林明宇就這麼出現在林西面前，下黑手點了一碗麻辣燙，吃了林西四十幾塊錢。二〇〇六年的物價，林西點了一堆葷菜才七塊多，她簡直難以置信他是怎麼點到四十幾塊的。

雖然有點心痛，還是乖乖付了錢，誰叫她理虧呢。

林明宇也不和她說話，低頭開始吃，吃東西的風格完全野獸派。林西就看著一顆「鹵蛋」埋在碗裡，那畫面真是辣眼睛。

好不容易等到林明宇吃完，林西雙手合十，一臉諂媚地說：「哥，你看這就是血緣羈絆啊，出門吃個飯都能碰到。」說著又客套地問：「吃飽了嗎，還要加嗎？」

「再點一碗一樣的，我晚上當宵夜。」

「……哥，其實吃多了會消化不良。」

林明宇白了她一眼，冷嗤一聲：「貔貅。」

林西意識到林明宇是故意嚇她的，這才放下心來，嘿嘿一聲：「哥……那英文檢定的事……」

「想都別想。」

「別這麼快就拒絕嘛。」林西說：「給我一次機會彌補，怎麼樣？」

林明宇冷冷瞅了林西一眼，抽了張衛生紙擦了擦臉上的汗，最後揉成一團，隨手一扔：「這樣吧，妳要是幫我代個班，我就原諒妳。」

林西一聽事情終於有轉機了，自然是滿口答應：「好啊好啊，代什麼班？」

「去當江續的親友團。」

「江續的親友團？」林西好奇地眨了眨眼，「你自己怎麼不去？」

「太遠了，在B大。」林明宇一想到這事就是一張衰臉：「和江續打遊戲打輸了，他為了報復上次當小弟的事，故意的。他一年參加八百次比賽，從來沒說過要親友團，這次這麼遠的，他居然讓我去！」

B大和C大，一個在城南，一個在城北，坐公車要三個多小時，江續這招也是夠狠的。

林明宇拍了拍林西的肩，「這事妳辦好了，哥就原諒妳了。」

「……」

「對了，」林明宇提醒林西：「記得帶個板。」

「什麼板？」

林明宇很抽象地比劃著，「就是那種有選手名字的，親友團都會準備的東西。」

「噢。」

跟林明宇這個大光頭一起回宿舍，沿路都是路人的目光。林明宇本人顯然已經習慣了，自在的很，再看林西，淡淡的羞恥感環繞。

「對了。」林明宇推了林西一把，「妳到底為什麼非要考五百五？」

「為了上進！」

「妳看我會信嗎？」林明宇鄙視地看了林西一眼。

林西撓了撓頭，「其實是為了解決人生大事。」她嘿嘿一笑：「所以哥，你要幫我啊！」

「……」

十一月中，天氣轉涼，學校的澡堂已經開放。

打了一下午球的林明宇，喊江續一起去澡堂，林明宇一路上笑到停不下來。

江續忍不住嫌棄：「你一直傻笑什麼？」

林明宇越想越開心：「還不是我那個傻妹妹。」

聽到是林西的事，江續不動聲色地放慢了腳步。

「她怎麼了？」

「哈哈哈，她看上了英語系一個男的，人家嫌她成績差，要她檢定考到五百五，她還當真了，傻不傻？」

「誰？」江續微微蹙眉。

「林西啊。」

「英語系的誰？」

林明宇聽江續問，開始認真回想起來：「好像是一個叫陸仁珈的。」

「噢。」

林明宇見江續漠不關心，也沒有再說下去，趕緊轉移話題：「看在你這麼講義氣剃頭陪我，你比賽那個事，我找到人替我去膜拜你的英姿了。」

江續瞥了林明宇一眼：「林西？」

「哎呀你真是太聰明了。」

江續再瞥一眼：「林明宇，你願賭不服輸。」

林明宇耍賴地笑了：「兄債妹還，合情合理。」

週四，林西為了去幫林明宇代班，翹掉了選修課。

江續必須跟著學校統一走，為校爭光的事，待遇自然是不同的。林西搭車搭了四個小時才到。她不得不承認，江續這招整人實在太狠了，比林明宇什麼「小弟」不知道高端到哪裡去了。

B大的人本來就多，林西找會場找了很久，到B大禮堂的時候，門口已經堵得水泄不通了。

林西雖然是來代班的，但還是盡職盡責，林明宇讓她準備「板子」，她就真的準備了一個。拆了鞋盒，用簽字筆寫上江續的名字。

林西舉著那張板子往人群裡走去，乍看有點像火車站出站口招攬生意的小旅館老闆。

本來林西是要找江續的，結果她七彎八轉的，江續沒找著，倒是碰到了另一個熟人——陸仁珈。

今天的他穿著一身不怎麼合身的黑色正裝，頭上還噴了髮膠，近距離能聞到那股香得人要死過去的味道。

陸仁珈看見林西，眼中閃過一秒的驚訝，隨即皺了皺眉問：「妳怎麼在這？」

林西自然是不肯錯過任何一個表忠心的機會，用盡撩漢手段，機智地回答：「我當然是來找你的！」

陸仁珈打量著她，將信將疑，最後視線緩緩向下，落在林西手上。

鞋盒板上，林西用簽字筆寫了粗粗的五個字。

——江續你最棒！

「那個，你聽我解釋……」

陸仁珈冷冷瞅了林西一眼，還沒說話，突然有個女生在身後呼喚著陸仁珈的名字。

陸仁珈看了一眼，禮貌地說：「我高中同學叫我。」

林西見他要走，趕緊抓住他。她有些急了，說話的聲音不自覺拔高了兩度：「我和江續沒關係，是我哥要我來的。我對你是認真的！」

「嗯。」陸仁珈抽回自己的手：「我先走了。」

林西看著陸仁珈離去的背影，有些難過。

遠遠的，那個喊陸仁珈的女生一直意味深長地盯著林西，等林西回望過去的時候，她卻撇開視線，很奇怪。

林西正沮喪的時候，江續突然出現在背後。他戳了戳她的肩膀。

她一回頭，就看見江續的視線，也落在她手裡的紙板上。

「鞋盒上拆的？」

林西可不會傻到承認：「不是。」

「背面寫著『達芙妮』。」

林西趕緊翻過來看了一眼，隨即訕訕說道：「寢室沒有別的紙板了……」

江續懶得理她，捋了捋自己的袖口，淡淡說：「我進去了，妳坐觀眾席，結束了別亂跑。」

想到陸仁珈，林西又裝作不經意地問了江續一句：「這是什麼比賽啊？」

「外研社的英文演講比賽。」

英文演講，怪不得陸仁珈來了。林西又問：「是有什麼獎勵嗎？這麼熱鬧？」

「贏了這場，之後會代表全市參加全國比賽。另外，能拿一筆獎學金去國外當交換生。」江續這次倒是解釋得挺耐心的。

林西聽到這裡，突然想到最開始打聽時，別人說起陸仁珈，家境一般，高三重讀給家裡造成了一些負擔，之後他一心讀書，想靠讀書改變命運。

林西感慨極了，陸仁珈也有他的不易。

「我有個同學也參加這個比賽了。」林西嘿嘿一笑：「他叫陸仁珈，你照顧照顧啊。」

江續微微挑眉，意味深長：「嗯。」

進入禮堂，選手們都在背著自選主題的演講稿，只有江續一直坐在那裡專注地想著事情。

「陸仁珈。」

聽到這三個字，江續下意識地抬頭看了一眼。

被叫名字的男生穿著一身黑色西裝，大概是借來的，有些不合身。他的個子不高不矮，五官看起來有些像演員陸毅，斯斯文文的。

那兩個人一直在江續身邊說話。女生大概是男生的老同學，話題多是敘舊。

「……」

「陸仁珈，你真的這麼想贏嗎？」

男生一直低頭看著演講稿，「看看稿子吧，雖然妳是奪冠熱門，也別蔑視對手。」

「出國有那麼好嗎？」女生對比賽心不在焉。

陸仁珈笑了笑：「那是我的家境無法為我實現的夢想，妳說好嗎？」

「……」

一陣窸窣聲中，主辦方的老師過來了，打斷兩人的對話，她拿來籤筒，大家各自抽籤決定命運。江續很不巧抽到了最後一個，而那個說話的女孩只在江續前面幾號。從落座開始，她一直轉著脖子，找著那個叫陸仁珈的人。

江續看著眼前的一幕，若有所思。

前面的四十幾個選手比賽完，最高分一直是陸仁珈。

時間漸漸過去，終於到了那個和陸仁珈聊天的女孩。

江續安靜地聽著她的演講，一口流暢的英倫腔，連讀標準，稿子也寫得可圈可點，邏輯合理，觀點分明，著實精彩。

江續往前看去，那個叫陸仁珈的表情明顯落寞了幾分。

演講完畢，問答環節。考官就女孩的演講提出了三個問題，給了她一分鐘的時間準備。從考官的語氣和表情來看，考官對女生的表現很驚豔。

而當考官再一次問出問題的時候，江續看到臺上的女孩突然挺直了背脊，不卑不亢地回答考官。

「Sorry，I don't know。」

「……」

一片驚愕的譁然之中，女孩得到一個很普通的分數。

看到這裡，江續笑了笑，突然起身，離開了禮堂。

林西雖然坐在觀眾席，但她卻比賽場上的人還要緊張。

陸仁珈最後的勁敵大概就是江續了。林西看一下螢幕，江續抽到五十號，是壓軸。

陸仁珈她不是很熟，江續她卻是瞭解的。智商逆天，不管參加什麼比賽從來只得第一，同學們還幫他取外號，叫「超級賽壓人」。

林西正想著這事，手機螢幕上突然出現一則簡訊。

『出來。』來自江續。

林西回頭一看，江續已經在出口那等著了。

走出B大的禮堂，林西有些驚訝：「你不是還沒比嗎？」

「突然不想比了。」

「為什麼？」林西笑了起來：「你是不是怕輸啊？」

江續回過頭看了林西一眼，認真的鄙視：「我的字典裡沒有這個字。」

不管出於什麼原因，江續不比了，陸仁珈奪冠的機會就很大了，林西忍不住跟著高興起來。

「江續，好人一生平安。」

「白癡。」江續揹上背包，「走了。」

「你先走吧。」林西想繼續等陸仁珈，要是他得第一就趁機獻殷勤。

「不行。」

「為什麼？」

「林明宇會找我麻煩。」

林西不想和他糾纏，正往反方向走，她雙手習慣性裹了一下外套，突然覺得手感不太對勁。再一掏……

「我的錢包——」

比賽的結果是顧不上了，陸仁珈是誰也快忘記了。

錢包裡有很多證件，林西急得如同熱鍋上的螞蟻。B大到公車總站，找了幾個小時，就在林西要哭出來的時候，她突然想起來，她出門時只拿了公車卡，忘了同在桌上的錢包。打電話給付小方，果然得到了證實……

得知這個結果，跟著折騰了幾個小時的江續澈底黑了臉，「妳是白癡嗎？」

林西：「……對不起……」

因為錢包耽誤了幾個小時，林西一看手機，居然已經十點半了。

「怎麼辦？」林西和江續還在B大：「這時間還有公車回學校嗎？」

江續瞪了她一眼：「這個時間了，還坐什麼公車，叫計程車。」

「計程車？」林西算著兩所學校的距離：「怕是要三百多吧？」

「妳回不回學校？」

「回回回！」

兩人剛下計程車，林西的手機狂震了起來。

付小方火急火燎地打來了電話：『林西，宿舍關門了，查寢的來的時候，我們幫妳唬弄過去了。妳別回來了，在網咖包個夜，晚歸一次操行要扣五十分，不划算！』

林西握著掛斷的手機欲哭無淚。

付小方是不是傻？難道忘了她沒帶錢包的事了嗎……

已經過了十二點，學校大門關了。林西本來就差兩個學分，操行再扣，她的畢業證書就危險了。

她不得不戳了戳江續：「那個……能不能借我十塊錢？」

江續看她一眼：「做什麼？」

「我回不去了，女宿管得嚴，我準備去網咖坐一個晚上……」

「男宿也關了。」江續皺著眉頭看了眼時間：「找個地方睡覺。」

林西一聽江續這麼說，立刻驚恐地抱住自己的身體：「我是不會和你去開房的！」

江續鄙夷地看了林西一眼：「妳想得倒是美。」

雖然林西不想和江續一起去開房，可是這時沒錢又沒地方睡覺，除了跟著他，也沒有別的出路。

賓館的前檯都長得差不多，掛幾個時鐘，代表不同城市的時間。此時已經很晚，也沒什麼人。

前檯的小姐眉眼有些吊梢，頭髮用盤髮網盤了起來。見江續和林西走進來，表情冷漠：「住宿？」

林西看了江續一眼，江續對前檯點了點頭。

「身分證。」

江續從包裡拿出自己的身分證遞給她，並解釋了一句：「她忘了帶錢包，可以只押我一個人的嗎？」

那小姐頭也沒抬，將江續的身分證號輸進電腦，「這次就算了，下次記得帶。」

林西心想，哪裡還有下次？

「房間一百，押金一百。」

江續拿出錢包，手上突然一頓：「能刷卡嗎？」

「刷卡機壞了。」前臺指了指牆上貼的一張白紙條，提醒他們：「喏。」

林西看過去，紙條上寫著──只收現金。

靠，有沒有這麼倒楣？

林西頭一撇，正好看到江續的錢包，一共只有兩張百元鈔，剩下都是零錢。

早知道不坐計程車了，三百多塊啊！

「兩百開兩間，不押錢可以嗎？」林西還在苦苦掙扎。

前檯小姐鄙夷地白了她一眼：「不行。」

就在林西一籌莫展的時候，耳畔突然傳來江續的聲音，還是一貫的低音炮。

「開一間。」

說著，錢已經遞了上去。

前檯小姐俐落地從抽屜裡拿出房卡：「〇七二六，電梯前面走右手邊。」

「蛤？」林西眼睛瞪得老大，拿起桌上那張房卡，質問著江續：「怎麼只開一間？那你借我十塊，我去包夜。」

「這樣可以嗎？」江續冷冷瞥了她一眼，將錢包裡最後幾個零錢遞給林西：「房卡給我。」

「什麼？」林西愣愣地看著手裡的零錢，加起來不到五塊。

「我要睡覺。」

江續拿回身分證和房卡，也不理林西就直接走了。林西追到電梯前，見他始終無所謂的態度，也有點鬱悶了：「你是想乘人之危是嗎？江續，你以為我會乖乖跟你去開房嗎？」

江續做了個「請便」的動作，不再理會林西，兀自按下七樓的按鈕。

電梯門正要緩緩關閉，又被林西按開，她忍不住跟了進去。

「你真的不管我了？」林西對江續還存著一絲幻想，語氣也放軟了許多：「要不然，你再找找，有沒有十塊？給我十塊就好了……」

江續挪了挪背包，淡淡瞥了林西一眼：「全部都給妳了。」

林西：「……就那幾塊錢，不夠……」

「沒了。」

「那我怎麼辦？」

「自己想。」

江續一副事不關己的態度，林西也是澈底沒轍了。求人的是孫子，被求的是大爺，亙古不變的道理。她縮在電梯角落，想想自己此刻的處境，算是澈底認清了現實。

「那你準備怎麼安排我？」

江續見林西終於接受現實，這才開口說話：「今晚休息，明早回去。」

「怎麼休息？」

「有床睡床，有凳子睡凳子。」

聽江續這麼說了，林西才稍微放下心來：「江續，你是正人君子吧，我可以相信你吧？」

江續不屑地睨了她一眼，又去按一下關門鍵。

他回過頭，居高臨下地冷冷說道：「最好別信。」

其實林西挺不爽江續這個態度，但是考慮到人在屋簷下，不得不低頭，硬生生把氣都憋了回去。不知道是不是剛才兩人分別按了關門開門鍵好幾下，電梯的門停了十幾秒，還沒關上，林西不得不又去按一遍關門鍵。

她往前走了一步，電梯外突然一閃而過一個熟悉的人影。不，是兩個。

林西睜大了眼睛，確定自己不是幻覺。不遠處的兩個人真的是陸仁珈和白天那個喊他的高中女同學。兩人此刻正親暱地靠在一起，一步一步向電梯走來。

那個女同學似乎喝醉了，他一直扶著那個女同學，只顧著扶住她，也沒抬頭。

見他們向這邊走來，林西看了身邊的江續一眼，立刻警惕了起來，第一個反應是千萬不能讓他看見自己和江續一起在賓館裡。

林西也顧不上和江續解釋了，拚命按著電梯的關門鍵，霹靂啪啦按了好幾下，門終於關上，電梯開始上升。

看著變動的數字，林西終於鬆了一口氣。

江續站在她身邊，顯然也看見了前面的一幕。

林西趕緊解釋道：「那個，碰到一個認識的同學，怕人家以為我和你……」

江續微微睨了一眼，眼中帶著一絲諷刺：「清者自清，妳怕什麼？」

電梯升到四樓，林西才突然意識到，她到底為什麼要跑？江續說得對，清者自清，有熟人不是更好，說不定還能找他借個十塊錢，就不用跟江續上樓了。

她此刻和陸仁珈不一樣，她和江續站得遠著呢，不像陸仁珈，他可是抱著他的同學呢……等等……抱？

「靠——」林西越想越覺得不對勁，「你說剛才門外的那兩人，他們是來這幹什麼的？」

江續輕蔑地哼了一聲，反問：「妳說呢？」

林西聽江續這麼一說，立刻亂想了起來，不由更加鬱悶了：「你說他們在哪間房？」

江續覷了她一眼：「怎麼？你要去幫他們拍影片？」

「蛤？」林西想了想才意識過來江續在說什麼，表情瞬間變了：「你這變態！呸！」

「叮——」正這時，電梯門開了，江續頭也不回，直接跨了出去……

忐忑地跟著江續找到走廊轉角處的〇七二六號房。江續先進，林西後進。林西進去後，一直站在玄關處沒動，在關不關門這個問題上掙扎了許久，最後還是因為冷，把門關上了。

房間一成為密閉空間，連空氣裡都有了一些尷尬的意味。

江續倒是無比自在的樣子，他走到窗邊，將兩層的窗簾拉開了一層，只留下薄薄的一層白紗遮擋隱私。微微的透光感讓林西的緊張感稍微得到一些緩解。

他隨手把背包放在桌上，四下掃了掃，自然地說：「妳睡床，我睡沙發。」

林西聽他這麼說，這才注意到，房間的窗前放著一張單人沙發。

「謝謝。」林西直接道了謝，可不敢和江續客套，萬一江續讓她去睡沙發怎麼辦？

林西揹著自己的包往裡走了走。

這房間的格局很簡單，進門左手邊是廁所，正對門的是一排窗，前面放著一個單人沙發和矮几。房間裡有一張一百八十公分的大床，白色的床具，床頭櫃是駝色的沙發綳布，看起來好像挺舒服。

床對面是掛式的電視，電視下是一長排的矮櫃，上面放置著熱水壺，礦泉水和茶杯。

林西四下觀察了一下，最後選了個離門最近的角落站著。

手隨意搭在桌上，指尖不經意就觸到江續進門時隨手放在上面的房卡和身分證。

林西低頭看了一眼，眼睛停在面前的身分證上。拿起江續的身分證看了半天。照片確實很帥，完全沒有毀容照的感覺，不得不說，江續真的非常上相，哦不，真人更好看。

但是，此刻讓林西好奇的不是那張照片，而是身分證上的資訊。

「你是十一月的啊？」林西算了算日子：「天蠍座啊。嗯，果然是最陰險的星座。」

江續瞥了她一眼，懶得理她。

「咦？」林西又看了一眼，才意識到生日開頭的年份有些不對：「你是八七年的啊？」

江續見林西一臉驚訝，皺了皺眉。他走過來，一把奪走他的身分證。

「八七年屬兔啊。」林西還沉浸在她的發現之中，也不在意江續的粗魯。怪不得大一時，有人送了隻兔子給他，她當年還覺得奇怪呢，哪有送兔子給男生的？

「八七年九月後的應該是下一屆吧？」林西以前從來沒有關注過江續的個人資訊，這時簡直像發現了新大陸，話匣子一開就收不住了：「那你怎麼到我們這一屆了？」

江續從櫃子裡抽了條賓館備用的毛毯，放在沙發上。

「江續，我問你話呢。」林西見江續不理人，又往前走了一步。

良久，空氣中傳來江續冷冷的三個字。

「跳過級。」

「怪不得，果然是從小就聰明啊。」

林西掰著手指一算，發現自己比江續大十一個月，瞬間自信飛揚了起來。她一臉興奮地擠到江續身邊，坐在窗臺上大大咧咧和江續聊了起來：「原來我比你大十一個月，我一直以為我們是同齡人。」

江續皺了皺眉，半晌，輕啟薄唇：「十一個月，還能大一輩？」

「那怎麼一樣？」林西想想，愈加興奮了起來：「十一個月差不多是大了一歲，三年一個代溝，我和你之間有三分之一個代溝啊！」

她揚手，突然大力拍在江續後背上，一臉身為姐姐的驕傲：「算了，以後不和你一般見識了，誰叫你比我小呢。」林西越想越得意：「哈哈哈，看來我還是有比你強的地方，我比你先看到這個世界！」

江續挺直著背，靜靜凝視著林西，許久，他無比認真地說：「我和妳之間確實有代溝。」

「就是，我也覺得。」

江續鄙夷地用手指了指太陽穴，「尤其是智商。」

林西：「……」

和江續這種人自然是聊不下去的，還是早點睡覺吧。

林西本來是不想在這裡面上廁所，畢竟廁所在房間裡，有些聲音確實挺尷尬。但是生理的反應是無法抵抗的，在膀胱爆炸和上廁所之間，林西還是選擇了上廁所。為了不製造尷尬的聲音，林西一邊沖水一邊尿尿，屁屁上涼爽得很。本來她還有睡前大號的習慣，但是想想上完這一屋子都是味道，最後還是作罷。

這麼一想，林西突然覺得那些很愛開房的男女挺厲害的。到底是怎麼克服這種障礙的？聽完對方大小便的聲音，還做得下去嗎？

林西從廁所出來，看見江續靠坐在沙發上，身上半蓋著毛毯。他背對著林西，也不知道睡著了沒。林西躡手躡腳走到江續身後，剛想湊近看看他是不是睡了，就聽見江續冷冷的聲音。

「滾回去睡。」

低沉的聲音在密閉的房間裡格外清晰的迴盪。

林西被嚇得差點撞到床腳，趕緊爬上床去，不敢造次了。

隨手關掉了燈，房間陷入沉寂的黑暗。窗簾透進點點月光，讓林西能看清房子裡每樣東西的淺淺輪廓，也包括睡在沙發上的江續的影子。

和衣躺在床上，林西輾轉反側，怎麼都睡不著。一想到旁邊沙發上睡著江續這尊大佛，林西再怎麼心大也不敢睡。

兩人都還沒睡著，隔壁房間突然傳來奇怪的聲音。

是的，就是賓館裡最常見的，一男一女辦事的時候會發出的聲音。

三更半夜的，隔壁動靜越來越大，林西甚至能感覺到床都跟著他們的頻率在共振。

林西沒經歷過這種事，對這事是充滿著好奇的，反正也不能睡，乾脆豎起耳朵聽……

此時此刻，臉朝窗的江續也沒有睡著。隔壁的聲音很大，一陣一陣的，攪得江續有些心煩意亂。

原本安靜的房間裡突然傳來窸窸窣窣的聲音。

「江續……」

少女軟軟的聲音在耳邊響起，勾得江續一陣耳熱。

江續睜開眼，林西那張臉極近的出現在他眼前，他幾乎是下意識往後彈開。

「啪」江續打開了燈，呼吸還有些粗重。他懊惱地撩了撩頭髮，皺著眉看著黏到身邊的林西。

「怎麼了？」

林西一臉擔心地皺著眉，指了指隔壁的方向，忍不住說道：「我看這女的叫得有點太慘了，正常不會叫得這麼淒厲吧？我最近看新聞，很多那種『撿屍』迷奸的案例啊……」她斟酌著用詞，欲言又止地看著江續：「而且她還一直在喊『求你』這種，你看……是不是有點……」

林西滿腦子都是社會新聞，見江續不回她，也顧不得尷尬，又往江續的方向挪了兩步，一把抓住江續的袖子，完全是挺身而出的表情。

「江續，我們真的不去救她嗎？」

第十二章　隱忍

密閉的空間，曖昧的聲音，袖子上黏著一個妙齡少女，江續的呼吸忍不住變得急促。

他甩掉林西的手，撇開頭，不與林西對視，語氣依舊冷冷的：「睡妳的。」

林西想想還是不放心：「通常不是這樣吧？正常不會疼到一直嗷嗷叫吧？」見江續不理她，她又喚了一聲：「江續？」

一直看著別處的江續突然轉過身來，燈光打在他頭頂，一道高大的黑影完全籠罩住林西，那種壓迫式的身高差又來了。

江續低著頭，一貫冷靜無波的眸子裡帶著幾分無言的忍耐。他冷冷地看了林西一眼，突然拎起身前的林西，粗魯地往床上一丟，完全沒有憐香惜玉的意思。

「輪不到妳見義勇為。」江續瞪了她一眼：「睡覺。」

林西揉著自己被摔痛的屁股，又坐了起來：「可是……」

見林西又要往床邊爬，江續表情變了變。他微曲膝蓋，跪在床上，手撐著床頭，上半身突然湊近，嘴角勾了勾：「妳到底睡不睡？」

這種突如其來的近距離接觸把林西嚇了一跳。此時此刻，江續低沉的聲音中帶著幾分性感的暗啞，她忍不住打了一個激靈。

感受到江續溫熱的呼吸，林西這才意識到在這種曖昧的聲效之下，招惹一個愛運動的、荷爾蒙爆表的年輕男人是多麼不明智的行為。她迅速把自己縮成一團，整個人躲進床角。

「江續，你可不能飢不擇食啊！」

江續瞪了她一眼，一手拎起被子，隨手一丟，丟到她頭上。

「砰——」回答林西的，是被子蓋住她的悶悶聲音。

林西在被子下面憋了幾秒，探出頭來。

見江續起身向外走去，林西忍不住問了一句：「你去哪？」

江續隨手拿起了房卡：「找廁所。」

「房間裡不是有嗎？」

江續隨手關掉房間裡的燈，跩跩地回答：「不習慣。」

「……」

江續出去很久，不知道是不是去大號，去的時間實在是有些長。林西本來還熬著，熬到後來熬不住了，這一天又累又折騰，身體也疲憊。黑暗中，林西眼睛一閉，沒多久就睡著了……

十一月末，這座城市已經入冬許久。

江續在走廊的窗臺向外看去，瑟瑟秋風已經將原本生機盎然的世界席捲成一派蕭條的景象。後街的商鋪關閉了霓虹燈，早沒有了白日的喧囂，只有幾盞路燈寂靜佇立。

靠在窗臺前站了許久，久到所有亢奮的神經都恢復冷靜，才重新回到房間。

沒有開燈，只是循著月光辨著方位。躡手躡腳走到窗前，想了想又摸索到床邊。

林西已經澈底進入夢鄉，發出平穩的呼吸聲，沒有一絲防備。

清淺月光勾勒著她面部飽滿的輪廓，是這個年齡獨有的樣子。閉著的眼睛，睫毛纖長，像兩柄小扇子，在眼窩處打下兩片陰影。腦中還有眼睛睜開時那慧黠的光芒。

秀挺的鼻尖像一座溫柔的山，山下連綿的，是她飽滿小巧的嘴唇。

黑暗裡，似乎能看見那一抹櫻桃一樣的紅色，一直在勾引著他。

睡夢中的林西小聲說著夢話。江續俯下身，聽到她甜糯的聲音在耳畔響起，模糊卻又清晰。

夢中的她一本正經地說，「Nice to meet you.」然後砸砸嘴，囈語未停：「My name is Han Meimei. What's you name?」

冥冥中，好像有一把溫柔的箭，瞬間射中他胸懷中的軟肋。

江續伸手，撥了撥林西睡亂了的額髮，溫柔地回答著她的夢話。

「Nice to meet you. My name is Jiang Xu.」

第二天，一大清早林西就被叫醒了。迷迷糊糊的時候看見江續，不得不說，她完全是被嚇醒的。醒來後的兩三分鐘，前一夜的記憶才逐漸回到腦子裡。尷尬地看了江續一眼，好在他似乎並不介意的樣子。

從被子裡鑽出來的一刻，一股涼氣讓她忍不住打了個哆嗦。不過看著自己衣著完好，林西鬆了一口氣。

在廁所隨便用冷水搓了把臉就準備離開了，要出房門的那一刻，林西回過頭來交待江續：「我先走，你晚點再走，別讓人看見我們一起。」說完她又囑咐了一句：「住宿的錢還有計程車的錢我會還你的，這事你別說出去。」

江續還是一貫的樣子，冷冷睨她一眼，不耐地揮了揮手，「走吧。」

回到寢室，寢室裡只剩付小方了，其餘的兩隻都有早課。

林西一臉幽怨地站在付小方床前，站了好一陣子，付小方依然在呼呼大睡，最後她忍無可忍把她拍醒。

「……妳回來了？」付小方打了個大大的哈欠，「我後來想起來，妳好像沒帶錢包，再打電話給妳，妳關機了，昨晚妳睡哪啊？」

「手機後來沒電了，睡賓館。」

付小方抓著床尾的棉睡衣，往身上套。她瞪了林西一眼：「原來妳還有錢啊，害我著急死了，想著妳沒帶錢包，要睡街上了。」

「別提了。」林西不想再去回憶那尷尬的一夜。她一臉不開心的表情：「昨天在賓館還碰到我想追的那個男的，他帶女生去開房。」

「啊？」

「男人還真是不可靠，他自己說的，我考到五百五就和我當朋友，結果他根本就和高中同學有一腿啊！」

付小方從床上爬了下來，拿上自己的牙刷和水杯往陽臺走去，進去前又回頭看了林西一眼：「這種話一聽就是拒絕，正常人也不會信。」

「哼。」

在寢室洗漱完畢，林西和付小方換了身衣服，準備去吃早飯。

出門前，林西看了剛充上電開機沒多久的手機一眼，螢幕上顯示有好幾通來自韓森的未接來電。

付小方看見螢幕上的名字，問她：「不回啊？」

「不想浪費電話費。」

「妳厲害。」

兩人剛從寢室走出來，還沒走出兩步，就看見女宿樓下那棵二十幾年的樹下，站著一個黑臉怪——韓森。

林西圈著付小方的手臂，皺著眉停住腳步。

「韓大爺，您找我有什麼事啊？」

韓森裹著一身黑色皮衣，流氓氣息外露，一雙倒八字眉彰顯著主人惡劣的脾氣。他瞪著眼睛盯著林西，一臉興師問罪的樣子。

「妳昨天沒回宿舍？」

林西沒想到這事這麼快傳到韓森耳朵裡，立刻憤怒地扭頭看向付小方，一臉殺意。付小方舉雙手喊冤：「這次真的不是我，我還沒來得及啊！」

「妳真的沒回宿舍？」韓森的聲音一下子拔高了兩度，他氣急敗壞地來回踱步，簡直像一個出差回家發現妻子出軌的憤怒老公。

「今天別人和我說看到妳從賓館出來，我還不信！」韓森越說越生氣：「林西妳說說，妳才多大？都學會夜不歸宿了？妳……」

韓森又瞪了一眼，氣急敗壞地教訓起來：「妳是不是學那些不像話的女人，和別人去開房什麼的？」

林西覺得他越說越離譜，忍不住打斷他：「我和你是什麼關係啊？」

韓森聽到林西這話，怒氣值突然滿格，一臉擼袖子就要幹架的表情：「是誰？說名字，老子要打死他！」

「……」看著韓森在這上躥下跳的，林西全程小S冷漠臉，許久，她終於忍無可忍。

「韓森，你的戲是不是有點太多了？」

林西一個晚上沒回寢室的事很快就被韓森鬧到不少人知道了。他一副瘋狗的姿態，揚言要抓到和林西去「開房」的姦夫，搞得現在大家看林西，都跟看潘金蓮似的。

林西打死他的心都有了。

韓森這麼一鬧，林明宇也知道這件事了。

晚上，林明宇把林西叫到操場，說要和她談談。

下午五點多，她不情不願地到了操場。操場上有訓練和鍛鍊身體的同學，林西在角落的單槓區看到林明宇，發現他不僅叫了她，還叫了江續。

那尷尬的一夜過去七八個小時，這還是林西第一次看見江續。他身上穿著一件黑色薄外套，配上他短短的頭髮，看起來十分有精神的樣子。

人到齊了，林明宇從單槓上下來，一副大哥的姿態。

「好了，現在都在，我來處理一下你們昨天晚上的事。」

「……你是不是聽到什麼亂七八糟傳言了？」

不知道林明宇又準備搞出什麼事來，林西懶懶地抬頭，還沒來得及鄙視他，就看見他毫無徵兆，「砰」一拳直接揮到江續臉上……

林西本來雙手插口袋，一見此情此景，趕緊上前去拉住林明宇：「你幹什麼啊！你瘋了嗎！」

林明宇雙眼通紅，滿臉憤慨：「江續，我當你是最好的兄弟，你他媽睡我妹妹！」

眼前一片混亂，林西想想覺得抱歉，又趕緊去扶江續。看著江續那張精緻的小白臉上被林明宇揮出一道紅印，林西忍不住有些心疼了。這麼漂亮的一張臉，該不會毀容吧。

「林明宇，你怎麼這麼野蠻啊！」

林明宇狠狠瞪了林西一眼，然後走近江續。依舊氣勢洶洶：「我告訴你，你敢不負責任，老子打死你！」

林西見林明宇誤會，正準備解釋，人還沒走過來，面前已經多了一隻橫過來的手臂，林西詫異地看向手臂的主人。

只見江續用手背擦了擦嘴角，深沉的眸光中帶著幾分篤定。

「我負責。」

林西被眼前的一幕驚得一句話都說不出來了。

請問，江續到底在胡說八道什麼？

林西看著瞪大眼睛的林明宇，和一臉肅然的江續，覺得這場景實在有些無厘頭。

「等等。」林西立即阻止事態再往下發展，認真地問林明宇：「我們什麼都沒幹，負責什麼？」

林明宇狐疑地看著林西，又轉頭看了江續一眼，最後轉頭握住林西的肩膀：「我的傻妹妹，別不好意思，說實話，老哥替妳做主！」

「神經啊。」林西無奈地看向林明宇，解釋道：「昨晚我們晚歸回不了宿舍，江續收留我一晚，我們什麼也沒發生。」

林明宇還是不相信的樣子，又問：「真的什麼都沒發生？」

「……」林西簡直無語了：「真！的！」

見林西表情堅決，林明宇這才相信林西的話，視線又轉向江續，搥了他一拳：「我要你負責你就答應？你是不是心虛？」

江續微微皺眉，表情鄭重，最後頓了頓聲道：「風言風語，我會負責。」

林西、林明宇：「……」

被林明宇鬧了一番，林西肚子也餓了。她粗魯推了林明宇一把，教訓道：「你是野人嗎？不分青紅皂白就打人？還不道歉？」

江續又恢復平時高冷的模樣，站在旁邊沒有動。

林明宇尷尬地看了江續一眼，訕訕說：「也是，想想林西這臉和身材，看起來就很絕育，你也不會這麼飢不擇食。」

林西冷冷睨了林明宇一眼，上去就是一腳，狠狠踩在他腳上。

「哎呦——」林明宇抱著自己的腳叫喚。

江續嘴角勾起一絲笑意。

林明宇見江續笑了，趕緊乘勝追擊：「老江，要不然一飯泯恩仇？」

林西和江續一起鄙視地看了他一眼。

三人剛走進學生餐廳。林西一眼就看見陸仁珈和他那個高中女同學正在一起吃飯。他剛從窗口打了飯，輕輕放在桌上，又很體貼地遞了一雙筷子給她。兩人默契地相視一笑，看起來很甜蜜。

林西親眼目睹這一幕，很憂鬱。

林明宇和江續沒發現林西停步，進了學生餐廳，林西則轉而走到陸仁珈桌前。

「有空聊聊嗎？」林西問。

「……」陸仁珈與他的高中同學對視了一眼，得到准許後點了點頭，「可以。」

學生餐廳門口人來人往，陸仁珈問林西：「需要換個地方嗎？」

他那高中同學一直若有似無地關注著兩人的方向，林西想想，搖了搖頭：「這樣比較合適。」

話音剛落，一股淡淡的尷尬在兩人之間湧起，林西看著陸仁珈，陸仁珈看著她。許久，林西打破兩人之間熬人的沉默。

「可以告訴我發生了什麼事，讓我死個明白嗎？」

陸仁珈眼神坦蕩，似乎早就在等林西問，平靜地回答：「我現在有女朋友了。」他瞅了林西一眼，又補了一句：「妳不是也有男朋友了嗎？江續比我優秀。」

陸仁珈用一臉難得服氣的表情說這話，林西覺得好像有一把箭射中她的膝蓋。

也不管林西的心情，陸仁珈還在撒著狗糧：「昨天我贏了比賽，大家一起幫我祝賀，她喝醉以後跟我表白了，我覺得我們比較合適，就答應了。」

林西想起昨天在賓館遇到他們的事，心想陸仁珈也不是什麼好人，剛在一起就去開房了，還說得這麼理所當然的。

林西不爽地皺眉：「那你為什麼還說我考到五百五就和我當朋友？」

「是朋友啊。」陸仁珈說：「這話到現在依然有效。」

你妹，還缺你這個朋友啊！她要的是男朋友好嗎！

林西一臉不爽，卻無話反駁，只能委屈地走了。

重新找到擠在窗口買飯的林明宇。林明宇自然地問了一句：「妳去買什麼了？」

林西鬱悶地抓著他的手臂，「請我吃熱炒。」

林明宇立刻握緊飯卡，想都不想就拒絕：「我憑什麼啊？」

林西瞪他：「你不是我哥嗎？」

「這時候老子是妳哥了？滾蛋。」林明宇嫌棄地甩了甩手臂，沒甩開林西的鉗制，他低頭沒好氣地說：「我真的沒錢，妳又不是不知道，這個月生活費百分之八十都還債了。再說了，我為什麼要請妳吃飯啊？我可是失戀的人！」

「我更慘好嘛！」林西一臉委屈的表情：「我戀都沒戀就失了！」

「噗嗤。」

兩人正苦苦糾纏，就聽見身後淡淡的笑聲響起。

江續不知道什麼時候走了過來。他臉上帶著被林明宇揍過的紅印，此刻嘴角還有些微腫，一貫淡漠的眸子裡帶著點點璀璨笑意，多了一絲人間煙火氣息。

「江續，你有沒有人性啊！」

江續不理會林氏兄妹的控訴，只是帥氣地揮了揮手，「走了。」

「走哪啊？」

「熱炒。」江續淡淡一笑：「我請。」

林氏兄妹一貫以互相傷害為相處原則。林西明明已經很沮喪了，林明宇卻沒有要放過他的意思。這讓林西不得不感慨，這顆鹵蛋真的不是什麼好蛋啊！

面前那麼多吃的都堵不上他的嘴，他一臉興奮：「快，說一說，妳怎麼還沒戀就失戀了？那個英語系的拒絕妳了？」

林西鬱悶地扒飯，沉浸在談不上戀愛的悲傷之中，幽怨地回答：「他和他高中同學在一起了。」

「哈哈哈哈哈哈哈……」

在林明宇魔性的笑聲中，江續若有所思說了一句：「是她啊。」

林西抬頭，詫異地問：「你認識？」

「昨天比賽碰到了。」江續的表情沒什麼變化，只是動了動唇：「還挺浪漫。」

「什麼？」

「她演講分數最高，但是一個問題都沒回答，讓英語系那個贏了。」

林西沒想到這裡面還有這麼多故事，哀怨地搥了搥桌子：「為什麼！別人的偶像劇裡我連路人甲都當不上……」

林明宇聽完江續的話，又是一陣嘲笑，最後見林西臉色不太好才收住。他拍拍林西的肩膀：「再接再厲，別放棄，總能碰到瞎的！」林明宇說著又補了一句：「要不然我們籃球隊那些老光棍，介紹給妳？」

林明宇正要打開話匣子，面前的碗裡突然多了一堆青椒肉絲，肉絲只有幾根，青椒一大碗——是江續「關切」地夾過來的。

他還溫和地囑咐道：「多吃點，長身體。」

林明宇瞪了他一眼，很快就忘了自己要說什麼，手忙腳亂去挑青椒了，「靠——怎麼這麼多青椒，好噁心……」

吃晚飯回寢室，林明宇第一時間衝進陽臺刷牙。他人高塊頭大飯量大，真的不挑食，除了青椒。

江續這個狗王八，每天笑裡藏刀，不整人就不痛快。林明宇一邊刷牙一邊罵著，罵著罵著，突然收了聲了，趕緊漱了口進寢室。

江續此刻正坐在他的位子上，習慣性地打開了電腦。Windows 熟悉的開機音樂響起，很快進入畫面。

江續的側臉映上電腦的藍光，嘴角的青紫看起來更觸目驚心了些。

林明宇在家裡準備的醫藥包裡翻翻找找，最後找出一瓶藥酒，「啪」一聲放在江續的桌上。

「今天的事是我衝動。」林明宇想想這場烏龍，也是有點小內疚的。

江續輕描淡寫地擺手，「沒事。」

得到江續的原諒，林明宇卻沒有離開。他雙手交叉環抱，別有深意地看著江續，眉毛興奮地抖了抖。

江續很快發現他的不對勁，蹙了蹙眉：「還有事？」

林明宇意味深長地盯著江續，不肯錯過他臉上每一個表情。

「我發現，你對什麼事都不在意，只有對我妹林西有點過分關注啊？」那語氣，叫一個意味深長。

江續握著滑鼠的手停頓了一秒，臉上表情依舊沒什麼變化，眸光還是那樣淡淡的。

「我告訴你江續，林西傻，我可不傻。」林明宇說：「你跟我說實話，你是不是看上她了？」

江續始終不說話，也不理林明宇。原本因為這個發現興奮起來的林明宇也有些不肯定了，他試探性地又說：「我也不是不開明的哥哥，你要是真的喜歡她，只要你肯喊我一聲『哥』，做大哥的我肯定幫你創造機會接……」

林明宇「近她」兩個字還沒說完，耳邊就傳來某人如魔似幻的聲音。

「哥。」

竟爽快到林明宇無言以對。

第十三章　謠言

關於林西的風言風語被傳得越來越扯，弄得付小方也忍不住好奇起來，林西一回寢室，付小方就急不可耐地圍著她打轉，「妳到底和誰去開房了？」她想起韓森暴躁的樣子：「我聽人說，韓森都放話了，一定要找到這個人。」

「都鬧成這樣了，妳還來問我，觸我霉頭啊？」林西心想，全世界都在「抓姦夫」了，林明宇都知道了，付小方這個八卦女能不知道？

「不問妳問誰啊，不是妳去開的嗎？」付小方一臉壞笑湊過來：「真的有這個人啊？我還以為妳一個人去住的呢。來來來，妳偷偷告訴我，我保證不告訴韓森，我覺得告訴韓森，他會去殺人。」

林西倒是不知道外面傳得亂七八糟的，竟然還沒有找出她的「姦夫」？

「所以那些謠言到底傳了什麼？」

「有說妳和一個老頭子的，有說妳和學校老師的，還有說和我的……」想到這，付小方一臉無語：「……智障啊，和我還需要去賓館嗎？」

「啊……」林西沒想到原來傳言是這樣的，有些詫異。

那林明宇是怎麼知道是江續的？

林西趕緊爬到床上去摸手機，隨口敷衍地回答付小方：「沒和誰，我一個人去的。」

躺在床上傳了則簡訊給林明宇：『你怎麼知道是我和江續的？』

一分鐘後，林西收到林明宇的回信。

『妳和人開房了，他正好一個晚上沒回。你們白天還去了同一場活動，這都不用推理，謝謝。』

林西看他這麼解釋，頓時豁然開朗。

本來以為全世界都知道她和江續，回來的路上還在想呢，以後在學校裡怎麼混？現在才知道原來是這麼回事，林西的心情瞬間變好了。

她劈里啪啦按著諾基亞結實的鍵盤，又寫了則，交待林明宇：『這種事別傳出去，女孩子名聲很重要的。』

『妳還有名聲嗎？林金蓮？』

林西：『……』

韓森給林西招惹的這場「開房」禍事，最後因為沒有「實鎚」，很快就不了了之了。所以，那些莫名其妙的「風言風語」，也輪不到江續負責了，他應該挺高興的。

林西之後的生活倒是過得挺普通，該上課上課，該念書念書。英文檢定雖然不用考五百五十分了，四百二十五分還是要過的。

如果林西真的是二十歲，四百二十五分對她來說可能不會太艱難，很可惜她是三十歲的林西，本來就是半碗水，晃蕩了這麼多年，早蕩得差不多了。

二〇〇六年的英文檢定考試很不人道的選在了平安夜當天。付小方說這安排挺好的。考得好的晚上去狂歡，考得差的晚上去買醉。

時間的巧合，導致大家一邊準備平安夜，一邊準備英語，可謂虐心。

複習最忙的時候，付小方突然拎著好幾坨毛線回寢室，這讓林西嚇了一跳。

「妳這是要幹什麼？」

付小方拿出棒針，敲一下林西的頭，「買了當然是準備織啊，難不成拿來吃啊？」

「妳怎麼會突然做這麼少女的事，妳找到男朋友啦？」

付小方用棒針戳出一坨毛線，一臉無奈的表情：「陪單曉的，她要織圍巾給喜歡的人，耶誕節不是要來了嗎。」

「單曉？」林西若有所思：「她要送江續？」

付小方震驚地瞪著眼睛：「妳怎麼知道？」

林西「切」了一聲，心想，她當然知道。

「猜的，大家不是都暗戀江續嗎？」

「妳猜得可真準。」付小方從包裡拿出備用的兩根棒針扔給林西，「一起織，一個人織太娘了。」

林西舉著兩根棒針十分迷茫：「我織給誰啊？」她在付小方那幾坨不同顏色的毛線裡挑出一坨

淺綠色粗毛線團：「要不然就這個吧，我織個頭套給林明宇，冬天了，他的光頭肯定很冷。」

「……妳是說帽子吧……」

原本只是跟著付小方瞎鬧，結果林西織起來還織得挺嗨。

一邊看電視劇一邊織綠頭套給林明宇——哦不，是帽子。

不知是不是最近又讀書又織頭套太累了，林西每天刷牙都會出血，右邊的牙齦腫得完全不能碰，整張臉開始有點不對稱。

好不容易有一天林明宇不用去籃球隊訓練，本來約了他補習，結果他一個電話就說不來了。不過也不知道他是用什麼方法搞定了江續，他居然答應考前幫林西突擊複習十天。

為了能一次通過檢定，不再浪費報名費，林西也顧不上別的，來一個老師就老實學著吧。

隨著時間臨近冬至，這座城市越來越冷了，坐落於郊區的C大湖多水多，風中都是刺骨寒意。近來到圖書館的同學越來越多了，比起在寢室裡裹著被子念書，圖書館顯然更舒服，因為每天都會有暖氣。

林西在很角落的位置占了一張桌子，畢竟江續這尊大佛，關注的人多。像林西這種小嘍囉，當然是多一事不如少一事。

脫了外套掛在椅背上，溫暖的圖書館，讓近來一直很疲憊的林西有了些睏意，但是牙疼又彷彿一隻無形的手，抓住她的痛覺神經。

江續的羊絨圍巾和灰色大衣也掛在椅背上，因為補習需要，兩人的凳子靠得很近，兩件衣服也像依偎在一起似的，距離親密。

「……」

「單字那麼多，不可能都背下來，詞根能幫助妳記憶，結合上下文大概可以猜出意思……」

江續微微側頭，四分之三側臉是他最好看的角度，連眉毛的弧度都帶著溫柔的漣漪。說話上下唇瓣張開又閉合，閉合又張開。林西強撐著精神聽他說話，眼前有些恍惚。

他的聲音不高不低，剛好是林西可以聽見的程度，他認真地講著各個詞根以及記憶的一些小竅門。

林西用左手捂著右臉，右手認真記下江續說的重點。

江續見林西額上冒出了冷汗，嘴唇也越來越白，眉頭一皺，放下筆。

「不舒服？」見林西一直捂著臉，又問：「口腔潰瘍？」

林西疼得覺得右邊臉的神經好像在扯一樣，說話都難受：「好像是牙齦有點發炎。」說完，又「嘶嘶」抽了兩口涼氣。

「疼成這樣，也沒辦法專心念書。」

江續放下筆，蓋上書，把林西的東西一股腦塞進她的包裡。

林西見江續要走，趕緊捂著臉阻止他：「別走啊，江續，我雖然牙疼，但是我挺專心的，我還能念。」怕江續不信，林西眼神肯定的補了一句：「江續，我真的很認真在學。」

江續沉默地穿上自己的大衣，又將林西的外套遞了過去，「先去看病。」江續低頭看了看林西的右臉：「都腫成河豚了。」

林西一聽江續不是要走，這才放下心開始穿衣服……

校醫院只有一個牙醫，因為林西的出現，牙醫不得不推遲下班時間。他幫林西看病的時候雖然有點不高興的樣子，態度還是挺溫和的，讓林西怪不好意思。

拍了X光片才知道，原來牙齦腫成那樣是智齒作怪，智齒長在最裡面，難怪都冒出來了林西也沒發現。

開了點藥，預約了拔智齒的時間，林西批價付錢的時候有肉疼一把，看牙真是貴啊。

離開校醫院的時候，已經快七點了。林西一手捂著臉一手拎著藥，一臉狼狽的樣子。

「我今年是不是水逆啊？一直上醫院。」林西懊惱地抬頭：「謝謝你了江續，又陪我看病了。」

江續沒說話，只是幫林西揹著包，陪著她往宿舍走著。

路上的樹已經因為季節的關係枯敗，地上有掃不完的落葉，那些完全失去水分的葉子，腳踏上去脈絡斷裂，發出「劈啪」的聲音。

冷風颼颼地吹，凜冽刺心，林西因為疼，一直冒冷汗，這時這麼一吹，被凍得直縮脖子。

「冷？」江續微微挑眉看了林西一眼。

聲音溫柔，像風在耳邊輕吟。林西趕緊搖了搖頭：「還好。」

說完，又被凍得哆嗦了一下。

江續抿了抿唇，停下腳步，他把自己脖子上的米色羊絨圍巾解了下來，緩緩走近林西。

他低著頭看林西的時候，微微皺眉。林西見他靠近，下意識往後退了一步，被江續手上的圍巾圈住。

江續的動作很慢也很溫柔，本來是要把圍巾圍在她的脖子上，剛要繞圈又改變了主意，改為包裹住林西整個腦袋，就是狼外婆的裹法。

林西牙疼，有氣無力地看了江續一眼：「幹什麼？」

江續抿唇輕笑，語氣理所當然：「妳不是總怕別人看到嗎？這樣就不知道妳是誰了。」

這樣怪裡怪氣的，明明更吸引別人的視線好吧？

才剛裹上去，已經有幾個路人側目看她了。林西瞪眼，人略虛弱，扯了兩下沒扯開，乾脆隨他去了。不得不說雖然裹得難看，但是這樣一點都不透風，非常暖和。

「謝謝。」林西訥訥說。

江續走回林西身邊，耐心地囑咐她：「這幾天喝粥，記得約的時間去拔牙。」

林西隔著圍巾捂著臉，哼哼兩聲：「知道。」

江續撇頭看了她一眼，似乎不經意地問了一句：「要我陪妳去嗎？」

「不用。」林西擺手：「血淋淋的場面，我找林明宇吧。」

江續挑了挑眉，沒有異議地「噢」了一聲。

兩人離開大路，走進了校園的小路，前面是亮著燈的教學大樓，有人在裡面上課。從教學大樓穿回宿舍，有一大片人工湖，過了橋又有兩座小山，是學校裡戀人們散步的聖地。

此刻兩人一路走來，除了大路上還有點行人，小路上連談戀愛的都沒了。天氣太冷，今天又颳起了北風，在外面真是一種折磨，情侶都不出來放閃了。

林西捂著臉，突然想起上一世滑社群時，關於智齒的描述。

「聽說，人長了智齒就代表發育成熟了，是這樣嗎？」

江續側頭看向林西：「嗯？」

「那我現在長智齒了，是不是說明我再也不會長高了？靠，我還說再撐一撐，長到一七五，去選維密天使呢！」林西說著說著，悲從中來：「我還什麼都沒幹呢，什麼都沒見識過呢，怎麼就成熟了呢？」

上一世到死也沒長智齒，這一世怎麼才二十歲就長了？林西一直喋喋不休，說著說著，她突然停住了腳步。

江續不知道她又發什麼風，也跟著她停下，有些疑惑地問：「怎麼了？」

林西一臉不甘心地抬起頭看著江續，「那個，江續……你能借我抱一下嗎？」

耳邊是北風悲憤呼嘯的聲音，如同林西此刻的心情。

眼前的江續不知是不是被她嚇到了，平時看起來深藏不露的眼睛，此刻也有幾分呆滯。他怔忡地盯著林西許久，才遲疑地問她：「……妳知道妳在說什麼嗎？」

「我知道啊。」林西一字一頓地說著：「江續，我今天正式長大成人了。」

江續狐疑地看向她：「妳的智商似乎還沒有。」

「我不是開玩笑。」林西握緊了雙拳，一臉豁出去的表情：「我活了幾十年，從來沒有抱過男生。現在長大成人了，你借我完成一下這個儀式。」

江續沒想到林西的腦迴路這麼不正常，忍不住皺了皺眉，「妳是白癡嗎？」

見江續一臉嫌棄，林西好不容易鼓起來的勇氣，又縮回去了，她失望地撇了撇嘴：「算了算了，我就知道指望不上你，小氣鬼。」小聲嘀咕：「早知道叫林明宇陪我了，好歹能借抱一下。」

林西瞥了江續一眼，也不理他了，大步一邁就要往前走。

「過來。」

「嗯？」

林西回過頭的瞬間，江續長臂一展，一把將她拉進懷裡。

林西就這麼毫無徵兆地被他有力的雙臂抱住。他手摟著林西的背，寬肩長手替林西擋住了冷蕭蕭的北風。

那種觸感是陌生的，淡淡的洗髮精香味卻很熟悉，引得林西心跳砰砰砰加速起來。

江續的下巴輕輕碰到林西的頭頂，隔著圍巾，那種感覺說不清道不明。

耳邊是他輕輕的低語，「借了要還。」

林西本來以為抱男生的感覺應該和女生沒差，畢竟都是血肉之軀。沒想到理論設想和真實操作有那麼大的差別。

江續的個子高，林西幾乎是完全埋進他的胸懷裡。常年運動讓他胸口的肌肉有些硬，不像女生，再飛機場的胸口也是軟軟的。

江續灰色的大衣質感很好，雖然硬挺但是不扎皮膚。林西的手抵在江續胸口，不知道為什麼，似乎有一種本能，讓她想要摟住江續的腰。他的腰和女生的很不一樣，沒有那麼明顯的凹陷，看起來很直，不知道衣服包裹著的腰腹上，會不會有人魚線什麼的。

發現自己有這種危險的想法後，林西的臉蹭地紅了，趕緊搖走腦袋裡那些亂七八糟的東西。

還好有江續的圍巾把整個人都裹起來了，不然真的要把人窘死了。

林西尷尬地縮在江續懷裡，半晌才結結巴巴地說：「謝謝。」

江續放開林西，漫不經心地撥了撥她額前的瀏海，不緊不慢地說：「其實，長智齒，是成年後的一次生長小高峰。」

「什麼？不是發育完成？」林西被江續科普了知識，一臉震驚地瞪大了眼睛。她一說話扯得牙更疼了，又是嘶嘶兩聲：「……蒼天啊！我又被網友騙了！」

林西捂著疼得發癲的右臉，本能地嗷了一聲：「那我的儀式算什麼？」

江續十分果斷地回答林西。

「算妳傻。」

迎著北風一路走回寢室，林西一臉鬱卒地取下圍在頭上的圍巾，遞給江續：「喏，有借有還。」

江續接過圍巾，低頭看了兩眼，嘴角湧起淡淡笑意。

「嗯。」

風中似乎都是他溫柔的呢喃，把林西嚇得趕緊上樓了。

回到寢室，林西還是感覺腦子有些茫然。

不知道為什麼，她總是不斷回想在江續懷裡那種奇妙的觸覺。難道是因為二十歲的年齡正是荷爾蒙爆發的時候？

林西越想越覺得是那麼回事。看來不能那麼快就放棄找男朋友的事，還是要繼續努力。

北風又颳了一整天，同學們在電腦教室上課，風把玻璃窗颳得啪啪地響。黑色的電腦螢幕上是同學們做的 Excel 作業，整齊劃一。

老師打開暖氣，暖和的風吹得林西睏意陣陣，直打哈欠。

下課休息十五分鐘，韓森惡霸一樣趕走林西身邊的付小方，大喇喇地坐了下了。

林西被他的出現嚇了一跳，她抬頭難以置信地看著付小方：「妳怎麼就讓他坐了？」

付小方用力地推著韓森，一下扯他衣服一下搥他手臂，就差咬他了，但他始終紋絲不動。

付小方被氣壞了，和林西控訴：「妳看看是我讓他坐的嗎？」說著，又搥了韓森一把：「韓森！你是什麼意思啊！這電腦上有我上節課做得作業，快給我起來！」

韓森對付小方的嚷嚷置若罔聞，只是目不轉睛地看著林西，半晌，突然眉毛微挑，壞壞一笑，雷了林西一把。

「你幹什麼啊？趕緊滾蛋！」林西看到他這張臉就氣：「要不是你瘋狗一樣到處打聽，別人會亂傳我的緋聞嗎？我沒打你都是我性格好了，你還敢給我得意？」

韓森雙手交握擱在桌上，一臉不以為然地說：「打是情，罵是愛，妳要打也行。」

「……」林西簡直對這樣厚顏無恥的人沒轍。

「我後來問了別人，那天妳確實是一個人從賓館出來的。」韓森聳了聳肩，「這事是我誤會，為了表達我的歉意，我請妳吃飯。」

林西想都沒想就拒絕：「拉倒吧。」

「噢。」韓森對林西的拒絕很習以為常，他閒閒地往後一靠，無賴地側頭凝視著林西。

「你是什麼意思啊？」

韓森笑：「雖然妳不給我面子，但是我不能就這麼放棄。」

林西簡直拿他沒辦法，只能指了指自己的右臉：「我長智齒了，恕我不能赴約。」

韓森湊近看了看，又爽快地說：「沒事，吃粥也可以。」

「我就不能不去嗎？」

「可以啊。」韓森陰陽怪氣地一笑：「晚上見不到妳，上課見妳也一樣，我就坐這了。」

付小方控訴：「那怎麼行？我的作業啊！」

林西忍無可忍，只能從頭再再忍，最後妥協道：「我去我去，趕緊滾蛋吧！」

韓森走後，付小方終於坐回自己的電腦，見作業還好好的，心有餘悸地撫了撫胸口，感慨道：「這世上怎麼會有這種惡霸？」

林西撇嘴：「妳之前不是還說他長得帥嗎？」

「我說過？」

付小方一臉失憶的表情，林西只能賞她白眼，「我不管，這作業妳也幫我做一份。我都為了妳的作業以身飼虎了！」

「……」付小方回頭看了韓森一眼，小聲說道：「難以想像，妳上學期還和我說喜歡他。妳到底是怎麼瞎的？」

付小方冷不防提起這事，林西差點忘了人生還有這段黑歷史。

說實話，想想這事，林西也覺得有幾分感慨。

十年的時間，和韓森的交集不算多，大概是最初的一點好感支撐，再加上一直沒有別的男人出現替代韓森，這份少女情懷也就延續了下來。

要說這好感來自哪裡，要從大一的一場活動說起……

林西緩緩講述起來：「上學期，老師不是要我們去買班服嗎？」

付小方側頭：「然後？」

「批發市場附近有個小學，我們從小學門口路過。」林西小聲說著：「有個看起來高高胖胖的大孩子，找一個看起來明顯低年級的小孩子要錢。」

「然後韓森那個怪物，救了那個小孩？」

「嗯。」林西點頭，繼續說著：「他兩拳把那個高胖的大孩子打哭了，替小男孩把錢要回來。我覺得他很有正義感。」

這是林西第一次剖白喜歡過韓森的原因，付小方驚得嘴巴都閉不攏了。

許久，付小方終於忍不住吐槽：「……以暴制暴，神他媽正義感！」

林西有些理虧地縮了縮脖子，「……小聲點，我不是已經醒悟了嗎！」

下課後，韓森等在教室門口，黑著一張臉，活像強搶民女的惡霸。

本來林西苦苦哀求付小方和她一起去，結果付小方頭搖得如同撥浪鼓，下課鐘一打，她已經兔子一樣溜了。

這時只剩林西一個人應付韓森，她想想就覺得好命苦。

韓森這個非主流殺馬特怪物，愛好倒是挺多，喜歡籃球、跳街舞和打遊戲，總體來說就是大學男生裡最常見的屌絲。

他近來在玩的「勁舞團」，是二〇〇六年流行的遊戲。林西當年在學校的時候曾經沉迷過一陣子，聽他扯起話題，林西也忍不住說了幾句。兩人就這麼抬槓了一路，居然默默就到學校後面的美食街了。

韓森帶林西去的是學校門口一家味道很不錯的小店，是吃簡餐的。面積不大，牆上和窗口貼著菜單。

韓森很自覺去窗口點餐，林西則先去占了張桌子。

等了一下子，老闆將飯菜上桌。來來去去十幾趟。林西雙眼瞪大，看著桌上滿滿的配菜和小吃，忍不住吐槽：「吃個便飯，你點滿漢全席啊？我不是和你說了嗎，我長智齒了，最近只能吃清淡的。」

「我知道啊。」韓森推了推林西面前的一碗粥和一碟菜，「我幫妳點了蔬菜粥，怕妳嘴裡沒味，多點了一份清炒馬鈴薯絲。」

林西又掃了桌上其他的碗碟一眼：「那這些呢？」

「我吃啊。」一臉理直氣壯的表情，韓森說：「妳也知道的，我吃得多。」

「……」林西簡直對他無語了，忍不住諷刺了一句：「你說說，你怎麼這麼體貼呢？」

韓森笑了笑。

韓森在那大快朵頤，林西痛苦地喝著粥，好在她牙疼，沒什麼胃口，也不覺得饞。

兩人吃到一半，韓森正歡樂地講著遊戲裡的事，小店的迎客風鈴突然響了一起來。

林西下意識回頭，看見浩浩蕩蕩的一群人走了進來，每個人都撞到門口的風鈴，風鈴聲從他們進來開始，沒有停下來過。

一個黑猩猩一樣的大塊頭男生，一進來見到林西，一臉欣喜：「林妹妹！」說著，他突然回頭對後面的人嚎了一句：「林明宇！你妹在呢！」

林西隱隱有種不祥的預感，正準備低頭，目光已經看到最後進來的林明宇，以及一身黑色長款棉服的江續……

籃球隊那群大塊頭三四人一桌，將面積不大的小店擠得水泄不通。

林西和韓森本來坐在靠牆的中間一桌，他們進來以後，迅速將他們包圍了起來，呈一個「匚」字型。

林西也不知道能說什麼，只能一臉尷尬地低頭喝粥。

林明宇見林西在，想都不想直接坐到林西身邊。江續最後進來，跟著林明宇也坐到林西這桌，林西斜對面的——韓森身邊。

「不介意吧？」他微微偏頭看向林西，眸光沉沉。

林西感覺到他無形的氣勢，只能搖搖頭。

但是心裡還是忍不住腹誹：坐都坐了才問，誰還能把他趕走？

韓森認識林明宇，也知道他是林西的哥哥。以前沒什麼交集，在學校碰到也就擦身而過，這時卻像變了個人似的：「宇哥，來吃飯啊？」

說著，很自覺地幫林明宇倒了杯水：「哥，喝水。」

林明宇剛練完球，正渴得很，無意識接過那杯水。等他喝完了水，放下杯子，才感受到對面有一記讓人十分有壓力的視線飄過來。

林明宇抬頭，正好對上江續春風和煦的微笑，差點嗆到。

林明宇用手肘頂了頂林西，低聲問：「怎麼回事？男朋友？怎麼不介紹介紹？」

林西低頭喝粥，沒聽見：「嗯？」

韓森這時候耳朵倒是尖，聽見林明宇的話，立刻站起來要和林明宇握手：「大舅子，你好你好！我是林西的同班同學，我叫韓森。」

見韓森站起來了，林明宇出於禮貌，也只能站起來和他握了握手。

「你好，我是林明宇，林西的哥哥。」

林明宇坐下來的那一刻，對面那道若有似無的視線，讓他冷不防打了個寒噤。

林西看到眼前一幕，拿筷子敲了林明宇一下，「怎麼誰都能叫你大舅子啊！」

林明宇哭笑不得：「我也納悶啊！」

林西舉著筷子惡狠狠地指著韓森的鼻尖：「我警告你韓森，你再胡說八道，我就揍你了！」

說著，趕緊對所有人解釋道：「這人是我的同班同學，我們沒關係的！」

韓森對她的急於撇清也不生氣，站起來很豪爽地對所有人說：「在場要是有暗戀林西的兄弟，抱歉，我在追她，以後你們的那些小心思可以收起來了！」

說著，以茶代酒，一飲而盡。

完全一個腦殘，林西忍不住翻了個白眼。

韓森這種脫肛野馬，完全不按常理出牌，林西根本控制不住他。與其一直在這丟人現眼，還不如趕緊逃跑算了。

她氣呼呼抽了張衛生紙狠狠擦了擦嘴，拿上書包，對在場籃球隊的眾人說：「我先走了，你們慢吃。」

她站起來要走，結果背後卡著一個籃球隊的大塊頭，面前擋著同樣大塊頭的林明宇。真是只有這麼倒楣了。

「讓我出去啊！」林西忍不住推了林明宇一把。

林明宇慢慢吞吞地起身讓位。

林西好不容易從最角落裡出來，人還沒走出去，書包又被拽住了。她不耐煩地回頭，剛要罵人，就看清了拉住自己書包的人。

——江續。

剛練完球，江續的額髮還有一絲濡濕，運動過後，英俊的面目更顯唇紅齒白，有一種魅惑人心的美感。

林西與他視線對視，腦中一閃而過的是他抱著自己的場面，竟然忍不住臉紅了。

「有事？」林西說話的聲音不禁有些中氣不足。

江續修長而骨節分明的手，拽著林西寶藍色的書包帶。漫不經心地把玩著，那動作看著就讓人覺得十分微妙。

林西趕緊把書包帶拽了回來。

江續微微抬起頭，在眾人的注視下，不緊不慢地交待林西：「我吃完飯過去。」

「啊……」林西看著眾人，耳根紅透了。

正要解釋，才想起來他是說教英語，尷尬地點頭：「哦哦，好的。」

見大家探究地看向二人，江續輕咳一聲，清了清嗓，很正直地替林西解釋了一句。

「別想歪，我只是去教英語。」

第十四章　拓展交友圈的方法

林西坐在圖書館裡，腦中還在回想傍晚的那場烏龍。想想自己最後那麼落荒而逃的模樣，還真是菜啊。

上一世工作以後，朋友都是女的。學技術的時候老師是女的，客戶嘛，都是新娘子，偶爾遇到新郎也就客套地說幾句吉利話。完全沒有和男人相處的機會。這一世冷不防被男人包圍，如何應對可真是個大難題。

以她現在這水準，也不知道多久才能脫單。

這麼想想，念書都無法專心了。

隔壁桌情侶的念書方式也很擾民，每講幾題就要親一下，林西覺得簡直無法直視。心不在焉地做了一篇閱讀理解，一共五題，錯了四題。

林西正看著答案解析，身邊的凳子被人拉開了。對於傍晚發生的事絕口不提，也免了林西的尷尬。

江續大概是洗了澡，身上帶著淡淡的沐浴乳香味。他換了一身衣服，黑色的中長款大衣，帶著淡淡的禁欲感。他脫下大衣，隨手擱在椅背上，露出裡面的黑色高領毛衣。

林西從上一世開始就很喜歡看男人穿高領毛衣，她總覺得能把高領毛衣穿出帥氣的男人才是真衣架子。不得不說，江續除了長得好看，衣品也非常好，穿什麼是什麼，走到哪都引人側目。

從江續坐下開始，林西的眼睛就在他身上沒有離開。她突然有些理解付小方他們說的，「長相不能當飯吃，但是江續的長相很下飯」是什麼意思。

江續是個很負責的「老師」，不愧學霸。不僅講各種做題技巧，還幫林西分析歷年各話題、題型出現的機率，幫林西押題，真是無所不能。

雖然江續講得簡單易懂，但林西實在難以沉下心來做題，她一低頭，眼角餘光就是那對「擾民」的情侶。

江續見林西一直分心看旁邊，隨手拿她的筆敲了敲她的腦袋。

「嗷。」林西捂著被敲痛的額頭，悶悶地看了江續一眼，用眼神宣洩不滿。

江續挑眉：「好好念，不要分心。」

林西不情不願地「噢」了一聲，又看回習題，腦子裡還在想著天馬行空的事。

她咬了咬筆頭，突然整個人往江續的方向挪了幾寸。

「欸。」她壓低聲音問江續：「你說，我沒有念書的動力，是不是因為沒有男朋友的關係啊？」她用筆暗暗指了指身後的兩個人：「我看他們好像念得挺起勁，難道情侶一起念書效率更高？」

江續淡淡瞥了林西一眼，手上的筆轉了轉，修長的手指十分靈活，將林西的圓珠筆從食指依次轉到小拇指，又從小拇指轉回來。最後，翻飛的圓珠筆停了下來。

江續用筆頭敲了敲林西面前的參考書，語氣冷冷的：「要不要幫妳把那個韓什麼的叫來？」

林西一聽到有人提那個殺馬特就頭疼，趕緊舉手投降：「我只是隨口一說！念書當然還是要靠自己！」

江續又轉了轉筆，「那男的和妳同班？」

林西三心二意地讀完一段閱讀，翻了一頁：「對啊。」

江續頓了頓，又不經意地問了一句：「和他約會？」

「不是啊，只是一起吃個飯。他害我被人傳緋聞，請我吃飯賠罪。」林西沒有多想，又說了一句：「大老粗一個，一點都不懂女人。」

江續看了林西一眼，問道：「他在追妳？」

「沒有啊。」林西嫌棄地撇了撇嘴，「他只是鬧我的，他不喜歡我這種性別的。」

「嗯？」

「我的意思是，他不喜歡我這種類型的。」

「這樣。」江續若有所思，手裡的筆有節奏地在桌上點了點，漫不經心地說著：「妳哥要我帶句話給妳。」

「林明宇？」林西皺眉，「他又有什麼屁要放？」

江續一臉坦然地看著林西，緩緩說道：「不要隨便和男生單獨吃飯，容易讓別人誤會。」

「林明宇怎麼老是喜歡管我談戀愛的事？」林西想想都煩，「攪屎棍，還好意思說。」

江續愣了兩秒，最後附和地點了點頭，「嗯，說得是。」

學完英語，江續很盡責地把林西送回宿舍。

近來和江續一起相處多了，那種特別害怕和不自在的感覺沒有了，比以前自在多了。

偶爾也會把江續和一般的大學男生拿來比比，比的結果就是「沒有比較，就沒有傷害」。

本質上林西也喜歡長得英俊的男人，但是僅限於欣賞，從找男朋友的角度來說，她不太希望找一個太英俊的。

那種太英俊的男人，撲上來的女人太多，讓人沒有安全感。談個戀愛像打仗一樣，太累。

回到寢室，難得三個室友都早早回來。莉莉在電腦前寫著線上作業，圈圈在敷面膜，付小方在嗑瓜子。

林西正換著拖鞋，付小方一臉幸災樂禍的表情問她：「和韓森吃飯，感覺怎麼樣？」

「別提了。」

林西嘰哩呱啦講起了今天的烏龍經歷，把三個室友逗得哈哈大笑。

莉莉作業也不做了，轉過身坐向林西的方向，「我怎麼覺得妳和那個叫韓森的還挺適合的？一在一起就跟講相聲似的。」

付小方捧著肚子笑：「他們在一起能為了誰逗哏誰捧哏打起來！哈哈哈……」

雖然大家都在笑，但是林西確實對此非常苦惱：「說真的，怎麼樣能讓他別再纏著我啊？」

「答應他？」

林西瞪了出這個餿主意的付小方一眼：「我自虐嗎？」

「要不然找個男朋友？」莉莉說：「妳有男朋友了，那個姓韓的肯定就知難而退了。」

「NONONO，」付小方搖了搖手指，對莉莉說：「妳不瞭解我們班的韓森，林西真的談戀愛了，他不會知難而退。」付小方頓了頓，很篤定地說：「他會去打那個男的！」

莉莉實在不瞭解韓森是什麼類型，又說：「那找個比他還強大的男生呢？」

「哪有那麼容易？」林西一想到韓森那個怪物就頭疼不已。她攬鏡自照，忍不住嘆了一口氣：「我長得也不難看啊，怎麼就沒有正常人追呢？」

圈圈揭了面膜，終於可以說話了，趕緊加入討論：「我覺得，妳真的那麼想談戀愛，可以考慮擴大交友圈。」

莉莉說：「或者提升自己，讓自己更優秀，吸引更多人。」

「要我說，最有效的方法還是……」付小方突然一本正經地說：「整容！」

林西：「……滾。」

俗話說，三個臭皮匠，勝過諸葛亮。綜合三個室友的意見，林西改變了作戰策略。

陸仁珈的事給林西很多經驗教訓。什麼都不懂，只靠盲目主動出擊還是不行的，不熟悉的人，很容易被人截胡。

首先，她要像圈圈說的那樣，擴大交友圈，增加更多新的可能性；其次，她要像莉莉說的那樣，努力提升自己，讓別人一眼就能注意到她；最後，無視付小方這個糟粕。

洗心革面以後的林西，近來每天六點半就起床去操場晨讀，然後幫全寢室的女生帶早飯。莉莉去圖書館念書，她只要碰上了，次次跟隨。晚上還跟著江續學英語。

這天上課，林西又在認真抄筆記。

付小方對此嘖嘖稱奇，低聲問她：「妳最近是怎麼了？瘋了？」

林西手上的筆頓了頓，啐了她一聲：「我抄個筆記怎麼就瘋了？」

「以前從來不抄啊！」付小方拿過林西的筆記看看，真是抄得工工整整，字也漂亮：「我以前怎麼沒注意妳的字寫得這麼好看？」

「妳不知道的事多了。」林西又奪回自己的筆記本。

下課了，林西揹著包走在前面，付小方追了上來，推推她的手臂：「說一下啊，妳這又是發什麼風？」

「經驗告訴我，同類的人才會走到一起。比如五百五十分和他的高中同學，都是學霸，都喜歡英語。所以，我決定了，我也要提升自己，培養興趣，找一個志同道合的男子，來抵抗韓森這樣的惡勢力。」

「所以妳這幾天培養出對讀書的興趣了？」付小方問。

林西眼神閃爍，有點不好意思地說：「這幾天我發現，原來我對讀書不感興趣。」

集中注意力天天只讀書實在太難了，一打開書就想睡覺，看來想泡一個學霸是不切實際的。

付小方哭笑不得：「那妳對什麼感興趣？」

林西很認真地想了想，說：「吃吧。」

付小方對這個答案笑噴，最後捂著肚子說：「妳這興趣，大概只能找到一個志同道合的胖子。」

她淘汰了！

「……付小方，妳一個老光棍，懂什麼？」

付小方嘿嘿一笑：「我是光棍我不急啊。」

她拍了拍林西的肩膀：「感情的事，都是順其自然的，用力過猛都是極品。我的兄弟淡定！」

林西點了點頭，雖然認可付小方的說法，但是想想上一世，確實挺順其自然的，結果是自然把她淘汰了！

擴大交友圈可以透過培養興趣來完成。比如林明宇和江續，籃球隊一堆哥們，再比如韓森，打遊戲也有一群基友。所以，林西也決定去學點什麼，這社會，學技能總是不吃虧，技多不壓身嘛。

選擇學什麼是很艱難的，畢竟已經這麼大了。彩妝挺感興趣的，但是她很確信混進去以後就更找不到男朋友了；琴棋書畫，一樣都不喜歡，小時候被逼著練字，一邊哭一邊寫，那種經歷太痛苦了，排除；跳舞上次已經見識到可怕之處，算了。

想來想去，好像只有唱歌她還挺喜歡的。

錯過了招生，想去「愛樂社」就只能靠付小方幫忙了。她有音樂背景，是社裡的資深社員。

在林西軟磨硬泡之下，付小方帶林西去了。負責招生的副社長幾乎是全程黑著臉聽完林西歌唱。毫不意外，林西被淘汰了。

林西沮喪的要走，正好碰上「愛樂社」的社長下課來辦公室。

社長看起來油頭粉面的，人倒是不錯，問明來龍去脈後，竟然把林西留下了，他的理由也很實在：「這個月的校園『十大歌手』比賽，我們是承辦的社團之一，社裡缺人，讓她先試試吧。」

林西能留下來學唱歌，認識新朋友，她自然是很高興的。

付小方帶著她往社裡練歌的教室走去，邊走邊說：「我們副社長要求高，還有點仇女，所以社裡女生少。這次我們要承辦『十大歌手』，禮儀的人手不夠。」付小方撇撇嘴：「大概是想讓妳當苦力。」

林西對此倒是沒有太排斥，「沒事，來學習學習，順便交朋友。女生少的話，意思就是男生多吧」？林西嘿嘿一笑：「我最喜歡那種會唱歌的男生了，搞樂隊什麼的，帥死了。」

「蛤？」付小方一臉詫異：「搞樂隊的是『熱音社』，我們是『愛樂社』，主要唱民俗聲樂什麼的。」

「蛤？」

林西還沒反應過來，身後突然有人喚了她的名字。

「林西。」

林西一回頭，江續已經走到她身邊了。

付小方一看是江續來了，還是那麼帥，看起來賞心悅目，簡直笑得合不攏嘴。

「你來這幹什麼？」林西在這裡見到江續，有些詫異。

江續掃了掃林西和付小方，淡淡回答：「到社團老師的辦公室有點事。」

「噢。」林西摳了摳鼻子，也沒有多問。

江續側頭問她：「妳呢？」

林西瞇眼笑了笑：「參加了社團，多學一門技術。」

付小方一聽林西又開始矯揉造作，嘴一瓢就說出了林西的真實目的。

「她哪是為了學技術啊，她說要培養興趣，好找個志趣相投的男朋友！」

話音剛落，「愛樂社」的練習教室就到了，付小方習慣性的推開門。

只見教室裡零星的四五個男生站得齊整，挺直背脊，高昂著頭，雙手交疊放在胸口，完全是費玉清唱歌的架勢。

整個教室裡是他們高亢的合唱。

「一——條——大——河，波——浪——寬，風——吹——稻——花——香——兩——岸——」

眼前的一幕把寵辱不驚的江續驚到了，林西更是嚇得下巴都要掉下來了。

林西這才理解了「熱音社」和「愛樂社」的不同，忍不住一臉悲憤：「這下是真的只想學唱歌了！」

「好好學。」江續像逗小孩一樣摸了摸林西的短髮，眼中閃過一絲笑意：「是挺適合妳的。」

「算了吧！」林西想都沒想，轉身就要走：「我突然覺得對讀書充滿興趣了，都什麼時候了，還搞什麼社團啊。」

林西腳還沒跨出一步，付小方已經生拉硬拽，把她弄到練聲教室去了。

「江續你去忙吧！」說著，付小方「啪」一聲把教室的門關上了。

叫天不應，叫地不靈，自從加入這個破社團就是這種情況。社裡每天都要清潔打掃、要收拾、要跑腿，什麼社員，完全就是苦力。

最難過的是這個破社團，雖然男生不少，有八九個，但是實在各個一言難盡。都是同一個社的，林西也不想把話說得太難聽。

唱民俗聲樂的，真的都不是一點點娘啊！

本來社裡的事就夠多了，「愛樂社」作為「十大歌手」晚會的承辦社團之一，還把林西和付小方派去模特兒隊培訓，要作為當天的禮儀人員服務。

林西和付小方搞完社團的事，灰頭土臉出現在模特兒隊的排練教室，現場已經來了幾個和林西與付小方身高差不多的女孩。林西把書包放在地上，隨手捋了捋自己亂糟糟的頭髮，一抬頭，就看見蘇悅雯揹著書包走了進來，粉色短款羽絨服，深藍色百褶裙，青春靚麗的樣子。

林西頂了頂付小方的手臂。

「幹什麼啊！」付小方有點不耐煩地頂了回來。

「蘇悅雯。」林西小聲問：「她怎麼也來這裡了？」

付小方瞥了一眼，解釋道：「熱音社的外援，人家社長請她來長臉的。」

「是嗎？」林西眼中有了幾分欣慰：「那我們是不是愛樂社送來長臉的？」

付小方殘忍回答：「我們只是來湊數的。」

本以為「十大歌手」晚會現場的禮儀很簡單，送送東西，頒個獎，引引路什麼的。結果真的訓練起來，要注意的細節還是挺多。模特兒隊的負責人說，當天現場除了統一服裝，還要穿高跟鞋。

模特兒隊的訓練教室和啦啦隊的練功房類似，也有一面牆是鏡子，每個人都能看到自己走路時的儀態。林西和付小方走路都有點愛駝背，是訓練的老師重點監督的對象，再看蘇悅雯，要不是身高不太夠，林西真的覺得她可以去選維密天使。穿著常服走走，都有種超模氣勢。

訓練了幾天，林西累得不要不要，無聊到不行，不由感慨：「我長這麼大，不是來了這，我都不知道原來我連路都不會走。」

隨著活動時間的臨近，大家也練得差不多了，負責人把租的禮儀服裝拿來了，按照大家的尺碼分發，大家現場試穿，然後穿上禮儀發的紅色旗袍和白色披肩訓練。

林西練累了，以上廁所為由躲在旁邊的雜物間裡休息。這個雜物間是模特兒隊堆放表演服化工具的，雖然小，但是每天都有人打掃，很乾淨。

林西靠在桌角休息，睏意襲來，迷迷糊糊就睡過去了。

林西是在一男一女對話聲中醒來的。

起初林西以為自己是在做夢，等她反應過來時，她已經看清了說話的兩個人。

女的是蘇悅雯，男的林西沒見過，他穿著一身薄薄的大衣，個子挺高，腿又長又細，看起來倒是挺帥。臉很白，比蘇悅雯還白了幾分，有種陰柔的美感。

蘇悅雯背對著林西，那男的很隨性地坐在林西靠著的桌子上，因為視線死角，兩人都沒發現林西。

「……」

男的說話吊兒郎當的：「所以，想找什麼樣的男朋友？」

蘇悅雯的聲音還是一貫溫和中帶著幾分倨傲，「等我找到了，你就知道了。」

男的一笑，「妳和我在一起，妳就知道妳的男朋友是什麼樣子了。」

「我不會和你在一起。」

「……」

雖然不太清楚他們是什麼時候進來的，但是可以肯定的是，林西又撞到有人跟蘇悅雯表白了。林西也是服了自己的運氣了。

她縮在牆角，又坐了兩分鐘，覺得自己這樣子實在太猥瑣，不能又被蘇悅雯誤會了。她拳頭一握，突然從桌子角落站了起來。

蘇悅雯和那個男生被她的突然起身嚇了一跳。

見兩人都瞪大眼睛沒說話，林西趕緊揮了揮手，「不好意思，等我先出去了，你們繼續說。」說著，林西從角落裡鑽出來了。

路過那個男生的時候，那個男生的腿擋住林西的去路。

林西臉上掛著微笑，很客氣地對他說：「麻煩讓一下好嗎？」

那男生意味深長看了林西一眼，最後從桌子上下來，讓林西出去了……

去廁所換上了禮儀穿的紅色旗袍，重新回到訓練的教室。訓練的老師找林西好久，這時她終於出現，老師自然是不客氣地把她臭罵了一頓。

訓練了一個小時左右，訓練教室的門口突然出現幾個男生。老師中斷了訓練，到門口和那幾個人聊天。

好不容易得了空休息，付小方累癱了，穿著長旗袍坐在地上，毫無儀態的休息。

林西踢了她一腳，也坐到她身邊，小聲問：「問妳啊，那個，」林西指了指剛才跟蘇悅雯告白的男的：「那個穿黑衣服，很高很白那個，是誰啊？」

付小方抬頭瞅了一眼：「妳看上了？」

「怎麼可能？都不認識。」

付小方狐疑地盯著林西，雖然不是很相信，還是給她解答了：「那男的叫薛笙逸，體育生進我們學校的，全市馬拉松比賽的記錄保持者。不過後來他沒有再搞體育，搞唱歌了。去年『十大歌手』，他人氣最高，今年熱音社找他來唱開場表演。」

「這樣啊。」

林西還要問問題，就聽見訓練的老師拍了拍手，揚聲喊了一句：「大家過來！」

穿著旗袍的女孩們站成一排，那幾個男生跟著訓練的老師站在她們對面，這畫面怎麼看怎麼奇怪。

老師說：「這是我們唱開場和閉幕的兩個團隊，我們要選兩個禮儀帶他們，妳們有誰願意的？」

老師話音剛落，現場的女生們有一半的人舉手。

林西對這幾個人沒什麼興趣，低著頭摳著自己的手指。

「就她吧。」

低沉的男聲將現場眾人的目光都引到林西身上。

林西被付小方推了一下，差點一個不防摔了下去。

等她驚愕抬頭，就看見薛笙逸似笑非笑地看著他，眸光中帶著幾分捉弄。

訓練結束，付小方拽著林西，拷問道：「怎麼回事？妳剛好問到他，他就點妳了。」

林西一臉衰相：「別提了，又是一個被蘇悅雯拒絕的冤魂。」

「蘇悅雯？」付小方詫異：「關她什麼事。」

「這人表白，不小心被我聽到了。」林西嘆息，她又不是故意偷聽的，至於嗎！

揹著書包走出訓練教室，剛出去，就碰到了同樣離開的蘇悅雯。

兩人默契地閉上了嘴。

蘇悅雯聽見林西和付小方冒失的腳步聲，回頭淡淡瞥了她們一眼，這視線讓林西忍不住打了個激靈。

吃完飯，付小方出去了一趟，好像是去買東西了，回來的時候拎了一大包進來。

林西正在趕作業，沒空理她。她扭扭捏捏走到林西身邊，鬼鬼祟祟問了一句：「妳幫妳哥織的帽子，織好了沒啊？」

林西隨手從抽屜裡拿出已經完工的綠帽子，「妳說這個啊？」

林西不僅織完，還在帽子頂上掛了很多綠色的穗穗，看起來像一頂綠色的假髮。

「我幫妳送給林明宇啊！」付小方說。

林西回頭，見她鬼頭鬼腦的，問她：「妳是不是有什麼陰謀啊？」

「哪能啊。」付小方有點不好意思地說：「有點事找他幫忙，總不好空手嘛。」

「噢。」林西又扭回頭繼續做作業：「那妳和他說一聲，我生日馬上要到了，叫他看著辦。」

「好嘞！」

趕完作業，林西有點餓了。室友們都不在寢室，林西只能一個人去超市買吃的，順便把她的水壺拿回來。

懶得換衣服，林西穿著寢室裡穿的醜棉服就出去了。

回來的路上正好碰到付小方回來，見她一臉燦爛的笑容，林西有些莫名：「妳是遇到什麼事了？這麼高興？」

付小方嘿嘿一笑：「我發現妳哥人還挺好的。」

「怎麼了？」

「單曉不是織了圍巾給江續嗎？求我幫忙送。我和江大神又不熟，我就想到找林明宇幫忙了，沒想到他挺爽快就答應了。」

「單曉？」林西有種不祥的預感：「她該不會還寫了一封信吧？」

「一般送禮物都會帶信帶卡片的，很正常啊。」

「……」林西悲壯地拍了拍付小方的肩膀：「保重。」

說起來也是江續的錯，上一世他居然把林西給他的東西掉在籃球場，被球場上的臭男生大肆宣揚。如果不是後來知道這事的人太多，林西根本不用去頂包。

雖然同情小方要幫單曉揹鍋，但是林明宇帶去的，應該就直接從寢室給了，不會鬧太大。

唉，本以為遠離單曉，她就坑不到人了，沒想到她還能換個人坑。

這是不是就是傳說中的命運？

江續在電腦前繪製著模型，資料太多，渲染成模的速度有些慢，他靠在凳子上等著。今天本來要幫林西補習，但是她訓練完要回寢室趕作業，就取消了。

百無聊賴，江續的視線落在桌上的一本英語檢定模擬試題上。

那是林西的書，江續自己是沒有的。身邊都是成績好的同學，學校規定，大一第一學期期末英語考到九十分以上，第二學期就能報考英語檢定，大家都是一次就過，根本不需要練習，包括林明宇。

把林西的書拿回來是要看她最易錯的題型，好調整補習的側重點。她並不好教，詞彙量低，又不專注，比江續讀國一的姪子還笨，他也不知道自己是哪來那麼大的耐性，每天對牛彈琴。

想著她埋頭寫題目的蠢樣子，江續的嘴角就忍不住湧起一絲笑意。

江續正發怔，寢室的門被推開了。

林明宇身披外面的風霜，手上拎了兩個紙袋，縮著身子進來了。

「冷死了，不下雪比下雪還冷。」林明宇說著，丟了一個紙袋給江續，「女生送你的聖誕禮物。」

江續看著丟在他身上的紙袋，又是圍巾那些沒什麼創意的東西，忍不住皺了皺眉：「林西不傳了，你又來了？」

林明宇被江續訓了，也不生氣，始終笑嘻嘻，一顆如鹵蛋一樣的腦袋神祕兮兮地擠到江續身邊，忸怩地說：「你說，有女生送我聖誕禮物是什麼意思啊？」

江續隨手把紙袋放到地上，冷冷瞥了林明宇一眼：「想追你。」

「是吧！」林明宇得了江續肯定的答案，立刻一臉興奮：「我就說林西那個室友，每次看我的眼神都有點不對。」

「哈哈哈哈！」林明宇頂著個光頭，笑起來真是猥瑣到家了：「哥的魅力就是無法抵擋啊！」

江續鄙視地看了他一眼，沒有理他。

林明宇從另一個紙袋裡掏出一個綠色的毛線織物，擺弄了半天，有些詫異這個弧形吊著很多穗的東西是什麼：「這是個什麼東西啊？幹什麼用的？」

江續看了那綠東西一眼，接了過來，翻過來，俐落地套在林明宇頭上。

「是帽子。」江續說。

林明宇手上一抓，耳朵邊全是綠色的穗。那畫面真是要多搞笑有多搞笑。

林明宇趕緊把它從頭上抓了下來，忍不住啐道：「這女生，是不是有點智障？哪有送綠帽子給男人的！」

江續忍不住笑出了聲。

林明宇有點沒面子，拿著綠帽子回了自己的座位。

「對了，你電腦借我用下。」江續起身走了過來：「我的電腦在渲染。」

「噢。」林明宇按開了電源鍵，沒多久電腦跳入桌面。

一個泳裝大胸美女出現在林明宇的桌面壁紙上，幾個林明宇常用的軟體都放在美女胸口敏感處，實在猥瑣得很。

江續看著就覺得低俗：「怎麼又是這種圖片。」

林明宇收好帽子，奪過自己的滑鼠：「我這是正常審美，哪個男的不喜歡這種？」林明宇說著，突然壞壞一笑：「也是，你口味奇特。」

想到糟粕林西，林明宇突然有了一種油然而生的優越感：「搞不懂你到底喜歡她什麼？長得也不是多好看，蠢出銀河系，脾氣還差！」

江續微微皺眉：「借個電腦，廢話怎麼這麼多？」

林明宇卻沒有就此停住的意思，突然挑了挑眉：「說真的，你擼的時候，是不是想著林西的臉？」

第十五章　智齒

天氣越來越冷，來澡堂排隊的人也越來越多了。

林西和付小方抱著裝滿自己衣物毛巾和洗漱用品的臉盆，在凜冽的寒風中排隊。

林西見付小方一直在發抖，忍不住嘲笑：「早就叫妳穿棉褲，妳偏不穿。」

付小方沒好氣地睨她：「我的腿要是有妳的這麼細，我也穿了好嘛！」

「為了美，不怕凍。」林西得意洋洋對她晃了晃自己的腿，「反正我不冷，棉褲就是好啊。」

付小方被她氣得正要上來「決鬥」，林西突然嚎了一句。

「林明宇——」

愁眉苦臉抱著電腦的林明宇步履匆匆的，本來已經路過了女澡堂的長隊伍，聽見林西的聲音又停下腳步折了回來。

女生澡堂都是穿著棉睡衣、拖鞋來洗澡的女孩子，林明宇不好意思在這久待，問林西：「什麼事啊？」

「你要去哪啊？」

林明宇一聽見有人問，想起某個姓江名續的傢伙，苦大仇深臉就出來了：「去修電腦，電腦被人駭了。」

「電腦被人駭了？」林西一臉懷疑的表情：「你是看黃色網站看中毒了吧？」

「去去！」林明宇偷偷瞥了付小方一眼，很認真解釋道：「無意探得別人的祕密，別人惱羞成怒，殺人滅口，沒收工具。」

「什麼東西啊！」林西揮了揮手：「走吧走吧，修電腦去吧！」

林明宇走了老遠，還不停回頭，對著林西和付小方的方向拋媚眼，付小方皺著眉，一臉嫌棄地扯了扯林西的袖口：「林西，妳哥是眼睛抽筋了嗎？一個大光頭這麼擠眉弄眼的，看起來好猙獰啊！」

林西懶得看他：「他腦子才最抽筋。」

隨著「十大歌手」晚會的臨近，表演和參賽的人都要轉入禮堂排練，林西和所有的禮儀人員一起過來熟悉現場。現場放眼過去全是人，禮堂前幾排的位子放滿了東西，林西才發現原來這次的活動這麼盛大。怪不得定在十二月三十一日跨年夜，依然有這麼多人報名參加。

表演的嘉賓中，熱音社和熱舞社的人是主力，舞臺上正在排練的是熱舞社的。

林西進來的時候，音響裡正在播放著「東方神起」的歌曲，雖然是韓語，但是林西還是能跟著哼唱幾句。

一抬頭，五個青春活力的大男孩正踩著音樂的節奏變換舞步，力量的律動展示了這個年紀男孩最激烈的荷爾蒙。

尤其是中間的男孩，上身穿著一件黑白拚色棒球衫，下身搭配破洞牛仔版褲，手腕上纏繞著幾圈寬布巾，每一次揮臂，都有一種力與美的結合感。

林西剛走到舞臺下面，音樂正好停止了，幾個男孩跳出最後一個定格POSE，場面熱力四射。臺下路過的眾人停下腳步鼓起掌來，林西也不例外。

「喂，林西。」

舞臺中央的男孩手一撐，一個跳躍下了舞臺。直到他走到林西眼前，林西才發現，剛才那個讓她有點驚豔的主舞，居然是韓森那個非主流殺馬特。

一時間竟有些反應不過來，誇獎的話也有些結巴：「你……你舞跳得還挺好啊。」

韓森大大咧咧用手臂勾住林西的脖子，一臉得意，「被迷住了吧！」

韓森那副十分陶醉的自戀樣子，瞬間讓林西清醒了過來。她毫不留情地用手指戳了戳韓森的肋骨，他立刻猴子抽筋一樣跳遠了。

「再動手動腳，對你不客氣。」林西警告道。

林西往禮儀的隊伍走去，韓森一直跟在她身後，「晚會妳當禮儀啊？那是不是要穿開高叉的旗袍？」韓森想想就一臉霸道地說：「我警告妳，林西，不准穿那種衣服。」

「你有病吧。」林西回過頭來指著韓森，「別妨礙我，我要去排練了。」

林西正要走，又一個煩人的人出現在林西的視線範圍——薛笙逸。

他依舊穿得很少，看起來很輕薄，和韓森這種肌肉男完全不同。他緩緩踱步過來，說話慢條斯理：「怎麼還在這？等妳很久了。」

說著，手就要碰上林西的手臂，被韓森凶狠的擋開。

韓森長得又高又壯，直接站到林西前面，對薛笙逸撂下狠話：「對誰動手動腳呢？」

薛笙逸一點都不受韓森威脅：「她是跟我的。」

「放屁！」韓森立刻圈住林西，宣誓主權：「她是老子的女人！」

薛笙逸看了林西一眼，又看了韓森一眼，意味深長地一笑：「你想到哪去了，她是跟我的禮儀。」

林西被韓森氣得牙都疼了，「……韓森，你神經病犯了吧！」

吃了幾天稀飯，心情鬱悶地訓練了幾天，認真學了幾天英語。牙齦終於消腫，與醫生算的時間幾乎剛剛好。

林西拿上病歷和學生卡，準備去拔智齒了。

打了電話給林明宇，他明明答應得好好的，結果林西一下樓，等在樓下的竟然又是江續。

他依舊是那身黑色大衣，灰色毛衣，簡單搭配，深色服裝襯得他眉目如畫，身姿卓絕。他淡然地站在女宿的那棵老樹下，沒有一絲不耐煩的表情。

林西甚至有些不忍心破壞這份和諧，頓了幾秒，才揹著雙肩包走到江續身邊，小心翼翼問道：「林明宇呢？」

江續雙手插口袋：「他有事，要我過來。」

「這怎麼好意思呢？」林西有些尷尬，「你這麼日理萬機的人，老是花寶貴的時間陪我。」

江續沒有順著林西的話說下去，而是很自然地轉了話題：「妳最近挺忙的？」

林西幾乎是無意識的就被江續帶歪了，本能地回答：「還不是那個破社團，別提了，倒楣死了。」

兩人散著步往校醫院的方向走去，林西一路上都在抱怨，「……我被弄去當一個中二病少年的禮儀，每天捉弄我，簡直受不了了。」

江續微微蹙眉：「中二病？」

「簡單的解釋，就是青春期少年的自以為是。認為『我與世界是不同的』，『錯的是這世界，不是我』，『我才是真正的智慧』，『如果有例外，請參見第三條』。」

聽完林西的解釋，江續不緊不慢地剖析道：「中學時期，有些男生就喜歡以捉弄喜歡的女孩吸引女孩的注意。」

林西瞪大眼睛：「怎麼可能？我又沒有造過孽！」

「妳還太小，容易被男人的套路騙，所以，少和不熟悉的男人接觸。」江續雙手依舊插口袋，「林明宇說的。」

林西一聽到林明宇的名字，不屑啐道：「他也只比我大三個月，謝謝他了，攪屎棍！」

「嗯。」江續已然習慣了林西這種直接的用詞。他淡淡瞥了林西一眼，沉穩的聲音帶著幾分不經意的提醒：「他為人雖不可靠，有些話還是要聽一下。」

「……」

「對了。」江續撇過頭：「還有四天考檢定，好好考。」

「嗯。」林西對於檢定的準備還算過得去，最近做的幾次模擬考題都能拿到不錯的分數，多虧了江續的耐心教導。想到這裡，她趕緊客套地說：「考完了，我請你吃飯，感謝你最近一直教我。」

「好。」

江續的爽快讓林西愣了一下，她懊惱地說：「我還以為你一個大神，應該會客氣一下。」

「不會吃很貴的。」江續的聲音很溫柔，充滿了人文的關懷。

「江續你真是大好人！」林西聽江續這麼一說，立刻感動地抬頭看著他：「理解我們勞動人民的不易！」

「聽說妳生日快到了。」

「嗯，我十二月二十六號的，摩羯女。」林西趕緊見縫插針，湊了過去：「要不然你看在我生日的份上，吃一碗桂林米粉意思意思？」

江續眸光閃了閃，低聲問：「妳生日想要什麼？」

「你要送我禮物？」

江續頓了頓，回答：「林明宇要我問的。」

「林明宇啊！」林西摸了摸下巴，一臉「殺生」的表情，邪惡一笑：「他送的話，越貴越好，貴到符合我奢華氣質的那種。」

江續點頭淺笑。

林西靠著馬路旁走，一下子上臺階，一下子走下來，還在吐槽林明宇：「不過他從來沒有好好送過我禮物，每次都亂搞。」

江續看著她蹦蹦跳跳的身影，視線不曾移開。

「妳不是一樣？」

「那不一樣，他先不仁我才不義。」

林西正說著話，腳下一滑，一個趔趄，身體失去平衡，摔了出去。

江續見林西要摔倒，幾乎是本能的一把扯住了她，用力將她拉進懷裡。身子一轉，以自己的背擋住馬路的方向，也擋住了那輛正好駛過的麵包車。

麵包車的司機反應很快，猛地向右打了方向盤，驚險地擦了過去。雖然麵包車已經走遠，司機仍忍不住探頭用方言罵著林西的冒失。

機車駛過的聲音、司機的罵聲，一片混亂之中，林西的手下意識抓緊江續的大衣，整個人幾乎是鑽進他衣服裡的。

林西心有餘悸地抬起頭，想挪動身子，被江續有力的手臂緊緊地桎梏住了。

江續的臉色有些難看，呼吸帶著幾分急促。

「那個……」

林西試探性地剛開口，江續手上一用力，將她從馬路抱到了臺階上的人行道上。

林西整個人有點愣。

江續走在靠馬路的那邊，眉頭皺了皺，像教訓小孩一樣，嚴厲地說：「妳給我好好走路。」

林西被他氣勢所震懾，瞬間老實了。

林西從小到大牙齒一直很好，以前從來沒有上醫院拔牙的經驗，上次拍X光，醫生給她一個不知道什麼片的，要往口腔很裡面塞，一塞她就覺得好像弄到喉嚨，一直想吐，拍片弄了好久。

這次拔牙，打了麻藥以後，半邊臉都沒有知覺，人的意識卻很清醒，看著醫生拿著鎚子、鉗子靠近她，她怕得手都在發抖。

好在校醫手藝很好，拔牙全過程只花了三四分鐘，也沒有縫針。

林西的智齒拔下來，校醫一直看著她那顆牙齒發笑，說她的智齒長得很可愛，牙根都是勾著的，並向她討了這顆智齒。於是，她送了一顆帶血的智齒給校醫，這事也是十分烏龍。

吃完消炎藥，坐了半小時，林西把帶血的棉花吐掉。口裡一股血味，想漱口，江續不讓。

林西含著滿口的血腥，以眼神控訴著江續，一副世界欠她一個吳彥祖的幽怨表情。

林西淚眼汪汪地看著江續，含含糊糊地說：「不知道為什麼，我突然好想吃牛奶糖。」

江續有些心軟，看了她一眼，安撫了一句：「好了再吃。」

說著，江續揹起林西的書包，將她從校醫院的廊椅上拎了起來。

走了兩步，林西覺得嘴裡的味道實在太噁心，一脫離江續的掌控範圍，就直挺挺向垃圾桶走去，想要吐掉口裡那噁心死人的凝血塊。

林西剛偏離一點線路，羽絨服的帽子就被江續拉住。他的姿勢像遛狗的主人拽著狗繩，而林西恰好是那隻發瘋發癲，想要掙脫狗繩但是始終「越獄」失敗的狗。

林西可憐兮兮地回頭看著江續，祈求道：「真的很噁心，不吐掉我感覺我都要吐了。」

「凝血塊吐掉，等一下又會開始流血。」

林西見裝可憐無效，要賴不走，「暴君！你這樣會找不到女朋友的。」

江續把林西拉到一手能抓住的範圍內，微微皺眉，「自己走還是我抱妳走，選一個。」

林西有點小情緒，從校醫院出來，一直一個人走在前面，雖然沒有理那個鐵面無私、不近人情的江續，但是她每走幾步就忍不住回頭看他一眼，見他好好跟著，才會繼續往前走。

也不知道為什麼，每次偷偷回頭找他，他總是剛好抬頭和她四目相對，時間點就是那麼湊巧，弄得她好沒面子。

口腔裡那種血腥的氣味含著含著就習慣了，林西也沒再鬧著漱口吐凝血塊了。麻藥要四到六小時才能完全失效，下唇和舌頭還有些麻。也沒什麼胃口吃飯，腦海中唯一想到的居然就是牛奶糖的味道，真神奇。

路過籃球場，林西下意識多看了一眼，果真就找到了林明宇那個沒良心的老哥。林西在拔牙受苦，林明宇在場上跑得歡暢。

林西拔完牙原本還要去訓練，看到此情此景，再想想江續那個法西斯，實在憤懣不已。一擼袖子，氣鼓鼓上去找林明宇理論了。

大冬天的，林明宇也不嫌冷，身上只穿著球衣球褲，跑得滿頭大汗。

他站在球場邊，隨手抹掉了額頭上的汗，然後掃了面前氣呼呼的林西和一旁面色平靜的江續一眼。

高冷禁欲光環一堆的江續，揹著林西掛著皮卡丘玩偶的雙肩包，那畫面讓林明宇忍不住笑出了聲。

「你還笑？林明宇你有沒有人性啊，我可是你妹妹！」林西一生氣有點扯動傷口，她捂住右臉，滿眼控訴。

「牙拔了？」林明宇見林西嘶嘶地抽氣，又問了一句：「疼啊？」

林西齜牙咧嘴瞪著他：「我看你是不想要我這個妹妹了。」

林明宇意味深長地掃了一眼，嘟囔著說：「不是有人想要嗎？」

「什麼鬼？」

一記威懾的眼刀飛過來，林明宇趕緊改了口：「不是有人想要找我打球嘛！妳也知道的，沒有我他們打不贏。」

說完，又別有深意地掃了江續一眼：「我球打得好吧？」

江續冷冽瞥了一眼，隨即點頭：「嗯。」

「還有什麼好說的，反正別人的事都比我重要。」林西對他這個回答自然是不滿的：「別說了，兄妹情份今天就到此為止了！」

說著，林西一把抓住江續的衣服：「你還不如江續對我好，人家和我還沒血緣關係呢，教我念書，還陪我拔牙，比你這個當哥的強多了！」她抬著頭與江續對視，無比鄭重地說道：「我和林明宇恩斷義絕了。江續，以後我就當你姐姐吧！」

「……」

江續原本只是在觀戰，冷不防被拉入戰場，本就沒做好準備，更沒想到林西會突然來這麼一句，哽得一句話都沒說。

林西撞了江續一下：「江續，你覺得怎麼樣？」

見江續有些茫然，林明宇一把拎住林西的羽絨服帽子：「得了，妳這智商，也不像江續的姐姐。」他推了推她的腦袋，安排道：「趕緊走吧。」

說完這話，林明宇又很矯揉造作地說道：「江續要回宿舍換球衣球鞋吧，順便送送我妹妹唄？」

「嗯。」江續回答得很正直：「正好順路。」

兩人從球場往宿舍的方向走了一段，到小橋，林西轉了方向。

「不回宿舍？」江續問。

林西捂著臉，十分鬱悶地說：「還不是那個破晚會，訓練一百次，煩死了。」

「我送妳。」

「不用了。」林西拿回自己的書包，很善解人意地指了指男宿的方向：「你回去換衣服吧。」

江續看了她一眼，始終沉默。

「我先走了，今天謝謝你了。」林西捂著微腫的臉，笑得略難看，「桂林米粉，我記著呢！」

從小橋到禮堂走路只要五分鐘，江續沒有執意送，只是站在原地，看著林西安全過去了，才轉身往宿舍走去。

剛到樓下，林明宇的電話就打過來了。

一接通，聽筒裡傳來林明宇氣急敗壞的聲音：『老子夠配合你了吧，你他媽給我把電腦還原！』

江續嘴角揚起一絲弧度。

『你他媽在哪裡呢？』林明宇問：『我妹回宿舍了沒？』

「去訓練了。」江續回答依舊簡潔：「我剛到宿舍。」

聽到這裡，林明宇忍不住抱怨了起來：『球隊訓練你都不來，有你這樣的隊長真是我們球隊之幸。』

江續被抱怨了，也不為自己解釋，只是慢條斯理地吐出五個字。

「溫水煮青蛙。」

林明宇嘲諷地嘖了兩聲：『不好說，你煮的可能是癩蛤蟆。』

江續微微一笑，始終好整以暇。

「吃得下。」

林西揹著書包進了禮堂，現場又是一片混亂，到處都是人。

隨著晚會的臨近，禮堂裡開始陸陸續續布置。

找薛笙逸並不困難，他每天都坐在同個地方，久了大家都自覺的把那個位子留給他。

林西走到他身邊的時候，他正低著頭專注地玩著手機遊戲。

「今天練不練？」林西問：「不練我就回去休息了。」

薛笙逸的視線緩緩從手機螢幕上移開，最後落在林西微腫的臉上，眼神中帶著幾分意味深長：「我今天看到妳了。」

「嗯？」林西嘶嘶抽了口涼氣，低頭看著薛笙逸：「在哪？」

「妳去拔牙了？」薛笙逸收起手機，抬頭說道：「江續陪妳去的。」

冷不防聽到薛笙逸提到江續的名字，林西有點摸不清他的意思，很謹慎地問他：「你想說什麼？」

薛笙逸一笑：「熱舞社的那個，還有江續，妳腳踏兩隻船？」

林西沒想到薛笙逸能想成這樣，震驚極了，「怎麼可能？我連男朋友都沒有！」

「噢。」

林西被薛笙逸這麼一問，一時間也有點不爽了。她捂著自己痛感越來越明顯的右臉，沒好氣地對薛笙逸說：「我明天不來了，有毛病，幫你舉個入場牌是要練多久？」她越想越鬱悶，最近真是被這傢伙耍得團團轉，忍不住警告他：「你再捉弄我試試！」

「噢。」薛笙逸對林西的警告置若罔聞，他雙腿隨意翹著，雙手交叉，目光淡淡落在林西身上：「馬上就平安夜了，有約會啊？」

林西瞥他一眼，冷冷回答：「我和檢定考有個約會。」

「考完。」薛笙逸嘴角微微一勾，用不容置疑的語氣說：「和我約會。」

林西沒想到他說了一連串亂七八糟的，最後會說這麼一句。縱使林西思緒跳脫，伶牙俐齒，此刻也只有啞口無言的份：「我說，你是不是故意整我啊？」林西想想都有點無語凝噎：「不就是撞破你表白嗎？你纏我也纏了很久了吧？冤有頭債有主，拒絕你的人可是蘇悅雯啊！」

「我不喜歡蘇悅雯。」薛笙逸淡淡笑著，一臉無所謂的表情：「我只是想找個女朋友，全校叫得上名字的女生就她。」

「……」林西忍無可忍翻了個白眼：「你腦子還好嗎？那我也想找個男朋友，全世界叫得上名字的就吳彥祖，吳彥祖是不是應該和我在一起？」

被林西嗆了，薛笙逸也不生氣，始終平靜地說著：「人的一生，最尋常的經歷，我也想有。」

「什麼？」

「找個女朋友，談一次戀愛。」薛笙逸的聲音不大不大：「有一個夢想，為夢想堅持下去。」

林西本來是想揶揄他，可是不知道為什麼，他說這些話的時候，林西總覺得他都是發自內心的。人都會有感性的時候，中二病也不例外。

林西皺了皺眉，態度比起最初已經緩和了許多：「看你這樣，沒想到也有認真的時候。」

「所以妳怎麼想？」薛笙逸目不轉睛盯著林西：「做我女朋友，陪我跑一次馬拉松。」

「……等等，你剛剛說什麼？馬拉……松？」林西收回前面說的覺得薛笙逸很感性的話，他確實只是一個中二病沒錯。

誰追女孩是為了跑馬拉松？

考英文檢定前的最後幾天，林西沒有再去訓練，和中二病也沒有聯絡，生活一下子變得好過了許多。

時間過得很快，很快平安夜來臨了。當然，比平安夜來臨得更早，是英文檢定考試。

早上八點半，考場所在的兩棟教學大樓門口擠滿了等著考試的同學。

平安夜當天已經有了一些雪意，天空灰濛濛的，沒有什麼風，但是溫度陡降，空氣中有種寒氣凝結的感覺。

林西穿著很厚的羽絨衣和棉褲，還是覺得腳下冰涼。手上的毛線手套很久沒戴了，大拇指處有點脫線，冷空氣直往裡灌，手指頭都有點僵了。

付小方和林西不在同一棟考，離得有點遠，不過很難得的是，林明宇一大清早就起來「送考」了，不僅自己來了，還帶著江續一起來幫她加油打氣，這倒是讓林西的等候時間沒有那麼寂寞。

林明宇裹得嚴嚴實實的，站在那直打哈欠。林西見他這樣，忍俊不禁：「難為你了，讓你這麼早起來。」

「客氣。」林明宇揉了揉睡眼惺忪的眼睛：「自己的妹妹不送，誰來送？」說完，用手肘頂了頂江續：「你說是吧？江續。」

江續對林明宇不理不睬。

林明宇卻是沒完沒了的邀功：「這麼冷的天，不是血緣，我怎麼可能七點多就起來呢？我怎麼可能為了一年考兩次四年可以考八次的重要考試起來呢？我怎麼可能為了一個學校幾千人報名的大考起來呢！」說完，林明宇又頂了頂江續的手臂，「是吧江續，真的為難你了，還願意陪！我！啊！」

林西簡直受不了林明宇這樣，忍不住吐槽：「誰讓你送考了，我自己又不是不行，多此一舉。」

林明宇瞪了她一眼：「怎麼能這麼說呢？我放心不下，不行嗎！」

江續站在旁邊，一直沒有說話。林明宇說個沒完的時候，他一個拐子過去，頂住他的肋骨，終於讓他疼得閉上了嘴。

因為有江續在，來往的很多考生一直看向他們這邊，不停竊竊私語。林西也感覺有些不自在。

江續倨傲地站在那裡，眸光沉沉。他永遠是這樣，不用說話也氣勢十足。隨便抬頭看林西一眼，她就忍不住要縮脖子。

此刻，他表情淡淡地囑咐：「聽力先畫關鍵字，注意對話裡的關鍵詞；閱讀先讀題材熟悉的；作文一定要寫完，全寫完了再回頭修飾句子。」

江續一直盯著林西的眼睛，說話的時候不疾不徐，語氣也很溫和，讓林西有點微妙的感覺。

林西因為太冷，吸了吸鼻涕，用略微濃重的鼻音回答：「知道了。」

林西的手指一直摳著手套脫線的地方，她正想著怎麼還不能進考場，眼前突然被一道高壯的影子擋住。

一百九的大光頭林明宇，不知道是抽了什麼風，突然抱了林西一下。

他很慈祥地拍了拍林西的背，第一次沒有亂搞，而是認真地交待：「好好考，一次就過，下學期還要報高級檢定，別浪費時間。」

雖然被林明宇這麼抱一下非常不習慣，但是林西心裡還是有種奇異的暖感。

林明宇努了努嘴，對江續說：「時間差不多了，你還有什麼要說的？」

林西的視線跟著林明宇一起轉到江續身上，畢竟一個教科書般的學霸，林西自然也是要臨陣磨槍，討討經驗：「考神，你沒有什麼考試必殺技嗎？或者幸運筆之類的東西借我？」

「沒有。」江續回答得很果斷。

考場的鈴聲驟然響起，老師收起攔在進出口處的塑膠繩子。

大家摩肩接踵地走進考場，林西看了眼時間，慌慌張張和林明宇與江續道別：「那我先走了，去考試了。」

就在林西要跟著大家準備往裡擠時，手臂突然被人抓住。

林西回頭，居然是江續。

「還有什麼事嗎？」林西有些錯愕。

江續嘴角帶著一絲笑意，他幫林西捋了捋脫線的手套，動作溫柔。

「好好努力，考過有獎。」

林西幾乎是下意識問道：「獎是什麼？」

江續握著林西的手，迫使她的手心向上張開。

一顆大白兔牛奶糖被江續放在林西的手心。

像大人對孩子的那種耐心，他不疾不徐地說著：「考得好才准吃。」

林西嫌棄地看了那顆糖一眼，「你要給也多給幾顆，你當哄小孩啊？」

江續微微挑眉，「嗯。」

第十六章　牛奶糖

手心握著一顆糖，勾著饞蟲，林西實在無力抵抗。在進考場之前，她還是忍不住把那顆大白兔吃了。

為了養傷口，林西一連幾天都吃清淡的，這時這顆糖吃到嘴裡，味覺神經好像突然甦醒了一樣，有幾分圓夢的感動。

含著牛奶糖，林西順利考完了檢定。

不得不說，江續的猜題法確實厲害，很多題型都是他給林西練過的。最神奇的是作文，他居然直接押中了題目，林西練習時曾經寫過一篇，當時江續幫她修過語法和句子，考試的時候她只要把那篇回憶出來就行了。

長這麼大，第一次走出考場的時候，是以一種很踏實、信心滿滿的心情出來。

林西自己都有點不敢相信，居然會這麼順利。

考試結束，大家都從教室出來，樓梯間擠得水泄不通的，林西不喜歡和別人搶，一直磨到最後才下樓。她剛要往下走，同樣剛考完的韓森志得意滿地走到林西身邊。

「連妳都報名了？」林西有些意外會在考場見到他，畢竟韓森是個名副其實的學沫。

韓森一個爆栗敲在林西頭上：「老子也要畢業啊。」

見韓森得意到有些忘形的樣子，林西說：「看來你考得不錯啊，笑成這樣。」

韓森聽她這麼一說，更是得意，他壓低了聲音：「其實，我抄到了。」

「抄？」林西立刻聯想到廁所門上貼的那些賣答案的廣告：「你買答案了？不過，這次不是沒有手機訊號嗎？」

韓森搖手，說起考試中的事，立刻眉飛色舞地講述起來：「我抄我旁邊，旁邊的那位哥們是學霸，英語超級好。」說完還不忘鄙視林西：「誰花錢啊！太猥瑣了！」

「……」林西對韓森這個智障簡直無言以對，她白了韓森一眼，最後還是殘忍地說出了事實：「可是這次考試是梅花卷。」

「什麼意思？」韓森一臉疑惑：「沒有梅花啊。」

「梅花卷的意思是，你前後左右的人，試卷題目的順序都是和你不一樣的。」

「靠——」韓森終於明白自己全都抄錯了，激動地啐道：「出卷子的人怎麼這麼陰險？同一場考試，試卷卻不一樣，還能不能有點誠信了？」

「……」林西無奈扶額，「誠信這個詞不是這樣用的……」

林西懶得理韓森，揹著包往教學大樓外走去。

韓森似乎對過不過檢定沒有太大追求，很快就接受了自己考不過的現實，心情完全沒有受影響的樣子。他抓住林西的書包，還是一貫自大的語氣：「喂，妳去哪？」

林西嫌棄地扯回自己的書包帶，沒好氣地回答：「去找小方。」

「我問妳今天晚上去哪。」

林西停下腳步，狐疑地回頭看了韓森一眼。他濃密的倒八字眉此刻有些忸怩地絞在一起，見林西回頭看他，臉上飄過兩朵可疑的紅暈。

「你要幹什麼？」林西警惕地盯著他。

「看不出來老子要約妳啊。」韓森還是一貫找打的語氣：「怎麼老是明知故問。」

林西撇了撇嘴，很乾脆地拒絕：「約人了。」

林西的「約了人」三個字，一下子讓韓森變了臉。他狠狠抓住林西的肩膀，把她的羽絨外套都抓變形了。

「和誰？」

林西掰了好幾下，才把韓森的手掰開。

「關你什麼事啊。」林西不爽：「反正不是和你。」

見韓森又要過來抓她，她立刻一個閃身直接擠進人群，飛快竄離了教學大樓。

「林西，妳他媽往哪跑！」韓森塊頭大，不像林西那麼好鑽，他一直在身後罵，「林西……妳是不是想紅杏出牆……妳他媽和誰約了……妳給我……」

林西越跑越遠，韓森的聲音也越來越小，最後終於連影子都看不見了……

好不容易擺脫了韓森，林西鬆了一口氣。

林西打電話給付小方，準備到另一棟找付小方一起回寢室，人太多，她轉了一下才到。還沒走進教學大樓的大廳，林西遠遠就看見一大群人正圍在教學大樓樓下。

仔細一看，居然是「十大歌手」晚會的工作人員。

林西正在糾結還要不要過去，付小方的電話就來了。

『喂，妳在哪呢，快過來啊。還有兩天就是晚會了，學姐學長們說下午還要排練。』林西能聽出付小方語氣的那種複雜情緒，想跑沒跑掉，罵人又不敢，還要假模假樣表現出很歡喜的樣子。

林西當機立斷，調頭一個人往宿舍走了。

「小方……我想起我還要先回宿舍一趟，妳先去練，我下午再去找妳。」林西善良地微笑著，心想，誰平安夜、耶誕節的還去當苦力？

林西會去找她的，後天下午再去。

『林西……我們的友情……』

「從來沒有過。」林西回答得十分果斷。

付小方：『……』

林西回寢室補了個眠，下午一點多，林西邊穿衣服邊打電話給林明宇。

畢竟是平安夜，多少也是個節日，還逃了訓練，總不能一個人在寢室啃花生米，那太虛度光陰了。

號碼撥過去許久才被人接起，林西還是一貫大大咧咧的語氣：「你怎麼這麼久才接電話，又在看黃片啊？」

帶著絲絲雜音的手機聽筒裡傳來一絲熟悉的，帶著笑意的不穩氣息，那頭的人說：『他這次真的沒看。』

「江續……」林西秒聽出江續的聲音，尷尬地咽了一口口水，懊惱自己胡說八道：「那個，能不能讓林明宇接電話？」

『有女生約他出去玩，他不在。』

「噢。」林西尷尬地說：「他不在那就算了，掛了啊。」

在林西要掛電話的前一刻，江續突然問了一句：『妳在哪？』

「嗯？」林西微怔，隨後回答：「宿舍啊。」

江續的聲音依舊清冽，聲線動聽，他問她：『考得如何？』

林西趕緊點頭，「挺好的，作文還被你押中了，你太厲害了。」

『嗯。』江續對這個結局並不意外。

林西撓了撓頭，又說：「最近真是謝謝你了。」

正在林西苦惱接下來應該說什麼的時候，江續突然說了一句：『說好請我吃飯，什麼時候？』

林西沒想到江續居然這麼不客氣，都月底了，馬上又要過生日，要跟室友們吃飯什麼的，錢包也不是很暖和，她小心翼翼地說：「你什麼時候有空？」林西頓了頓：「要不……」

「下個月」三個字還沒說出來，江續已經打斷了林西美好的幻想。

『我今天很空。』

雖然一個人在寢室裡待著有些無聊，但是平安夜和江續一起逛街，林西仔細想想，總覺得哪裡不太對勁。

還沒有到晚上，商店街上已經提前擠滿了很多人。今天過節，附近幾所學校的學生蜂擁而至。不知道從哪一年開始，平安夜和耶誕節成了購物節，白天 shopping 晚上 happy 已經成了年輕人的最常見的安排。

這個外國人的新年，亞洲人也趁機狂歡。

一路都是參天的老樹，掛滿了各式各樣的彩燈，整個商業區看起來像一個童話小鎮。所有的商場、餐廳、娛樂場所，充滿著濃烈的節日氣氛，大街小巷都是一對對甜蜜的情侶。寒冷的空氣中，似乎能吸入絲絲愛意。

林西穿著一件短款白色羽絨服，粉色的短裙，搭配一雙米色雪地靴。看起來雖然有些笨重，但是勝在清純可愛。她怕冷，裹得嚴嚴實實的，幾乎全副武裝。粉色的帽子，粉色的圍巾，全是她那個少女心的媽媽買給她的。

讓林西有些尷尬的是，江續居然也穿了一件白色的羽絨外套。兩人一起走在路上，乍看還以為穿的是情侶裝。

好在今天滿街都是情侶，沒人會一直看他們。

「……那個，你想吃什麼？」想到這裡，林西心裡有些忐忑。

平安夜出來吃飯，隨便吃一吃就不便宜了，她心裡的預算是一碗熱辣滾燙的桂林米粉，不知道江續會不會想打死她。

「妳很餓嗎？」江續問。

「也沒有。」林西只是肉疼。

「現在不到三點。」江續看了看時間，慢條斯理地說：「晚一點再吃吧。」

「噢。」

林西也不知道為什麼，在江續面前就跟沒骨頭一樣，從來不敢叛逆。他身上有一種讓人震懾、折服的力量。不管是誰，和他在一起，總忍不住要聽他指揮，並且還心服口服。

路上有商業街擺出來的七公尺高聖誕樹，樹下有揹著紅色布袋的聖誕老人和馴鹿的雕像，很多人都在那合影。

年輕的情侶臉上洋溢著幸福的笑容，來來往往，讓人覺得空氣似乎都是甜的。林西忍不住有些羨慕。

她偷偷看了旁邊的江續一眼，想了想，問道：「你今天怎麼會有空？」

江續踏著平穩的腳步，淡淡回答：「老師也要過節，沒人做專題，球隊也不訓練。」

「我是說……怎麼沒人約你？」

「沒有。」

「怎麼可能？」林西想，連林明宇那種人都有人約，江續怎麼可能沒有？

江續低著頭反問林西：「為什麼不可能？」

「你那麼受歡迎……我以前幫忙送了那麼多信和禮物什麼的，你只要一吆喝，全校的女生排著隊和你約會。」

江續的眼眸平靜地看著林西，突然問了一句：「是嗎？妳排隊了嗎？」

「我？我為什麼要排隊？」她又不喜歡江續。

江續抿唇，一字一頓：「所以，不是全校的女生。」

林西對江續摳字眼的能力再次投降，「江續，這只是比喻。」

「……」

兩人一路往商店街深處走去，夜色漸漸降臨，灰濛濛的天更沉了一些。熱烈的節日氣氛也無法阻擋冷風的凜冽，林西走著走著，覺得手上越來越冷，這才發現，她出門時把手套忘在書桌上。

林西看了江續一眼，他閒適地走著，手上帶著一雙黑色的手套，看起來一點都不冷的樣子。

林西咳咳兩聲，清了清嗓子，突然說道：「還真冷，等一下應該會下雪吧？」

她一說話，江續的視線便轉了過來。

他黑白分明的眸子看著林西，林西趕緊賣力搓手，嘴裡還在說著：「怪不得這麼冷，我忘了戴手套了，手快凍掉了。」說著，對自己的雙手哈了一口熱氣，又繼續上下搓著。

林西做完全套的戲，用餘光瞟了瞟江續，心想，這暗示挺明顯的，他應該會把手套給她吧？

江續停下腳步，低頭打量林西一眼，也沒有說什麼，抬起手將黑色手套從手上取了下來。脫下手套，他細瘦而骨節分明的手露了出來，手掌很大，手指修長，皮膚也很不錯，完全是手控福利。

但是此刻林西沒心思欣賞他的手，她一心只關心江續的手套，兩隻黑色的小可愛似乎還冒著熱氣，在召喚著林西。

江續輕動嘴唇：「冷？」

林西點頭如搗蒜。

江續沉默地尋到林西的手，瘦長的手指穿過林西的指縫，輕輕一收，就將林西的小手握進手裡。掌心溫熱，皮膚的每一寸紋理，都帶著讓人怦然心動的暖意。

林西第一次被男生這樣牽手，整個人愣住了。

她瞪著眼睛看著江續，許久才恢復神志。

說話都結結巴巴了：「……你你你，幹什麼？」

「妳不是說冷？」江續低著頭與林西四目相對，距離那麼近，帶著幾分曖昧。

林西趕緊往後退了一步。她沒想到江續會這樣理解，被驚得嘴都閉不攏了：「我是想要你的手套！」

「噢。」江續是那麼坦然，完全沒有一絲尷尬。他輕輕放開林西的手，一臉無辜的表情：「誤會了。」

江續明眸皓齒，如翩翩君子。他表情坦蕩站在林西面前，居高臨下看著她，黑白分明的眸子讓他看起來更沉穩。

林西呆呆傻傻地與他四目相對，嘴一直張著，卻不知該如何反應才對，冷空氣讓她的嗓子有點乾。林西覺得被江續牽過的手好像被火灼燒過一樣，從手心一直燒到臉上。心跳完全失去了章法，劈里啪啦的，彷彿沸騰的水一般上竄下跳。

她還沒說話，江續已經把他手裡那雙林西心心念念的黑手套遞了過來。

「戴著吧。」他的語氣淡淡的，彷彿什麼事都沒有發生一樣，讓林西不禁懷疑他是失憶了，還是太會裝腔作勢？

林西站在原地，接也不是，不接也不是。

「不要？」江續還是一臉坦然的樣子。

被江續盯了幾秒，林西忍不住咽了一口口水。

冷風陣陣，林西最終還是接過他的手套，手套裡帶著點江續身上的溫度，讓林西一下子又想到他那隻牽過來的手。

越想越覺得不對勁，總覺得好像被江續繞進去了。

正常人會這麼誤會嗎？

糾結了許久，林西忍不住問了出來：「你為什麼那樣？」

江續表情淡淡：「哪樣？」

林西琢磨著用詞，許久才說：「你不能那樣。」說著，用手比劃出雙手相扣的動作：「這是談戀愛的人才會做的事。」

「是嗎？」江續聳了聳肩，一臉無所謂的表情，「我以前經常牽女生的手，不是談戀愛。」

「真的假的？」林西沒想到江續這麼隨便，回想起來，好像沒見過，忍不住又問了一句：「什麼時候啊？」

江續撇頭過來，眉毛微微一挑，回答得那樣果斷：「幼稚園。」

林西：「……」

林西目瞪口呆，江續只是回以淡淡一笑。

見林西還在糾結，江續已經不在乎地走遠。林西越想越不服氣，追了上去：「江續，你跟我說實話，你是不是暗戀我？」林西一開始胡思亂想，就完全停不下來：「你是不是一有機會親近我，就把持不住？所以才對我那樣那樣？」

林西這麼想著，立刻裹緊自己的衣服，往後退了一步：「真想不到，你是這樣的江續。」

林西擇在江續身後，一直纏著他問，江續原本沒有理她，當她說出最後一句時，江續突然停住腳步。如一堵牆在自己面前停住，林西一個不察，直接撞上江續的背，撞得地動天搖。

林西捂著被撞疼的鼻子，忍不住皺著眉抱怨：「你怎麼說停就停，也不報個站？」

江續回頭，一個冷冽眼神過來。也沒說什麼話，林西立刻閉嘴了，被他嚇的。

「還吃不吃飯？」江續問。

「你還沒回答我！」林西想想這也是挺重要的事，解釋道：「這個問題的答案挺重要的。上次林明宇說的話我已經好好反省了。我確實不應該隨便和想追我的男生單獨吃飯，如果我不喜歡，就不該給人家希望，不然太不負責任了。」

江續沉默地聽林西說這話，然後微微睨了她一眼，表情還是那麼讓人捉摸不透。

「妳覺得可能嗎？」他雙手倨傲地手插口袋，以一種睥睨一切的眼神看著林西：「林西，自作多情，不好。」

「……」

雖然被江續揶揄了一頓，但是林西仔細想想，江續確實說得有道理。如果他真喜歡林西，被林西這麼鄙視幾次，也應該受不了了。不可能還和她相處這麼自然吧？

於是，她很快就把腦子裡那些亂七八糟的想法摒棄了。

江續已經走了好遠，林西想想江續說話的語氣，才後知後覺地有了幾分不爽。

明明是他隨便牽了她的手，怎麼那個態度，好像是她占了多大個便宜似的。

林西快步追到江續身邊，忍不住和他理論：「你以後不能這樣，現在不是幼稚園，男女之間的關係很複雜的。」

江續眉頭都沒有皺一下，視線一直落在路邊的小店招牌上，林西還在耳邊聒噪，他已經隨手一拎，把她從臺階下拽了上來。

他說：「時間差不多了，就吃這個吧。」

林西不悅地撇嘴，「我話還沒說完，你怎麼這麼沒禮貌？」

江續好整以暇地指了指小店的招牌，輕動嘴唇：「要不然我們換個高級一點的餐廳，聽妳慢慢說？」

林西抬頭，看見兩人站的這家小店，招牌上赫然寫著「桂林米粉」。想不到江續還挺仗義的，說桂林米粉就是桂林米粉。林西看著眼前的一幕，對江續的那些不爽很快就沒了。

為了不暖和的錢包，林西決定暫時休戰：「就在這吃吧。」說完又覺得自己這麼快妥協，有點沒面子，立刻加了一句：「但是你必須給我一個交代！」

「噢。」江續低頭看了眼時間：「等一下請妳看電影賠罪，可以了吧？」

林西想想一碗桂林米粉才五塊錢，一場電影二十四塊，好像是自己賺到了，咳咳兩聲說道：「好吧，勉為其難原諒你吧。」

一場烏龍的、尷尬的小插曲，最終在一場酣暢淋漓的動畫電影後，被林西忘記。從影院出來，林西圍著動畫電影的周邊產品展櫃看得起勁。

江續站在她身後，看著她那頂粉紅色的帽子動來動去，眉頭微微皺起了點弧度……

平安夜當晚，從八點多就開始下雪。看完電影，時間已經近九點。

兩人從商店街返回學校，公車站擠滿了人，回各個學校的線路不同，但是每一輛車都被擠得滿滿的，大家排隊好久才能上去。

等了好久，回C大的公車才來。明明是起點站，過來卻只有一個座位了，江續讓林西坐著，他則圈著林西的座位範圍，不讓別人擠過來。

天氣越來越冷，卻阻止不了青春蓬發的熱情。越是冷，節日的氣氛越是熱烈。

多年後，這座城市受全球變暖的影響，有好幾年平安夜都沒有下雪，那時林西還覺得遺憾，她總還是忍不住覺得不下雪的平安夜是不完整的。恍然回憶起重生前的那個平安夜，竟覺得一切都像是命運的安排一樣。

飄飛的雪像被人撕碎的棉花糖在空中舞蹈，很快就將花壇、屋頂、樹枝椏覆蓋得白茫茫的。

雪花落在公車的車窗上，在玻璃上附貼，現出原本的形狀，每一片雪花都是不同的形狀，大自然是鬼斧神工的創造者，讓人嘖嘖稱奇。

外面太冷，公車裡人很多，玻璃一直呈霧化狀態，林西手握拳，在霧化的玻璃上印了一下，然後用手指點了五個點，畫出一個腳印。

江續低頭看了一眼：「怪不得選動畫片。」

林西抬起頭不甘示弱地看著江續：「動畫片怎麼了？我們去看愛情片也不合適啊。」

江續低頭看了她一眼，問她：「賠罪還滿意？」

林西聽江續態度還算誠懇，傲嬌地回答：「還行吧。」

兩人從校園大門往寢室走，路上都是匆匆回校的同學們。雪越下越大，冷空氣也越來越強，學校的溫度比商店街還低了好幾度，林西被凍得有些哆嗦。

「冷？」江續問。

想到江續之前問這個問題做出的烏龍事，林西可不敢再說冷了，趕緊搖頭如撥浪鼓：「不冷不冷！我一點都不冷！」

江續微微蹙眉，準備解圍巾的手頓了頓，又放回口袋。

林西正發著抖往女宿走著，雪花飄進她圍巾的縫隙裡，那涼意彷彿透了心。

她倒抽著涼氣抬頭，與她迎面的路上走來一個她很熟悉的身影。

居然是韓森。

韓森看到林西，本來一臉興高采烈，結果他再走近了幾步，看到了林西身邊的江續，臉瞬間就垮了下去。

他黑著一張臉，攔住林西的去路，像是要興師問罪的意思。

林西很冷，本來準備趕緊回宿舍，結果被韓森這個不長眼的抓住了。

「幹什麼？」林西不耐地說：「我要回去睡覺了。」

韓森看看林西，又看看江續，回過頭來質問道：「妳說的約了人，就是和他？」

林西當時本來只是搪塞韓森，隨口說「約了人」，那時候她根本就沒人約，這時被他碰到這場面，真是有嘴說不清，「這事說來話長。」

見林西不打算回答，韓森更是不依不饒：「那就長話短說。」

冷風過境，林西越來越冷，忍不住縮了縮脖子，指著韓森和他身後的男生催促道：「你們不是要出去嗎？是有事吧，趕緊去吧！」

林西話音剛落，韓森身後的男生默默走了出來，也站到林西面前。

「我們準備出去網咖。」溫和的音色，不大的聲音，在靜謐的雪夜裡十分清晰。

林西聽到那個男生的聲音，抬頭，白雪的映照之下，林西很清楚地看到那個男生的臉，準備說的話瞬間被噎住了。

比韓森矮了半個頭，細軟的短髮，單眼皮，微厚的嘴唇，鼻子旁邊有一顆小痣。皮膚白得有些病態，人瘦瘦的，看起來十分內向的樣子。

這個人不是別人，正式當初抱著韓森的男生。

——韓森的戀人。

林西本來還想解釋幾句，一看到那個男生，上一世那些不好的回憶一股腦湧了上來。什麼解釋，什麼誤會，什麼尷尬都沒了。

這麼晚了，他們不在寢室裡待著，還往校外跑，林西就算再單純也知道他們去幹什麼。她不屑地切了一聲，沒好氣地和韓森說：「你還好意思問我，你少帶著人在我面前耀武揚威，我不會傻到被你利用。」

林西被眼前的一幕刺激，腦中不斷閃過他們熱情擁抱的場景。真是越想越氣，越想越為上一世的自己不值。

如果不是韓森，她可能早就相親嫁人了。

也許她也不會抱著自己死得沒渣的少女心，那麼尷尬的死去。

這麼想想，林西覺得更加委屈。她一把拉過江續，兩人以親暱的距離站在一起。她仰著脖子和韓森嗆上了：「我和江續都是單身，我喜歡男的，他喜歡女的，約著去玩怎麼了？總比老是想找擋箭牌的人強！」說著，她對江續一吆喝：「江續，我們走！」

林西昂首挺胸，拉著江續路過韓森身邊時，韓森伸手想要抓住林西。

就在他的手要觸到林西棉襖的那一刻，江續抬手，剛好攔住了韓森的手。

韓森往前用力推了推，沒有推動。

江續的表情淡淡，輕蔑地掃了韓森一眼：「別碰她。」

林西一路走回女宿，嘴上喋喋不休地吐槽著：「……被這種人耽誤青春，我真是瞎了眼！」

江續冷峻地聽著她自言自語，眸光深沉，臉上帶著幾分複雜的情緒。

林西一直在罵自己的，沒有注意一旁的江續。

許久，一直沒有說話的他回過頭來，狀似漫不經心地問了一句：「妳好像對他挺在意的？」

「誰在意他！」林西這麼說了一句，像被點燃的炮仗，瞬間炸了，「我和他根本就沒有關係！他早就心有所屬，還故意耍我！」

江續始終不動聲色，思索片刻，他抿唇問道：「妳氣的是他耍妳，還是他心有所屬？」

第十七章　石懷仁

「我覺得他就是有病。你說一個人怎麼能這樣呢？」林西還沉浸在對韓森的不滿中，冷風蕭蕭，她也沒聽清江續說什麼，等她發洩完了，才反應過來，又回過頭問江續：「你剛剛說什麼？」

江續跟著林西的腳步走著，有些出神。清冷的雪花落在他頭頂，簌簌一層白色，讓他稜角分明的臉龐看起來多了幾分冷峻。那雙深邃的眼眸在暗夜裡更顯深沉。他幽幽看了林西一眼，最後平靜回答：「沒事。」

見江續沒什麼表情，林西又忍不住開始吐槽：「你知道嗎，剛才我們碰到的那兩個男的，他們是一對！」

江續的思緒有些亂，乍聽林西這麼說了一句，還以為自己聽錯了，「妳說誰？」

「就那兩人啊，看不出來吧！」林西憤憤不平：「那個穿黑衣服的傻大個，我同學，喜歡男的還來追我，你說他是不是居心叵測？」

「嗯？」

「算了不說他了，惹上他真是倒楣。」

「……」

白雪漸漸覆蓋寂靜的校園，路上的積雪走著走著留下了一串串腳印。

江續看著快要融入雪中的林西，陷入沉默，臉上不自覺浮出幾分複雜的神色……

憋了一肚子氣從學校出來，一連幾個小時，韓森幾乎沒有說話。見什麼踢什麼，儼然淪為一個破壞王。

身邊的人說什麼也不想聽了，腦中只是不斷回想著林西嫌惡的眼神，越想越鬱悶。

其實這麼多年也不是沒有女生追過他，他通通沒有興趣。他的生活被安排得太滿了，兄弟太多，從來不覺得寂寞。每天都有不一樣的東西可以玩，實在沒有多餘的心思分給談戀愛。聽說女生都是很麻煩的動物，而他一貫沒什麼耐心。

他並不善於和女生相處，也從來沒有對哪個女生產生過異樣的感覺，說起來，林西還是第一個。

看著她跟江續一起離開的背影，他覺得好像突然有一千隻飛蟲飛進了心臟，蠶食著脆弱的器官，又癢又疼，不甘也不爽。

十點一過，來網咖通宵的人越來越多。平安夜下了雪，網咖開了暖氣，還比寢室裡舒服一點。那些激烈打著遊戲的人嘴裡一直罵，鍵盤滑鼠劈里啪啦的聲音不絕於耳，有人在裡面抽菸，煙霧繚繞的，更讓韓森心情暴躁，他把滑鼠按得劈啪響。

「你這樣打不了指揮。」看見韓森心浮氣躁，一直坐在身邊的石懷仁突然拍拍他的肩膀，善意地說：「換我吧。」

輸了兩個多小時，換了個角色重開一局，進入地圖，韓森手上依舊用力戳著遊戲中的角色。

「你喜歡那個女孩？」一貫內斂、從來不管他人閒事的石懷仁突然這麼問了一句，韓森有些詫異，回過頭，他正專注地盯著螢幕，手指在鍵盤上熟練敲擊。

韓森有些不爽地瞪了一眼，沒有回答，繼續砸著滑鼠。

「她身邊那個男生，看起來很優秀。」石懷仁用溫和的聲音，又說了一句。

韓森被戳痛，不爽地摔滑鼠，「你媽的，好好指揮，打個遊戲，別一直嘮嘮叨叨的！」

說著，他罵罵咧咧地撿回滑鼠，重新將視線轉回螢幕上。

下副本，戰況越來越激烈，韓森全身投入在戰場上。他沒注意到的是，身邊的男孩盯著副本的眼睛，眸光黯淡了下去……

平安夜在週日，大家都趁機會出去玩了。耶誕節週一，又要痛苦地上課。

下午四點多，班級群組裡傳了通知，平安夜晚歸情況嚴重，有一個女同學還因為和網友見面被騙去喝酒，最後失身失財，在派出所差點哭死過去。出了這樣的大事，學校不得不臨時因為安全問題要求所有班級開班會。

本來大家都在耶誕節安排了活動，現在學校突然要求開班會，很多在校外玩的人也只能趕回來。

寢室的幾個女生對學校的安排也是怨聲載道。尤其是付小方，昨天訓練完已經很累，那群學長學姐還拉她去喝酒，她又累又睏又醉，一個晚上都沒緩過來。

班會時間快到了，付小方本來已經很累，臨時又被單曉拉走有事，剩下林西，她只能一個人裹著黑外套去開班會。

頂著寒風走著，路上又接到小方的電話，要她在小橋等她。

小橋下的湖面沒有結冰，寒風吹動平靜的湖面，帶動陣陣漣漪，冷得林西直打哆嗦。這時是全校師生的班會時間，大家都往教學大樓的方向走著。林西站在小橋上玩手機，人潮湧動，一批一批從她面前走過。

林西等了幾分鐘，還沒看到付小方。實在太冷，她熬不住了，邊往教室走邊打電話給付小方。

「……就在教室見吧，太冷了……嗯……好……」

林西正專注打著電話，手臂突然被人大力扯住，她被嚇得差點把手機扔了。

她回頭，韓森正一臉不爽地看著她。

「談談。」他說。

隨手掛斷電話，林西憤怒地對韓森吼道：「你神經病啊，突然這麼一拉，嚇死人了。」

韓森俯視著林西，那雙沒耐心的眼睛裡第一次帶了幾分困惑。

「談談。」他又重複了一次，帶著幾分不容置疑的篤定。

兩人站在教學大樓後面，消防通道的出口。

這時大家都去開班會了，沒什麼人過來，林西看著時間，有些不耐地說：「有什麼快說吧，還要開班會。」

「我……」韓森正準備說話，突然頓住，一直盯著林西身後。

林西見韓森盯著她身後不說話，有些詫異地回頭看了一眼。

視線裡出現一個熟悉的身影，一身休閒打扮的江續，耳朵上掛著一副耳機，正由遠及近緩緩走來，沒幾步就走到林西身邊。

林西有些尷尬地看了他一眼：「你怎麼走這個門？」

江續拿下耳機，臉上的表情閒適，他淡淡看了他們一眼，解釋也是言簡意賅的，「實驗室過來近。」

「噢。」林西點了點頭：「那你慢走。」

江續低著頭，腳下沒動，他用修長的手指纏繞著耳機線，表情中帶著幾分漫不經心：「不進去？」

韓森本來一直沒說話，沉默地看著眼前的兩個人。

許久，見江續還在和林西說話，他忍無可忍，一把抓住她的手臂：「先把我們的事處理清楚再說。」

林西被他拽得一個趔趄，險些摔到他身上，正虛晃著，她的另一隻手又被江續抓住了。

林西好不容易站穩，心有餘悸地抬頭，江續已經站到她的身前。

他眸光淡淡地看了她一眼，輕聲問：「妳要去？」

林西本來是真的不想理韓森，但是以他野蠻的性格，這時落在他手裡了，她不理是不行的，比起後面沒完沒了地被他纏上，還不如有事直接一次解決好。

林西皺了皺眉，有些無奈地回答：「有點事。」

「噢。」江續帶著幾分若有所思，放開手。

「走吧。」林西轉身，不耐煩地催促著韓森，腳下剛跨出一步，又被江續拉了回來。

這次韓森和林西都詫異地看向江續。

冰冷的空氣中凝結著些許尷尬，林西舔了舔嘴唇，也有些莫名江續這麼反覆覆的。

他怎麼了？

「還有事？」林西問。

「有塊透明膠帶。」江續沒什麼異樣，自然地指了指林西的後背，然後隨手一撕，將那塊不知道哪裡黏到的透明膠帶撕掉了。

「我走了。」說完，江續收好耳機，從消防通道進了教學大樓。

江續的背影澈底消失了，林西才表露出真實情緒，對韓森說：「現在行了吧？趕緊說吧。」

韓森的眉毛本就濃重，一皺眉更顯得凶，深陷的眼窩裡帶著幾分青黑，好像一夜沒睡一樣，有些萎靡。林西湊近了，還能聞到他身上有些刺鼻的菸草味道。

這讓她忍不住皺了皺眉。

「你要是沒事我就去開班會了。」

見林西又要走，韓森強勢地抓住她的手臂，攔住她的去路。

他幾乎質問一樣的瞪著她，「妳到底為什麼這樣」？韓森越想越不爽：「妳說我自以為是，那妳這樣踩每一個追妳的男人，又很好嗎？」

「我怎麼踩你了？」

「妳踩老子的自尊！」韓森緊皺著眉毛，眸中幾乎要噴出火來，「老子從來沒有追過女的，妳是第一個！」

「我踩你的自尊？」林西驚愕地指著自己，彷彿聽到最好笑的笑話，「你這種情況，根本就不該追女的！」

「我憑什麼不該？」

林西見他一臉理直氣壯，更生氣了：「韓森，你怎麼敢做不敢當呢？你和昨天那個男的，你自己說說，你們是什麼關係？」

「昨天的男的？」韓森疑惑：「妳說石懷仁？他這學期搬到我們寢室，能是什麼關係？室友啊！」

「切。」林西鄙視韓森到這個時候還這麼能裝腔作勢，「我不討厭 Gay。但是我噁心明明喜歡男人還禍害女生的 Gay。好多沒什麼戀愛經驗的女生被渣 Gay 騙了，一生都毀了，你知道嗎？」

韓森本來怒氣衝天，聽到林西這麼說，怒氣全轉化成疑惑，他一臉莫名的看著她：「我說我和妳，妳扯什麼 Gay？關 Gay 什麼事？」

「……韓森，我已經知道了。」林西無奈，只能把話都說穿：「我已經知道你是 Gay 了。」

「……」韓森用一臉荒天下之大謬的表情盯著林西，難以置信地笑了兩聲：「林西，妳瘋了嗎？」

見韓森還在否認，林西又說：「不用否認了，你那個什麼室友，就是你的戀人吧？他看你的眼神，分明是愛你入骨了。」

「……妳說石懷仁？」韓森黑白分明的眸子瞪得很大，墨黑的眼瞳裡帶著幾分焦灼：「他和妳說的？」

「不是他說的，反正我就是知道。」林西撇嘴，對他擺了擺手，一臉了然的表情：「你不要再隱瞞了，我知道你是彎的，這種事很正常，就像《藍宇》……」

「放你媽屁！靠！這他媽什麼謠言！林西我告訴妳——」韓森憤慨打斷了林西，簡直被氣得要爆炸了：「老子是直的！比鋼筋還直！」

「……」

「……其實韓森，我覺得你這樣挺不對的。」女孩被 Gay 騙感情可憐，好 Gay 被壞 Gay 欺騙也一樣可憐。林西想想那個瘦瘦弱弱的男孩子，一時有些憐憫。她抿了抿唇，斟酌一下用詞，比較婉轉地說：「喜歡一個人就不該再去追別人，不然有點太渣了，你說是嗎？」

「林西，我已經說了，我是直男。」韓森咬牙切齒說著這句話。

他雙手緊緊握成拳頭，氣得嘴唇都在抖，林西第一次見他這樣，漸漸也有些害怕。畢竟揭穿別人的祕密容易讓人惱羞成怒，韓森這麼生氣，可見他並不想讓別人知道他的性取向吧？

林西想想，趕緊彌補道：「那個……其實這種事挺正常的，愛情本來就不分性別，你看，現在腐女都那麼多了，可見大家根本沒有歧視的……」

「妳……」韓森聽不下去，氣急敗壞地指著林西的鼻尖：「妳再胡說八道試試……」

林西被他的氣勢嚇得往後退了一步，趕緊舉著雙手說：「好好好……我信我信……你是直男，鋼筋一樣的直男！這樣可以了吧！」

「……」

韓森皺著眉頭圍繞著林西轉了一圈，也不知是在想什麼。他轉著轉著，突然在林西面前停住，下定決心道：「看來，只有這樣，才能讓妳相信了！」

說著，突然一把將林西抱進懷裡。

韓森的懷抱和江續是完全不同的。雖然同樣讓林西心跳加速，但是一個是害羞，一個是害怕，差得還是有點遠。

韓森一身硬邦邦的肌肉，力氣也大，完全是野蠻人的狀態。

他是不是鋼筋一樣的直男林西不敢確定，但他抱著林西的雙手真是像鋼筋一樣讓人動彈不得。

「放開我——」林西被他勒得太緊，有點難以喘息，她在韓森懷裡扭動半天，韓森始終無動於衷。直到耳邊傳來的呼吸聲越來越粗重，他才終於放開了林西。

「你瘋啦——」林西揉了揉自己被他抱疼的手臂，剛要罵人，手又突然被韓森抓住。

林西瞪大了眼睛，一臉驚恐地看著韓森，忍不住吼道：「你還要幹什麼啊？」

韓森一臉毅然決然的表情，突然拉著林西的手，「啪」一下就引到自己下面去了……

林西在摸到那硬物之後，她的意識轟一下子沒了。被韓森抓住的那隻手彷彿不是自己的了。連抬頭的動作都只是下意識的……

她一臉茫然地對上韓森那雙堅決的眼睛。

他說：「妳看，老子只對女的有感覺！」

林西愣了兩秒，隨即本能地一腳踹了上去……

「啊——變態——」

一連幾個小時，林西完全坐不住。

每隔十分鐘就要去洗一次手，用肥皂裡外洗著，幾乎要把自己的手洗脫一層皮。即便是這麼澈底清洗，那種猥瑣的觸感還是留在手上。那種感覺實在太深刻了，簡直讓林西想提刀去閹了韓森。

有人這麼證明喜歡女人的嗎？

這已經不是Gay不Gay的問題了，完全是變態好嗎！

林西因為韓森這個變態，最後班會都沒有參加。付小方雖然幫她打了很多掩護，老師還是點名警告了。這讓林西更加把這筆帳都算在韓森頭上，對他的怨氣簡直可以寫一本書了。

班會結束後的兩三個小時，付小方才和圈圈、莉莉一起回寢室。三人一路聊回來，進了寢室還沒停下來。

一回寢室，付小方就一臉驚魂未定地衝了過來：「林西妳知道嗎？韓森剛才在學生餐廳那邊打架！我們三個去吃飯，看好多人圍觀，一走過去看，嚇死了，居然是韓森！好幾個男生去勸架都勸不住，真是野蠻人。」說起這些，付小方仍心有餘悸，「我看妳以後對韓森還是客氣一點吧，那種原始還沒開化的人種，教育也不會讓他進化成人類。」

「……」一聽見韓森的名字，林西覺得手上那種噁心的感覺又浮現了出來，想都沒想又奔到洗手檯洗手了。

說到自己班的同學，付小方的話匣子就收不住，她走到陽臺站在林西身後繼續說著：「妳知道韓森打誰嗎？他打他室友，妳說他怎麼能這樣？」

林西在那洗手，聽到韓森的名字就覺得心浮氣躁，又不好說自己剛剛摸過他的……只能忍耐著聽付小方繼續講述著。

「……那男孩子看起來挺秀氣的，也不知道怎麼惹他了，被他打得嘴角出血了也不還手，看著起來滿讓人心疼的。聽說那個男的本來是醫學院大三的，因為被孤立才轉了系到大二來重讀，本來和韓森關係挺好的，不知道韓森怎麼突然發了瘋，這麼欺負人家，可憐死了。」

「……」

林西悶著頭又用肥皂洗了一遍手，付小方終於忍不住說了一句：「妳是摸屎了？洗這麼多遍不怕洗脫皮？」

林西苦著臉回頭對她說：「和摸了屎差不多，別提了。」

因為那個「鋼筋直男」，林西睡了重生以來最差的一覺。

一個晚上都在做夢，夢到自己在山上採蘑菇，本來採得好好的，結果那些可愛的小蘑菇突然變成了能把她壓死的蘑菇山，她怎麼跑都跑不開。

這種無厘頭又有點可怕的夢，讓林西醒來的時候眼窩出現明顯的青黑。

一醒來，接了父母生日囑咐的電話，林西終於澈底結束了半夢半醒的狀態。

唉，真是一個不太好的生日早晨。

林西拿著毛巾往陽臺走，腳下有些虛浮。

「林西妳醒了？生日快樂啊——」刷完牙的時候付小方從陽臺出來，正好看見林西這樣子走過來，嚇了一跳：「妳的臉是怎麼了？過生日太興奮了？一夜沒睡？」

林西撇了撇嘴，有氣無力地回答：「嗯。」

付小方笑嘻嘻的：「晚上請客，我可是準備了很棒的禮物。」

大學寢室裡的規矩，過生日的請客，室友們湊錢買蛋糕，各自準備禮物。這是林西在大學的第二次生日了，早已熟門熟路。

林西點了點頭：「知道了。」

林西生日這天，剛好整個寢室的女生都沒有晚課。林西提前用電話在校外最大的火鍋店訂了六點吃飯。

她在學校也沒有太多特別親近的朋友，一桌沒有太多人。除了室友也就是林明宇，今年又多叫了一個江續，這兩三個月有賴他照顧，也算建立了革命友誼。

五點老師就下課了，付小方穿少了，要回寢室加衣服。

林西上課的時候手機玩得太厲害，關了機，回寢室剛充上電開了機，有幾十則簡訊跑了出來，都是祝她生日快樂的簡訊。

國中高中大學的同學都有，有一些因為現在天南海北的，聯絡變少，卻都還記得她的生日，看著簡訊裡五花八門的祝語，或段子或閒聊內容，林西覺得心裡暖暖的。

被人惦記著，真好啊。

再往上翻翻，收件箱裡還有韓森的兩則未讀簡訊。

一則是中午傳的，只有簡單的四個字——『生日快樂。』，另一則是大概半小時前傳的，上書：『我想和妳談談，我在慶恩樓ＸＸ教室等妳，妳不來，我就一直等下去。』

切，等死你拉倒。

林西抱著手機啐道。

本來不想理他，可是想想他做出了那樣的事，居然還安然無恙，真是不爽極了。當時林西都被他弄傻了，完全沒教訓他，真是虧死了。

她憤怒地拔掉手機的充電線，看著百分之五的電量，想著去去就回，應該是夠了。

林西擼了擼袖子，一臉陰森笑意。

做了壞事就要受懲罰，今天非得把韓森打得知道她是誰不可。

江續低頭看了一手機一眼，螢幕上的時間顯示五點十五。

朋友見江續一直低頭看手機，打趣道：「江大神，一直看手機是什麼意思？有約啊？」

江續抿唇笑了笑，手上仍在幫醫學院的學生調試著器械，眼中卻帶了幾分溫柔。他簡潔地回答：「朋友生日。」

四個字說完，一旁圍著的幾個單身漢立刻起鬨起來：「什麼朋友，前面掉了個『女』字吧！」

一個和江續最熟的男生挑了挑眉，不懷好意地說：「這真是萬年鐵樹開了花啊。我和江續三年高中同學，大學同校兩年，從來沒見過他在意過誰的生日。」他一臉八卦，邁著小碎步圍到江續身邊：「說！是誰！」

江續冷漠地用手推開那人的臉，視線專注地落在儀器的螢幕上，淡淡說道：「姓裴的，快點弄，修完我就走了。」

聽江續這麼說，眾人也不敢鬧了，趕緊好好弄器材。

江續用手敲了敲桌子：「我五點半走，還有二十分鐘。」

「嗷——」眾人哀嚎成一片。

測試完器械，調好了模式，時間已經五點四十了，江續從慶恩樓出來的時候，明顯加快了腳步。

他剛從慶恩樓的方向走出來，大概走了五六分鐘，就看見一個穿著紅色大衣的女孩，拎著一根木棍氣勢洶洶地朝慶恩樓走來。

傍晚時分，天色漸暗，天氣又冷，吹得人的臉和耳朵都是麻木的。江續看了好幾眼才確定自己沒有看錯。

他有些詫異她為什麼會在這裡，張嘴輕喚：「林西？」

寒冷的北風怒號著，像草原上的騎手氣勢洶洶地摔著韁繩，在空氣中摩擦出令人觸目驚心的聲音。遺落在角落、路邊的枯黃樹葉被北風蕭蕭捲起，吹得風中零落。

林西覺得自己的鼻子凍得有些失去知覺，她用力吸了吸，冰冷的空氣進入鼻腔，強烈的刺激才讓她恢復了一點知覺。

她一路都在想著等等要怎麼收拾韓森，走著走著，她想著不能就這麼空手去，太吃虧。於是順著花壇，爬進一片小樹林，在裡面找了半天，最後終於找到一根稱心順手的木棒。

嗯，等一下韓森要是再耍流氓，她就用這棒子狠狠抽他！

這慶恩樓可真是遠，林西凍得眼前都有些花了。

呼嘯的北風之中，她恍惚間聽見有人喊她的名字。

「林西？」

她下意識抬頭四處找著，最後在正對面的路上看到了江續。

江續雙手插在口袋裡，近來他的瀏海長長了一些，風吹過來，將他的頭髮微微吹亂，平添幾分凌亂美感。他直挺挺站在林西面前，不動聲色上下打量，最後視線落在她手裡的棍子上。

「妳手裡拿什麼？」

林西手上的木棍有一公尺長，拖到地上嘎嘎的響，她下意識一揮，差點打到自己，「你說這個？」林西可不能讓江續知道這是要拿去打韓森的，尷尬地支吾了一下：「……那個……這是打狗棒！」

「……」江續微微蹙眉，探究地盯著林西，「妳要去幹什麼？」

林西見江續懷疑起來，趕緊把木棍隨手一扔：「我隨手撿的。其實我是去找個同學拿作業。」

「哪個同學？」

「就一個同學。」林西敷衍地說：「你又不熟，說了有什麼用。」她推著江續往前走，「你趕緊去火鍋店吧，幫我招呼一下，把菜什麼的都點了，我馬上就來。」

一聽她說「幫我招呼一下」，瞬間有一種奇妙的感覺湧上心頭。江續本來還要追問，一時就被她扯遠了思緒。

他嘴角帶著笑意，抬手拍了拍林西的頭：「別到處亂跑，趕緊過來。」

「好好好！去吧去吧！」

江續走後，林西又走了一陣子才找到慶恩樓，站在慶恩樓前面，看著不斷有人從樓裡走出來，才恍然想起慶恩樓是醫學院的教學大樓，怪不得出來的好多同學都穿著白袍。

林西從小到大都對醫院、消毒水味還有醫生有點天生的害怕，雖然她經常去醫院看病，但是這點障礙始終無法跨越。

韓森也是夠有病，為什麼找這地方見面？

爬樓梯爬了半天才找到韓森說到的教室號碼，在一整棟很現代化的醫學院教學大樓裡，那間教室實在顯得有些陳舊。連門都是比較古舊的大鐵門，大概是翻新的時候沒動這一間。

天色越來越暗，太陽落山，化雪後的氣溫讓林西冷得有些哆嗦。她用一根手指輕輕推了推那扇門，喊了一聲：「韓森？韓森！」

「啪——」

有人對著林西的後腦勺就是一棍，劇痛讓林西的腦袋瞬間麻掉了。

她在暈倒前的最後一刻只想著：靠！早知道就不扔打狗棒了，被狗賊搶先了。

第十八章　生日

林西也不知道自己暈了多久，她只知道自己醒來的時候，整個腦袋都是麻的。

明明沒有哪裡開了窗，卻有一陣陰森森的冷風直往背後灌，讓林西忍不住打了個寒噤。她動了動身子，發現自己的手和腳竟然被人綁住了，嘴巴上也被黏了寬透明膠帶，她試著用舌頭頂了頂，沒能頂開。

萬萬沒想到，這種電影、小說裡才會出現的劇情，居然會發生在她身上，她被人像捆山豬一樣丟在地上，動了半天也沒動幾吋。這讓她第一次感覺到那些當女主角的人是多麼的不容易。

她眼前還有些花，眨了半天眼睛才看清自己的處境。這間不知道做什麼用途的教室裡堆滿了各式標本，都用福馬林泡在玻璃罐子裡，看起來陰森恐怖。小學時生物教室的蛇標本一直是林西的童年噩夢，這麼多年她一直對這一類標本有點陰影，這時冷不防看到這麼多，還是在醫學院的大樓，想像一下是什麼、來自哪裡，就讓人忍不住害怕。

林西艱難地挪了挪身子，不知道是撞到什麼，帶出乒裡乓啷的聲音，林西抬頭，突然發現角落裡有個黑影動了動，林西被嚇得整個人往後一縮。

黑影越走越近，借著窗簾縫透出的微弱的月光，林西終於看清了來人——竟然是韓森的室友，那個皮膚白皙的男生。

好像是叫石懷仁？他為什麼要抓她？

「唔唔唔——」林西因為恐懼拚命掙脫著，但她被透明膠帶捆著，越掙扎越緊。她瞪大眼睛看著那個男生，只覺得他那張白皙的臉在黑暗中格外嚇人。

頭還在隱隱作痛，手腕、腳踝被捆住的地方都因為掙扎勒出了深深的紅印。林西縮了縮腿，往後靠了靠。她抬起頭，警惕地盯著石懷仁，漸漸安靜了下來。

林西在極端恐懼、無力逃脫的情況下，反而比平時更冷靜了。眼下這情形，哭鬧不管用，逃也逃不掉，只能看他接下來會有什麼舉動。

石懷仁走過來，坐在林西面前的一個箱子上，手上握著一根手臂粗的木棍，看來他就是用這棍子打林西的，怪不得打下去直接就暈了。

「妳醒了？」

石懷仁的聲音有些陌生，語氣溫和，配合眼下的情景反而讓人更害怕。他的嘴角還有些腫。林西突然想起付小方嘰嘰喳喳說的那些話，當時她只顧著洗手，聽的時候也沒怎麼注意，只覺得事不關己，甚至沒有仔細去聽前因後果。

石懷仁從箱子上站了起來，圍繞著林西轉了一圈，最後停在她面前，輕蔑地俯視著她，用木棍推了推林西的肩膀，語氣不屑：「妳這麼差勁，他為什麼喜歡妳？」

林西掙扎著動了一下，石懷仁一棍子就打了下來，打在她扭動的手臂上，林西疼得嗚咽一聲，眼淚都要出來了。

「長得難看，又蠢，還和別的男人不清不楚。」石懷仁眼中出現幾分嗜血的凶狠：「就妳這樣的，也配和我搶？」

林西疼得直抽氣，心想：我沒有要搶啊……

時間已經快到六點半，林西的電話打不通，人也沒來。

林明宇大爺一樣靠在椅子上，大呼小叫地說：「林西最近窮著，大概是不想出錢，放我們鴿子了。」

付小方撇嘴，不爽地瞪了林明宇一眼：「那你做哥哥的，就不能付錢嗎？」

林明宇突然移到付小方身邊，不正經地對她挑了挑眉，「妳想吃的話，也行啊。」

付小方：「……」

江續不理會旁邊的人，低頭看了眼時間，眉頭不覺皺了起來。

「再打個電話給她。」江續說。

一旁的莉莉無奈地指了指自己的手機：「我都打了十幾通了，一開始是不接，後來直接關機了。圈圈剛從寢室過來，寢室也沒人。」莉莉有些擔心地說：「是不是出了什麼事？」

林明宇突然坐了起來：「妳別危言聳聽，在學校裡能出什麼事啊？」

江續握了握手機，想都沒想，從椅背上抽走自己的大衣，又一把拎起林明宇，「走，去找。」

林明宇被他拖了兩步才站直，「靠——怎麼又是我？」

江續一路上走得很快，表情十分嚴肅。林明宇裹著大衣，邊走邊碎碎念：「我說江續，你是不是被愛沖昏頭了，學校裡能出什麼事？你以為是電視劇嗎？大學裡安全得很。再說林西又沒得罪誰，有我罩著誰敢對她怎麼樣？她肯定是不想付錢，故意不來的！」

「閉嘴。」

江續越走越急，道路兩邊的風景急速後退，他漸漸失去了頭緒。

兩人剛走到女生宿舍樓下，還沒轉彎，就迎面撞上一臉火急火燎的韓森。

他不知道是從哪裡跑過來的，火爆的濃眉此刻看起來比平時更加駭人，他一眼看見林明宇，立刻停住腳步，上來抓住林明宇的手臂，聲嘶力竭地吼了一句：「林西！林西在哪！」

林明宇也是個暴脾氣，被韓森這麼一拉一扯，臉色瞬間變了：「你他媽吼誰啊！瘋了啊！」

「老子問你話呢！林西在哪裡！是不是和你們在一起？」

「你瞎啊！這裡只有兩個人，你說她跟我們在一起嗎！」

兩人這麼在路上對吼著，江續忍不住眸光一沉。他面色冷峻，一把抓住韓森的衣領，一貫沒什麼情緒的聲音有些顫抖：「你問這個是什麼意思？是不是出了事？」

韓森放開林明宇，眼中幾乎要噴出火來：「是石懷仁，靠，那個死變態基佬！」

「我也是昨天才知道的……只要得罪過他的人，之後都會莫名被人蒙頭襲擊，因為沒人能證明是他打的，大家敢怒不敢言，就都不和他來往了。」韓森懊惱地搥著自己的腦袋，「是我的錯，我招來的禍，我看沒人和他玩，覺得他可憐，什麼都帶他一起，沒想到他……」

江續抓住韓森的衣領，眉間彷彿千溝萬壑：「我不想聽故事，我要知道林西在哪！」

「我不知道……」韓森後悔極了，「我下午打完球回寢室睡了一覺，醒來發現手機放的位置變了，信箱都被清空了，石懷仁也不在寢室，我怕他去找林西了！」

江續聽到這裡，失了冷靜。他猛然放開韓森，韓森一個沒站穩，險些摔倒。

看著面前兩個人焦急的臉色，遲鈍的林明宇也終於意識到事情不對勁，他緊張的兩步跨到江續身邊，聲音被嚇得有些啞：「什麼意思？難道林西出了什麼事？」

江續的拳頭握得很緊，關節處因為用力而發白。不管平時多麼冷靜，遇事多麼沉著，這一刻，他都是失了方寸的那一個。

腦中只剩一個名字。

林西。

「林西在哪？」林明宇意識到林西有危險，也瞬間失去了冷靜，扯著嗓子吼了一聲：「我靠！說話啊！」

江續腦中閃過林西拎著一根木棍的身影，突然有了頭緒，想都不想拔腿就往慶恩樓的方向跑去。

「喂！江續！你去哪？」

「靠！」

「……」

活了兩世，林西從來沒有挨過打，更沒有遇過什麼壞人。連傳說中商店街的小偷，她都沒有見識過。除了上一世死去的那場意外，她可以算是無病無痛無災無難的長到這麼大。

她算是第一次意識到世界上還有這樣的人，也是第一次意識到人在說話、做事的時候都應該再思三思，不然可能怎麼死的都不知道。

黑暗的教室裡，標本靜靜陳列，林西眼前有些花，但她始終死死盯著石懷仁。

石懷仁身上有濃烈的酒氣，拎著木棍，陰狠地看著林西。

「……」

「他為什麼那麼在乎妳？為什麼要申請換寢室？為什麼要遠離我？」頂著一臉青紫，石懷仁盯著林西，他眼中有幾分絕望，也有幾分不甘心，「如果不是妳，我可以一直在他身邊，為什麼妳這麼聰明，為什麼妳能看出來？」

石懷仁自嘲地一笑：「女人果然敏感。」

「……」林西唔唔地掙扎兩下。

林西這時想想，當時在廁所門口，好像也是這個叫石懷仁的主動擁抱了韓森，韓森動都沒動一下，林西以為他是自願的，現在回想一下，他很可能是醉糊塗了。

看這情形，韓森根本不喜歡男的。也就是說，石懷仁很可能和林西一樣，也是多年後終於找到機會表白的人……

老天，她一點都不敏感！這尼瑪真的是一個誤會啊！

「我不過隨口說了一句，他要是敢走，我就對妳不客氣，他就動手打我了。」石懷仁指著自己的臉，「妳看，他下手多狠，每一下都打在這！這！」

他痛苦地用手指著自己的心臟，臉上滿是悲傷的表情。

「喜歡一個人是罪嗎？」說著，狠狠踢了林西一腳：「問妳話呢！妳說啊！」

石懷仁像瘋子一樣發洩著情緒，時不時踢林西兩腳，林西終於意識到，韓森並不是付小方說的那種隨便動手的野蠻人，面對這樣的變態瘋子，確實很難讓人保持正常溝通的理智。對待有些變態，聖母才是錯的。

石懷仁見林西竟然漸漸安靜下來，既不反抗也不求饒，突然就覺得沒意思，「哐」一聲丟掉了木棍。

他蹲下身湊近林西，眼中可怕的邪光讓她不由縮了縮身子。

「妳說……」石懷仁不知道是想到什麼，突然一笑，然後脫掉自己的外套，「如果我幫妳拍點好看的照片發到論壇，他會不會和我一樣痛苦？」

他往前傾了傾身子，抬手開始解著林西的外套。

冷空氣從衣服的下擺鑽了進來，她全身一抖，像有一千一萬根針刺進了皮膚。面對石懷仁的侵犯，林西拚命掙扎了起來，但捆綁實在太緊，怎麼掙扎都無濟於事。

二〇〇六年，豔照門都還沒出來，難道她要成為第一個嗎？

不……要……啊……

林西痛苦地嗚咽著，使勁蹬著腿，想要踢開石懷仁，但是石懷仁力氣很大，林西蹬不開。看來不管多麼瘦弱的男人，男人都始終是男人。

石懷仁一把攫住林西的雙腿，用自己的腿壓住，手上繼續解著林西的衣服。她穿了裡三層外三層，解不開的石懷仁就直接撕破，動作粗魯。

解到一半，石懷仁突然像扔垃圾一樣把林西扔到一旁。

「妳說，他會來找妳嗎？」石懷仁還在喘著粗氣，他看了林西一眼，拿出手機，陰狠一笑。

「我們來玩個遊戲吧，我打電話給他，如果他肯說愛我，我就放了妳。」石懷仁笑得極其嚇人：「怎麼樣？」

林西沒有能力拒絕，眼看著電話撥了出去。她瞪大了眼睛，不斷試圖往後退著。

電話很快接通，那頭的韓森氣急敗壞地吼道：『我操你媽石懷仁！你他媽的把林西怎麼樣了！老子要殺了你……』

石懷仁舉著手機，臉上帶著一絲讓人毛骨悚然的笑意，他對林西聳了聳肩：「妳看，他並不想救妳。」

「……」

石懷仁掛斷電話，冷笑著一步步向林西走近。

黑暗如同鬼魅，漸漸將她吞噬。

就在她快要絕望到閉上眼時，一直緊閉的教室大門突然被人一腳踹開。

「砰——」一聲巨響，像混沌天地被劈開的聲音。

一道光從門口透進陰暗的教室，有個人逆著光站在那裡，昏黃的光源中，那人的輪廓被勾勒得格外清晰。

他拍了拍手臂上蹭到的灰，一步一步走進教室，穿過堆積的雜物和各種叫不上名字的標本，臉上沒有絲毫畏懼。

林西絕望的心臟因為他的出現而復甦，瘋狂的跳動起來。

她聽見江續熟悉的低沉聲音，帶著幾分惱怒，一字一頓地說：「遊戲嗎？我來陪你玩。」

江續走進破舊的教室，想都沒想就往林西去的方向走來。

江續的靠近讓石懷仁警惕地往後退了一步，他眼疾手快地從地上撿起那根被他丟掉的木棍，江續走過來，他奮力一棒揮了上去。

「唔唔——」林西發不出聲音，還是竭盡所能想要提醒江續。

江續冷冷瞅了向他揮棒的石懷仁一眼，彎腰躲了過去，還沒等石懷仁揮下第二棒，江續一個橫掃，一腳飛踢上去，正中石懷仁胸口，他根本無力招架，被踢得往後摔了近半公尺遠。

他「乓——」一聲落到布滿灰塵的桌子上，桌子撞倒了放滿了標本的桌子，一個不知道泡著什麼標本的玻璃罐從桌上滾落，啪一聲掉到地上，瞬間碎裂，濺起的福馬林沾染在皮膚上有種刺激觸感，刺鼻氣味充斥整個教室。

石懷仁被眼前一幕嚇到，半天沒有動，只是小心翼翼地往角落裡縮。

江續緊皺著眉頭，一貫古井無波的眼睛裡，始終帶著令人害怕的憤怒。他握了握拳頭，最終沒有再往前。

他走到林西身邊，焦急地蹲下，想也不想撕開林西嘴上貼著的透明膠帶。

黏黏太久，撕下來的時候皮膚被扯得刺痛，林西的眼眶瞬間紅了。

林西已經很多年沒有為自己哭過，很奇怪，僅有的眼淚都送給了電影、電視劇、小說，那些和她一點關係都沒有的故事。

對她自己的事，她總是堅強得有點過頭。哪怕是上一世被客人為難，忙了一天，最後以妝容不喜歡為由不給錢，她也只是拎著行李箱離開。

哭不能解決問題，哭還會變醜。

她總是這樣對自己說。

可是此刻，她忍不住熱淚盈眶，連帶看江績的目光都有些模糊。

江績低頭看著林西，她的毛衣被扯破了，連秋衣都被撕出一條裂縫。這麼冷的天，她白皙的皮膚上起了一層雞皮疙瘩，暴露在空氣之中。

江績想都沒想，立刻脫下外套裹住林西，手碰到林西的手臂，林西忍不住嘶嘶抽涼氣。他看著林西狼狽的狀況，以及她身上還沒來得及查看的傷勢，怒意又從腳底躥上了頭頂，他忍不住又要上去胖揍石懷仁，還沒動，就被林西一把拉住。

林西看了石懷仁一眼，皺了皺眉，「別……」

江績吸了一口氣，將那股火氣壓了下去，最後狠狠瞪了石懷仁，沒有再說話。

他低著頭，小心翼翼地扯著林西腳上的膠帶，因為林西的掙扎，那些膠帶已經被扯得黏成一圈，變得細細的，更不好解。

江績動一下就會碰到林西皮膚上的傷口，林西忍不住一抽，江績的眉頭皺得更緊。

江績剛解開林西手腳的鉗制，還沒說話，林西撲進他的懷裡，緊緊摟住他的脖子。

「我還以為我會死在這……」林西的哭腔越來越重，說話也斷斷續續。

林西低聲嗚咽的聲音傳進江績耳朵裡，江績只覺得冥冥中有一隻手，將他的心臟越握越緊。

他把披在林西身上的、他的外套緊緊裹住，免她受涼，然後緩緩伸向她後背，將她抱進懷裡，手上越收越緊。

直到這一刻，一直懸著的心才終於落下地來。

抱著懷裡的人，江續才能確定她是完好的，她還是她。

「是我來晚了。」江續的聲音帶著幾分劫後餘生的暗啞。

林西哭得更傷心了。

江續的下巴摩挲著林西的頭頂，好似失而復得一樣慶幸，「我不會讓妳死，絕對不會，我發誓。」

林西看著江續那雙篤定的眼睛，顫抖著嘴唇，緊緊圈住他的脖子。

黑暗中，石懷仁見江續緊緊抱著林西，偷偷往門的方向移了半公尺，剛要起身，門口唯一的光源就被兩個大個子擋得嚴嚴實實。

來人還大口喘著粗氣。

林明宇最沉不住氣，兩步跑了進來，聲音中滿是擔心，「林西——」

另一邊沒動的韓森，一見林西身上披著江續的外套，哭得梨花帶雨，人已經衝動地衝到石懷仁的身前，想也沒想一拳打了下去。

「我操你媽的，你他媽的做了什麼禽獸不如的事！」

石懷仁被韓森痛打了幾拳，最後是林西親自去攔才讓韓森停手。不然以韓森的打法，再幾拳石懷仁就要丟命了。

石懷仁看著韓森停下，用無比怨毒地眼光瞪著林西，「妳為什麼要管！妳在向我炫耀！妳讓他打！讓他打！」

林西捂著好幾處青紫的手臂，忍著疼，一字一頓地說：「打你會讓你心安理得，覺得做了壞事得了報應，打平了。」林西微微皺眉，低著頭看著他此刻被三個大個子控制住，狼狽如落水狗的樣子，淡淡說：「我不會給你這樣的機會。」

石懷仁瞪大眼睛，他聲嘶力竭地對林西吼著：「不是妳！我本來可以一直待在他身邊！為什麼！為什麼妳要揭穿這一切！為什麼！」

林西本來已經轉身要走，聽到石懷仁如是說，又停下腳步，「我尊重你的心意，但是你的方式，我不認同。」

「……」

石懷仁已經被學校控制住了，詳細怎麼處理，還要等學校出結果。

配合完學校的調查，之後又去了趟校醫院，等一切結束，已經快到晚上十二點了。

走回寢室的路上，冷風吹了吹，林西終於緩和了一些。

眼睛哭得有些腫，聲音也有些沙啞。

身上披著江續的外套，江續只著一件單衣。林西有些抱歉，問江續：「很冷吧？」

聽林西這麼一說，林明宇和韓森立刻把自己的外套脫了下來，異口同聲地說：「穿我的。」

江續微微偏頭，看了兩人一眼，最後酷酷地雙手插口袋：「我不冷。」

三個大男人也沒有再爭下去，只是前後夾著林西往女宿走去。

路上，林明宇看著林西瘦弱的身影，慘白的臉色，內疚地說：「我還說妳是不肯請客，要不是我這麼蠢，妳差點出事了，妳要出事我怎麼跟叔叔嬸嬸交待。」

韓森也立刻開始檢討：「是我招的事，我沒想到會有這麼變態的人在身邊。」

見他們二人這麼搶著揹鍋，林西感覺到心裡暖暖的同時，也有些抱歉，「不關你們的事，是我的錯，是我太自以為是，認了一個理就認到死。如果我不誤會韓森，不會無意揭穿石懷仁讓他惱羞成怒，他也不會綁我……」

林明宇見自家一貫嘻嘻哈哈的妹妹突然用這麼成熟的語氣說話，一時有些難受，竟忍不住有幾分眼酸：「我可憐的妹妹，被打了還從自己身上找原因。」

林西拍了拍他的肩膀，輕嘆了一口氣，最後說道：「以後我還是跟著你學幾招吧，單方面被打真是太苦了啊……」

兄妹倆互看一眼，瞬間抱頭痛哭起來：「嗚嗚嗚……」

江續皺著眉看著二人，最後忍無可忍把他們分開，「好了，別鬧了。」江續看了林西一眼：「趕緊回宿舍休息。」

林西看了江續一眼，又看向林明宇，「那我的生日禮物呢？」

林明宇看了看時間，才意識到林西的生日還有幾分鐘就要過去了。

林明宇一摸口袋，裡面只有一包蠟燭。拿著那包蠟燭，林明宇有些不好意思：「哥最近沒錢了……我想著你們寢室買蛋糕，那我就買個蠟燭……」

不等林西說話，林明宇趕緊從塑膠包裝袋裡拿了一根蠟燭出來，隨手用打火機點燃了，用手護著遞到林西眼前。

「雖然沒有蛋糕，但是蠟燭還是有的，還有最後幾分鐘，趕緊許個生日願望吧。」

林明宇用手擋著風，但是冷風還是從四面八方過來，那微弱的火苗眼看著就要熄滅，江續也圍了過來，擋住一邊風口，韓森見此情景，也圍了過來，堵住了另一邊風口。

三個大漢為林西守護住那一點點藍色的小火焰。

林西想，這大概是她過過最簡陋的生日了，可是不知道為什麼，她竟然有些想哭。

她吸了吸鼻子，原本雙手合十，準備許願，看見左手邊的韓森，突然放開了手。

「韓森，我誤會你這麼久，還一直對你出言不遜，真是對不起。」林西抿了抿唇：「這樣吧，我把我的生日願望送給你，當做賠罪，可以嗎？」

韓森從來沒有聽過轉讓生日願望的事，本來不欲接受，但是看看火光之上林西一臉期待，他突然笑了笑，也煞有其事的清了清嗓，「既然妳這麼說，我就不客氣了。」頓了頓聲，他認真許願，「我希望林西能答應做我的女朋……」

韓森的「友」字還沒說話，只聽猝不及防的「呼——」一聲，有人吹熄了蠟燭微弱的火苗。

韓森、林明宇、林西一起側頭看向江續。

他的面容依舊英俊，冷風凍紅他的鼻頭，讓他看起來比平時滑稽幾分。

他眸光坦然。見大家看著他，只是聳了聳肩，一臉無辜的表情。

「有風。」他說。

第十九章 薛笙逸

林西是穿著江續的衣服上樓的，剛進寢室，三個等著一直沒睡的室友立刻圍了上來。

時間已經過了十二點，寢室裡已經斷電了，黑燈瞎火的，全靠莉莉念書的充電檯燈提供了一點亮光。

平日裡她們三個雖然愛揶揄林西，但是關鍵時刻還是很愛護林西，這時看她衣服破破爛爛，身上還帶著傷，眼淚止不住，林西還沒說話，她們已經哭嚎成一片。

好好的一個生日，最後以這麼無厘頭的方式度過，林西也覺得她的體質有點特殊。

林明宇的那根蠟燭，韓森傻乎乎的願望，江續腹黑的舉動，以及室友們的眼淚，讓林西的心情漸漸平復。

被愛著的人，再痛也不會痛。林西很慶幸，自己是被愛著的那一個。

明明遇到了那麼驚險的事，她還能把過程講得繪聲繪色，神經比電線桿還粗。

江續外套的口袋裡有一瓶藥油，是校醫給的。她命也挺大的，結實挨了幾棍，還能活蹦亂跳，真是不容易。

付小方拿了藥油幫她揉著手臂和背上青紫的傷痕，林西趴在床上，還在眉飛色舞說著話，付小方摸了摸林西腦袋上被打的大包，林西立刻齜牙咧嘴。

付小方擔心地問道：「腦袋不用檢查嗎？」

林西想到醫生的話，回答她：「校醫院沒那麼高級的設備，醫生看我挺清醒，說如果我還頭暈，就去市裡檢查。」

莉莉把林西那些被扯壞的衣服收了起來，「要是不舒服要說，我們陪妳去。」

圈圈幫林西倒了一杯熱水，「先喝點水吧。」

林西見室友們閒不住，也有些眼熱，「我愛你們……」

三個室友被她勾得也開始哽咽，嘴上卻還是一貫的鄙視，「去去……我們才不稀罕……」

怕爸媽擔心，林西不敢告訴他們，還求林明宇跟著一起保密。

林明宇心疼林西受傷，每天都請她吃飯，還多端一份豬腦湯，說是以形補形。那味道林西是真的不喜歡，但是林明宇難得這麼有人性，盛情難卻，林西只好喝了幾頓。

養了兩天，林西身上的傷也好得差不多了，還好那天穿得厚，那幾棍倒是沒有那麼嚴重，只是腦袋腫得老大一個包，消得有些慢，碰到還是有點疼。

中午到了，林明宇又來找林西去吃飯，見她已經恢復正常，不由感嘆：「林西，妳可真是肉厚啊。」

說完，被林西一頓亂揍。

「對了，」林明宇在林西的亂拳之下突然轉了話題，「教務處的主任打電話給我了，說學校決定勸退石懷仁。」

林西收了拳，點了點頭，「嗯。」

林明宇還有些不爽，「要我說，就應該報警，讓他進去蹲幾天。妳真是太善良了，賠償也沒要，便宜了那個死變態。」

林明宇在那義憤填膺，林西只是笑笑，沒有說話。

她不是善良，她只是不想把重活一次可貴的青春時光，浪費給不相干的人。

他被勸退，被韓森厭惡，這已經是最大的懲罰。

兄妹倆坐在學生餐廳吃飯，正聊著天，林西身邊的位子突然坐下一個不速之客。

學生餐廳人來人往，座位公共，林西也沒有太過在意。她一抬頭，原來是韓森來了。

「好巧。」韓森說。

林明宇扒著飯，頭也不抬地揭穿，「原來你剛剛打電話給我，是為了這個。」

林西聽完，立刻白了韓森這個心機 boy 一眼。

韓森嘿嘿一笑，濃眉大眼，鍾馗似的，越看越嚇人。他雙手交握，咳咳兩聲，十分鄭重地說：「這次的事都是我的錯，我想了很久，讓妳受傷，我很內疚，我決定對妳負責。」

林明宇一口飯差點噴了出來。

韓森不理會林明宇，繼續深情說著：「接下來的後半生，我一定會好好照顧妳，妳放心。」

「她是殘了啊？」林明宇聽到這裡，鄙夷地白了韓森一眼，「滾蛋！」

韓森雖然被鄙視了，卻是不氣不餒，又道：「妳不想要我對妳負責也行。不過妳說我是搞屁眼的同性戀，對我的幼小的心靈造成了很大的傷害，妳也可以先對我負責。」

林西終於折服：「……你說說看，這事要怎麼樣才能過去？」林西思考了一下：「我請你吃頓飯，正式賠個不是，可以嗎？」

韓森聽林西這麼說，立刻打蛇隨棍上：「可以啊，我看跨年夜那天就很適合。」

「跨年夜有活動，我是『十大歌手』晚會的禮儀，改天。」林西喝了一口湯，說道：「要不然元旦的時候，正好放假。」

「元旦要去哪？」一個男聲突然插了一句。

林西還沒說什麼，江續已經繞過林西身後走了過來。

林明宇一見江續來了，趕緊告狀：「林西要請這傢伙吃飯！」

江續腳步頓了頓，最後坐到林明宇身邊、林西對面的那個位子，他放下餐盤，抬起頭，表情無比自然地問道：「是不是見者有份？」

林明宇一聽江續這麼說，立刻附和：「對對對，我也要去，我妹妹請客我不能錯過。」

見兩人這麼攪局，韓森臉色一變，一記眼刀過去，林明宇故意看向別處，江續呢，則好像完全沒看見一樣，目不轉睛看著林西：「我元旦正好沒事。」

林西想想這次她能得救，他們三個功不可沒，硬著頭皮答應下來：「……好的。」

吃完飯，林西一路踢著石頭回宿舍，邊走邊算帳。請三個大塊頭吃飯，錢包真的是有些吃緊。走到一半，她發現自己居然兩手空空回來了，這才想起開水瓶忘了拿，又轉回去拿水瓶。

走到一半，正好碰到江「攪屎棍」拎著她的水壺，往女宿的方向走來。

林西趕緊走到他身邊，有些驚訝：「你怎麼知道我沒拿水瓶？」

江續表情淡然：「路過的時候看到了。」

林西嘿嘿一笑：「我的水瓶還挺好找。」

「嗯。」江續低頭看了一眼：「別人都在瓶子上寫自己的名字，只有妳一個人寫著『小仙女』。」

林西尷尬地咳咳兩聲：「我被偷怕了嘛，想著寫成這樣，就不會被拿了。」

「嗯，確實有些拿不出手。」

林西：「……」

江續拎著林西的水瓶，兩人一路無話，居然也不覺得尷尬。

「妳的傷都好了？」走著走著，江續突然問了一句。

林西趕緊答應：「嗯，好得差不多了。」

那天江續那麼及時來救她，簡直像神一樣降臨。那場面，想想都有些熱血沸騰。

她當時情緒失控，把他當大英雄一樣抱著不鬆手，也是有些羞澀。

林西這麼想著，一抬眼，正好看到江續的胸膛，竟覺得那種溫暖的觸覺還殘留在她的皮膚上，一時有些不好意思，看都不敢再看他。

兩人走著走著，很快就到了女宿樓下，江續將水壺遞給林西。

林西接過水壺，兩人這麼四目相對。林西囁嚅了一下才說：「那個，這次的事謝謝你了。」

江續「嗯」了一聲，然後看了林西一眼，意味深長地說：「我那天還差點感冒了。」

林西聽他這麼說，立刻感覺到壓力，趕緊信誓旦旦地說：「元旦我一定請你們吃好吃的！」

「感覺不到妳的誠意。」江續輕嘆了一口氣，幽幽地說道：「吃頓飯，還是蹭了那姓韓的。」

「這……」林西面露難色，趕緊解釋：「這事說來話長，我誤會了他，所以……」

「嗯，我理解。」

四個字，真的很好地詮釋了什麼叫「委曲求全」，林西都差點要給他跪下了。

林西尷尬地拎著水壺，斟酌了一下才說：「那……我先上去了？」

江續看了她一眼，動了動嘴唇，「等等。」

「還有事？」林西有幾分小心翼翼。

江續抬手，替林西理了理衣領，她細瘦的脖子見了涼風，整個人忍不住縮了縮。

江續從口袋裡拿出一條銀光閃閃的項鍊，身體輕輕前傾。

他的頭在林西右臉上方，呼吸悉數落在她的額頭側面。他的手圈在林西脖子上，那動作溫柔得如同對待易碎的玻璃製品。

江續身上帶著淡淡的香味，不知是洗衣粉還是沐浴乳的味道，清清淡淡，很好聞，勾得林西心跳砰砰加速。

「……」

「本來準備生日送的。」江續的聲音低沉而充滿磁性，像最古老的樂器，在風中最自然地輕吟，他將項鍊戴在林西的脖子上，一字一頓地說：「別弄丟了，丟了我會生氣。」

林西耳朵紅紅的，訥訥回答：「好。」

脖子上那條項鍊實在太漂亮了，涼涼地貼著皮膚，讓林西的心有些亂。

那吊墜不知道是什麼材質，看起來像玻璃，可是又非常堅硬，林西敲了敲，不會碎。

圓形的玻璃球裡有幾多白色的小碎花，是滿天星的乾花束。

林西在網路上搜了半天，才知道滿天星居然是摩羯座的守護花。

江續實在太有心了。

正在這時，付小方回寢室了，林西突然一丟滑鼠，一把抓住付小方。

「小方！怎麼辦？」林西一臉為難，「江續他喜歡我！」

付小方手上端著一碗熱湯粉，差點全潑了，忍不住有些嫌棄：「妳又在發什麼瘋啊？」

「妳這什麼眼神？不相信？」

付小方走了兩步，把湯粉放在桌上，一臉狐疑地捋了捋頭髮：「江續和妳表白了？」

「這倒是沒有。」林西想想江續之前說過的話：「我質問過他，他說我自作多情。但是女人是有第六感的，我覺得他就是喜歡我！」

「……」

付小方看了林西一眼，認真分析道：「我覺得江續說的可能就是真的，自作多情確實不太好。」

林西還是不信，她突然拉出自己脖子上的項鍊：「妳看，他送的。」

付小方一看到項鍊，回過身從抽屜裡拿出兩個禮物盒，一一給林西，「妳不提醒我，我都差點忘了。藍色的是我送的，黑色的是韓森要我給妳的。我看過了，很不好意思，都是項鍊。」

林西：「……可是他真的對我有點特殊，我感覺他暗戀我，不敢表白。」

付小方一直在一旁站著，也有些累了，隨手拉開林西的凳子，一屁股坐下：「let me tell you a story.」她以蹩腳的英語開頭，然後說了下去：「幾億年前，我和夏當在伊甸園相遇，當時我女扮男裝在書院念書，和夏當是同學，我的後媽嫉妒我的美貌，餵我吃下毒蘋果，然後我陷入沉睡，必須等到王子的吻才能醒來，後來夏當吻醒了我，我們過上了幸福的生活，並且生下了妳，這就是妳的身世。」

「……」林西嫌棄地看著付小方，「妳說什麼亂七八糟的，這是人能說得出來的故事嗎？」

付小方微笑：「我覺得真實性比妳說得還高一點啊？」

「……」

付小方隨手拿了林西桌上的一顆糖，剝開放進嘴裡，含糊地說：「像江續的這樣的大神，要喜歡誰，還能有追不到的？為什麼要那麼迂回？」說完，對林西一挑眉：「妳說是吧？」

林西看著一臉篤定的付小方，沒有再爭下去，而是認真思索了一下。

付小方吃完糖才想起自己飯還沒吃，趕緊跳起來回到自己的位子上。

「妳慢慢體會，我先去和我的江大神約會了。」

「妳的江大神？」林西詫異。

「江猛，《惡魔在身邊》的男主角。去年的劇，當時沒看，最近看了發現真他娘的好看啊。」付小方一臉花癡：「妳看大神都姓江，江直樹、江猛、江續，嘿嘿。」

付小方打開裝著熱湯粉的塑膠袋，一股食物的香氣瞬間充滿整個寢室。她花癡地打開電腦，楊丞琳那首熟悉的〈曖昧〉響了起來。

林西扶著爬梯站著，跟著付小方一起看電視劇，原本還想再和付小方說幾句，想想又覺得沒什麼必要。都是沒有戀愛經驗的女孩，討論大神的世界，也不會有什麼有價值的結論。她彎曲著自己的手指，撥著上面的倒刺，有微微的痛感，撥了一下就放下了。

電視劇裡的齊悅原本喜歡尚源伊，被江猛攪和以後，又轉而喜歡上了江猛。

一個人會這麼快喜歡上另一個人嗎？

近來對江續的好像也不排斥了，難道是喜歡上他了？林西想想總覺得不對勁，這也太隨意了吧？

林西推了推付小方的腦袋，有些困惑地看向她，很認真地問：「問妳啊……喜歡一個人是什麼感覺呢？」

「這種事妳不知道？」付小方嫌棄臉，「妳不是喜歡過韓森嗎？妳當時怎麼知道自己喜歡韓森的？」

「以前覺得他挺酷的，但是現在看看，我判斷得有點草率。」林西越想越覺得草率，上一世那十年，好像更多的是青春時代她腦海中勾勒的韓森的幻想，當他不符合她的幻想時，她很快就對他失去感覺了。這樣好像確實不能叫做喜歡，那喜歡一個人到底是什麼樣的呢？

付小方吃著湯粉，眼睛直勾勾盯著螢幕，回答道：「我覺得喜歡一個人，就是想要和他一起，做盡一切羞恥的事。」

「羞恥的事？比如？」

「就是那種妳特別想做的，一個人的時候不敢做的。」

林西想了想，試探性地問：「搶銀行？」

付小方：「……滾！」

林西躺在床上，靜靜看著天花板，耳邊是付小方一下子一陣的驚呼聲，以及電視劇的聲音。

回憶起來，林西也曾經像她這麼瘋狂的迷戀過這些虛擬的角色，期待著有一天能找到這樣的男朋友。

和喜歡的人，做盡一切羞恥的事？

林西想想這麼多年看過的電視劇小說電影，以前幻想過的，沒有機會實現的戀愛酸臭情節：在超市買東西的時候，她坐在購物推車裡，被男朋友推著走；或者走在路上，鞋帶鬆了，坐在男朋友大腿上，然後他幫忙綁鞋帶；和男朋友一起去ＫＴＶ，在只有兩個人的小包廂裡合唱〈只對你有感覺〉；還有還有，一起看煙火，在煙火下接吻什麼的……

林西腦海中突然一閃而過江續的身影，不由打了一個激靈。

媽呀，想到和江續一起做這些事就覺得好嚇人，感覺好像約炮約到了自己的老師一樣，褻瀆眾人敬畏的神，這也太不像話了！

看來她確實不是喜歡江續，喜歡一個人應該不會是這種感覺吧？

對吧？

十二月三十日，離跨年夜還有最後一天。社團裡要求所有人都到場，進行最後一次排演。為防止有人偷懶，社團來宿舍抓人，跑也跑不掉。

大禮堂裡已經布置完畢，四處都是厚重的布簾，燈光璀璨，打在各式道具上，看起來十分用心。沒有二〇一六年那麼多高科技的舞臺設計，所有的裝飾帶著幾分年代感，卻是林西記憶之中的青春。

林西看著眾人忙碌地躥來跑去，心中有幾分感慨。

禮儀那邊的負責老師，要求所有的禮儀都穿高跟鞋，林西本來準備趁三十號週六去買一雙，結果週六排演必須到場，林西只能臨時找圈圈借了一雙。

圈圈是個小個子萌妹，腳才三十五碼，林西三十六碼的腳，真的不知道她是怎麼塞進去的，跟小美人魚放棄尾巴用腿走路一樣疼。

咬著牙跟著走隊形，一個個領著表演嘉賓進場，林西就這麼堅持了兩個小時。

中間休息，林西一屁股坐在觀眾區的第一排，腳疼到不行了。

幾天沒見的薛笙逸，見林西坐在那揉腳，也從舞臺上走了下來，坐在林西左手邊的椅子上。

薛笙逸只穿一件黑色的皮夾克，這麼冷的天氣，大家都穿著厚外套，他真能耍帥，穿這麼一點。

「你不冷啊？」林西忍不住問。

薛笙逸的臉色不是太好，白皙的臉配上有些發紫的嘴唇，看起來不是太健康的樣子。

薛笙逸往後靠了靠，挑眉反問林西：「妳關心我啊？」

林西有些不滿他這麼自戀，「我吃飽撐著了？」

薛笙逸笑：「妳這幾天為什麼不來排練？」

林西遇襲的事其實已經傳遍了全校，只是大家沒有把人對上，知情的人都默默保護著林西，包括一貫大嘴巴的付小方。

林西不想和薛笙逸套關係，淡淡瞥了他一眼，「有什麼事嗎？」

「一月六號，我的生日。」

林西看著他，沉住氣沒說話。

薛笙逸笑：「想請妳陪我一天。」

「為什麼？」

「這學期讀完，我就要休學了。」薛笙逸眼眸中有淡淡的憂傷一閃而過：「以後可能就見不到妳了。」

「……也太拚了，這種理由都扯得出來。」林西有些奇怪他怎麼就不肯放過自己：「我怎麼惹你了？你為什麼一直纏著我啊？」

「妳很有感染力。」薛笙逸認真地看著林西說：「和妳在一起，覺得嘴角都是向上揚著的。」

「……」林西正準備說話，第二遍排練又開始了，付小方大喊著林西的名字。

「來了！」林西扶著座椅的把手站了起來，對薛笙逸說：「我去訓練了，你這些招數留著泡別人吧。」

薛笙逸看著林西踩著高跟鞋左搖右擺的背影，若有所思。

第二遍排練結束，終於解散了。林西覺得自己的腳簡直要斷了。穿著帶來的拖鞋，拎著圈圈的高跟鞋，一瘸一拐地往寢室走。

付小方扶著林西，如同伺候老佛爺一般，「妳這腳明天還能不能上臺了？」

林西疼得齜牙咧嘴：「下午去買雙合腳的。」

「就會欺負我們女生，我看韓森也沒來排練，也沒人去抓他。」

林西想想韓森那種粗魯的個性，「應該是沒人敢把他從被窩裡抓出來吧。」

付小方愣了兩秒，隨後十分贊同地點頭：「也是。」

兩人從禮堂出來，走過人工湖，旁邊沒多遠就是籃球場。

正在球場上訓練的林明宇看見林西和付小方，立刻屁顛屁顛過來了。他往林西的方向跑了兩步，又回頭對球場上喊了一句：「江續，吃飯了！」

林西循聲看球場，江續果然也在。

這麼冷的天，寒風吹得林西走路腳都發麻，他們居然只著單衣和運動褲在打球，身體真好。

林明宇很快走到眼前，見付小方扶著林西，趕忙問：「妳扭到腳了？」

林西舉著高跟鞋，在林明宇面前晃了晃，「鞋太小了。」

正說著話，江續已經揹著包拿上兩人的衣服走了過來。一過來，就毫不客氣地把林明宇的書包和衣服扔給他。

林明宇笑著接住，對一旁的三人說：「正好碰上了，一起去後街吃熱炒吧？」

說著，又故意對著付小方的方向眨了眨眼，付小方被嚇得躲到林西身後。

林西指了指自己的腳，「不去，我這鞋出不了校門。」

江續剛運動完，臉還有些微紅，看著林西拎著高跟鞋、穿著棉拖鞋的場面，微微蹙眉：「不會穿就別穿了。」

「隊裡要求的。」林西說完又解釋了一句：「再說了，是這鞋子太小了。」

林明宇見林西的大外套裡還能看見旗袍的影子，不懷好意地一笑：「明天晚會我很期待啊。」

「帶你去看，我有票。」林西說：「記得找我。」

林明宇眼珠子轉了轉，神祕兮兮地說：「其實，明天有人要表演。」

「誰啊？」

林明宇用眼神指了指江續。

林西有些驚訝：「啊？節目單上沒看見啊。」

「學生會長親自來找江大人，說是大四的學姐們點名的，我們學校有傳統，『十大歌手』晚會有一個特別節目，是為畢業生們準備的。」林明宇幸災樂禍地笑著：「太受歡迎了就是不好，連續幾年，都是別人的畢業彩蛋。」

林西上一世在學校，沒好好參加過這些娛樂活動，也是第一次知道原來還能這樣，不由感慨：「年輕真好，花樣就是多啊。」

穿著棉拖鞋回寢室，林西和付小方隨便吃了碗泡麵。本來說好吃完就去買鞋，結果付小方她老人家一吃完就要睡了。只能晚上吃飯的時候再出去買鞋了。

寢室沒人，林西無聊，也只能爬上床睡覺，尚在迷濛之中，突然接到一通電話，電話裡的人聲音低沉而迷離，讓她有些分不清是夢還是醒。

聽筒那頭的人還是一貫的簡潔，只有兩個字。

『下樓。』

林西漸漸清醒了過來，慢慢睜開眼睛，回味一下才問：「江續？」

『嗯。』

「有事？」

『嗯。』

林西掙扎著起床，隨便披了件外套就下樓了，江續等在女宿樓下的那棵老樹下。很奇怪，他經常出現在那裡，林西居然漸漸有一種習慣的感覺，也不覺得哪裡不對了。

「有什麼事啊？」林西邋遢地穿著拖鞋就下樓了，一頭短髮顯得沒什麼章法。

江續見林西下樓，原本沒什麼表情的臉上多了幾分溫柔。

「剛睡醒？」

林西隨手刨了刨自己有些打結的短髮，「早上起太早了。」

江續將拎在手裡的紙袋遞給林西，「林明宇買的，叫我順便帶過來給妳。」

「哦。」林西把紙袋接了過來，拿出來一看，上面是一盒OK繃，下面是一雙鞋。打開鞋盒的蓋子，一雙黑色麂皮高跟鞋靜靜側臥在鞋盒裡，鞋跟不到五公分，款式簡潔大方，看起來質感很好，也很符合禮儀的統一要求。

林西看到鞋子的那一刻，感覺到體內女性的細胞好像被喚醒了，有些迫不及待地想要試一試。

林西剛要收起來，想想又覺得不對勁，她看了江續一眼：「林明宇會這麼細心？」想到江續一直以來的舉動，林西有些懷疑：「該不會是你買的，說成林明宇吧？」

江續被林西這麼懷疑，臉上卻沒有一絲慌亂的表情，「不是我。」

林西沒有太糾結這個問題，「哦」了一聲，細心的把鞋子裝好，蓋好蓋子又放回去。

江續嘴上帶著淡淡笑意：「送鞋是要分開的意思，我不送鞋。」

第二十章 我很小氣

冬日的陽光暖暖的，尤其是下午，陽光穿過老樹枝丫照下來，曬得林西懶洋洋的。林西微微閉了閉眼，享受著種暖意，覺得全身上下的毛孔好像都得到了舒展，腳上也沒之前那麼疼了。

林西抬起頭看了看太陽，金燦燦的圓餅，在蔚藍的天幕下顯得那麼可愛，讓人心情瞬間就好了起來。她一直在看天，沒有注意到江續說話的表情，只是自顧自拎著那雙鞋子，咧嘴笑了一下：「你一個高材生，還信這個呢？」

江續看了林西一眼，沒有回答，眸中還是一貫讓人捉摸不透的深沉。

林西也沒有糾結，晃了晃鞋盒，認真解釋道：「不過在我們老家，送鞋是寓意步步高升，彩頭挺好的。」說完，她拿手機看了看時間，說道：「謝謝你帶鞋給我，你不是還有事嗎，去忙吧。」

江續的視線始終跟著林西，嘴唇動了動，卻什麼都沒有再說。

他的短髮在陽光下微微鍍了一層淡淡的金色，側臉溫柔。見林西要走，他最後只是點了點頭。

「嗯。」

林明宇平時挺不可靠的，關鍵時刻還是很不錯，買了雙很合腳的高跟鞋給林西，又好看又好穿，走路也很穩。

跨年夜，C大一年一度的校園「十大歌手」晚會如期舉行。

晚上七點開始，林西下午不到四點就到位開始準備了。

模特兒隊的老師只帶了一個人來化妝，光是禮儀就有十幾個，忙不過來。那個化妝的老師化的是二〇〇六年流行的誇張舞臺妝，假睫毛都要貼幾層，看起來有點嚇人。林西看那混亂的場面，最後決定自己化妝。她手藝熟練，對自己的五官特點也熟悉，不僅很快就幫自己化好了，還幫付小方化了。

兩人化好妝，迅速換好服裝，站到隊伍裡聽統一調動。

天氣比較冷，平時訓練大家都在旗袍裡面穿秋衣，或者在旗袍外面穿羽絨外套。這時正正經經穿起來，整整齊齊往那一站，立刻成了一道靚麗的風景線。

蘇悅雯作為禮儀裡最關鍵的人物，卻是六點左右才姍姍來遲。按照統一的要求，她把耳上的短髮梳得很服貼，有些油光，不過倒是挺好看，對得起門面擔當。她來的時候，臉上已經帶好了妝，比平日的青春模樣多了幾分嫵媚，嘴唇塗得比較紅，穿上旗袍倒是有幾分風情。

她進場的時候，幾乎所有人的目光都看著她，和平時一樣，她臉上沒什麼笑容，看起來十分高傲，踏著黑色高跟鞋走進後臺，自然地站進隊伍裡，那氣勢讓排練的老師都是一哽。

平時她都是站在最前面，這時她來晚了，站到林西身旁，林西尷尬地捏了捏手指，側頭對蘇悅雯微微一笑。蘇悅雯上下打量著林西，眼中閃過一絲驚訝，不過很快就恢復正常。

「十大歌手」晚會開始的時間到了，禮儀要到自己的位置就定位，路過付小方，林西悄悄問了一句：「我臉上有東西嗎？蘇悅雯看到我好像被嚇了一跳。」

付小方也忙得火急火燎的，看都沒看，隨口說了一句：「可能是口紅太紅了。」

林西也來不及換了，有些不知所措：「那怎麼辦？」

「哎唷趕緊去幹活吧，禮堂裡除了舞臺到處都黑的，誰看得清我們啊！」

「……也是。」

林西是幫別人化妝的，對自己總是有些疲於打扮。像髮型師平時不愛動自己的頭髮，廚師在家不愛做飯，司機私下不想開車一樣，每一種職業的人，平時幫別人服務多了，對自己反而疏忽。

她站在後臺，剛走了幾步，就看見一面明亮如鏡子的金屬板。腳步便停下，站在金屬板前面看了幾眼，本來覺得自己的妝容挺好的，剛才付小方一說嘴唇太紅，她現在也覺得好像是有點紅了，趕緊用手推了推嘴唇上的口紅，試圖推淡一些。

「別抹了。」

林西正專注弄著自己的口紅，突然聽見背後有個低沉的男聲響起，手上被嚇得一頓。沒回頭，從金屬板裡看到薛笙逸，他穿著表演的服裝，緩緩走進後臺，還是一貫的不羈。

林西有些尷尬地回頭：「你要表演了吧？」

薛笙逸認真地上下打量著她，最後抿唇得意地笑了笑：「我的眼光果然好。」

「蛤？」

「妳穿這樣，真漂亮。」

「……」雖然平時林西總是嘴裡說得隨意，動不動就要說自己顏值怎麼樣，但是私下不是多自信，也不能坦然接受別人當面誇，一被誇漂亮就覺得有點尷尬。

這時本來就有點不自在，薛笙逸還目不轉睛盯著她，弄得她怪不好意思的，她粗魯上前，一把將薛笙逸推進準備登臺的地方，沒好氣地說：「好好表演吧！」

薛笙逸見她惱羞成怒，撲哧一聲笑了出來，「妳真好玩。」

「趕緊走！」

臨時被拜託要來表演，江續沒有太多時間準備，但是還是認真選曲。表演穿得很正式，一身黑色修身西裝，襯得他身材挺拔，清秀的眉目和西裝的搭配，為他增添了幾分儒雅精緻之感。

後臺已經擠滿了表演的人，主辦方很體貼，沒有讓江續去擠後臺，而是安排他坐在第二排候場。學生會長為了表示重視，也坐在江續身邊，一起受四面八方的目光洗禮，也有幾分與有榮焉：「今天大四的學姐都沸騰了，等一下就看你調動全場了。」

江續安靜地坐在那裡，手指有一下沒一下地敲著座位上的扶手。

主持人上臺，開場的串詞說得很場面話，大家對臺上不是很感興趣。倒是臺下的幾個穿著紅旗袍的禮儀吸引了一眾男生們的目光。

江續聽見身後有男生在討論。

「……」

「最左邊那個禮儀，是哪個系的？」

「你說蘇悅雯？」

「不是，蘇悅雯旁邊的。」那男生仔細形容著：「短頭髮的那個，要胸有胸，要腿有腿，平時怎麼沒見過？」

「不認識，是不是大一的新生？」

「……」

江續眉頭皺了皺，心驀地一沉。

舞臺最左邊，蘇悅雯旁邊，幕布下站著的禮儀，不是別人，正是林西。

她的妝容不重，沒有戴假睫毛，但是比平時多上了眼影來配合莊重的旗袍，口紅和旗袍的顏色類似，突出了她精巧漂亮的五官。

最致命的並不是她打扮起來多美，而是她不知道自己多美，只是彆扭地站著，目光有些慌亂，一直不自在地四處看著，流露出幾分讓人憐愛的迷離。

她平時沒有穿過這麼貼身的衣服，那些少女的著裝遮住了她的好身材，冷不防打扮隆重一些，讓人眼前一亮。

不得不說，今天的林西美得讓人有些移不開眼。就算是站在素有「校花」之稱的蘇悅雯身邊，也不會顯得遜色。

身後的男生還在議論著林西。

「……」

「蘇悅雯也挺漂亮的。」

「我覺得短髮那個更漂亮，身材凹凸有致的，穿旗袍還是要有點胸，蘇悅雯看起來太單薄了。」

「你就是喜歡身材好的。等等去要電話？」

說完，兩人猥瑣地笑了起來。

主持人高亢的聲音從音響裡傳遍整個會場。

江續的手扣在扶手上，最後重重敲了一下，突然回頭，一臉似笑非笑的表情，對身後的兩個男生冷冷拋下一句話。

「舞臺在中央，別看錯地方。」

和排練的時候一樣，林西順利將薛笙逸帶上舞臺。

薛笙逸是揹著吉他上去的，他的演唱是自彈自唱的，林西快速為他調好了直立式麥克風。

林西忙完走下舞臺，然後站在舞臺最左邊候場。

排練了好幾遍的熟悉旋律沒有響起，薛笙逸的曲目原本是可米小子的〈青春紀念冊〉，呼應校園氣氛，但是他卻沒有唱這首歌。

舒緩的前奏響起，熟悉中帶著一點悲傷，薛笙逸的吉他聲，每一個音都十分舒緩，好像一個閱盡千帆的男人在沙啞而緩慢地述說著一個悲涼的故事：

「長亭外，古道邊，芳草碧連天。晚風拂柳笛聲殘，夕陽山外山。天之涯，地之角，知交半零落，人生難得是歡聚，唯有別離多……」

薛笙逸的歌聲沒有太多華麗的技巧，正因為深情樸實，才一開場，就把高高興興來聽歌的同學都唱哭了。薛笙逸臨時改曲目，讓主持人和主辦的幾個社團十分措手不及。都因為這種「演出事故」奔到後臺。

林西皺著眉看著大家，沉默了幾秒，她也踏著高跟鞋，跟著眾人到了後臺。

果不其然，薛笙逸被好幾個學生會、社團的幹部圍了起來。

他揹著自己的吉他，臉色依舊蒼白，眸中帶著幾抹難言的疲憊。

大家都在教訓著他臨時改曲目的事，他卻始終一言不發。

薛笙逸並不是一個好脾氣的人，在眾人的指責之下，他突然爆發，「砰——」一聲，砸了自己的木吉他。

後臺瞬間安靜了下來，大家都對突然發生的一切目瞪口呆。

在眾人還沒反應過來的時候，薛笙逸已經黑著臉衝了出去。

林西近來和薛笙逸走得也算近，看他突然這麼出去，有些擔心，趕緊跟了出去。

一片混亂中，林西剛走出後臺，還沒下臺階，手臂被人抓住了。

「幹什麼啊？」

林西焦急中回頭，看見一身黑色西裝，英俊得彷彿童話裡的王子一般的江續。

江續站在臺階下面，看起來準備登臺的樣子。

舞臺上的第二層幕布被拉了起來，學生會的人扶著鋼琴往上推，幾個人又安靜又快地架好了鋼琴。

音響裡主持人歡喜地報幕，林西聽見江續的名字。

林西有些尷尬：「你要上臺了？我還以為你是壓軸。」

江續淡淡一笑：「我要求調到中間了。」

「噢。」林西的眼睛還看著薛笙逸衝出去的方向。

江續不知道後臺發生了什麼，只是盯著林西，溫和問道：「妳去哪？」

林西撓了撓頭，覺得和江續講人家薛笙逸發飆的事有點太八卦，斟酌了一下說：「不去哪，到門口透透氣。」

江續點了點頭：「我馬上上臺。」

「噢。」林西乾乾地說：「那你加油。」

主持人報幕結束，禮堂裡爆發了雷動一般的掌聲。

江續看了舞臺一眼，最後對林西囑咐了一句：「別到處亂跑，透完氣馬上進來。」

「啊。」林西愣愣點頭：「知道了。」

眼見著江續走上舞臺，林西站在臺下，有些糾結。

江續這麼說，應該是挺希望她圍觀一下他表演的英姿吧？想想看江續表演的機會多得是，一年一次；倒是薛笙逸那樣子，沒辦法讓人不管吶。

權衡之下，林西握了握拳，最後還是走出了禮堂……

黑色的幕布拉開，舞臺隱在伸手不見五指的黑暗之中，只有正中間的鋼琴上方有光，一束圓形的光，好似一個深井裡最珍貴的陽光，又似迷途中最令人嚮往的遠方。

光源之下，江續緩緩走上臺，一身黑色的禮服，看起來像從天而降的神祇，超凡脫俗，與塵世的一切格格不入。

他坐在鋼琴前的琴凳上，每一個動作都帶著幾分令人心往神馳的風雅。

他沒有帶樂譜，也沒有動麥克風。

低著頭，一字一頓地說：「這是我最後一次在這裡獻唱，明年不再接受點播。」他淡笑著頓了頓聲，然後，無比深情地輕道：「喂。」

江續抿唇：「教了妳這麼久，這首歌的歌詞，聽得懂吧？」

修長的手指輕輕按下黑白的琴鍵，舒緩的音樂在音響中響起，整個禮堂裡都是江續彈奏的悅耳音樂。

他的歌聲和他的人一樣，沉穩又深情。

「I bless the day I found you.（感謝上天讓我遇到你）
I want to stay aroud you.（我想和你一起廝守）
Now and forever.（不管天荒地老）
let it be me.（讓我愛著你）
don't take this heaven from one.（不要讓我的夢想破滅）
if you must cling to someone.（如果你真的需要溫暖懷抱）
Now and forever.（不管天荒地老）
let it be me.（讓我愛著你）

each time we meet love.（當生命中出現愛）
I find complete love.（那一定是完整的愛）
without you sweet love.（沒有你的甜美笑容）
oh，what would life be.（我的生活將暗無天日）……」

指尖落在最後一個音的琴鍵上，一曲結束。

江續蓋上琴蓋，緩緩站了起來，很有風度地謝了幕。

臺下瞬間響起雷動的掌聲，但是那都不是他心裡最想得到的回應。

江續面上的表情繃得很緊，心臟好像被人用繩子拴在很高很高的地方，落不回原位。走下舞臺的時候，他的眼睛不自覺搜尋著那一抹紅色的身影。

剛下臺階，還沒等他找到人，林明宇已經一臉同情地把他攔了下來。

林明宇把江續的大衣遞了上去，然後拍了拍他的肩，表情有些無奈：「她跑了。」

江續的眉頭瞬間擠在一起，洩露出了生氣的情緒。

「去哪了？」江續的聲音含著，聽得出是刻意在克制。

林明宇見江續的表情變了，趕緊收起不正經的調侃，很認真地說：「那個和林西搭檔的唱歌的男的。」

「姓薛的？」

「對對對就是他。」林明宇趕緊點頭，「他不知道是怎麼回事，突然暈倒了，剛都圍過去了，現在送校醫院了。」

江續眸光沉了沉，沒有說話。

林明宇見此情形，趕緊幫自家妹妹解釋了幾句：「我們誰也不知道你要唱歌那首……她一貫熱心得有點沒腦子，你也知道的……」林明宇搓了搓手，有幾分不知所措，「今晚上有跨年煙火，要不然晚上一起出去，我還約了小方。你有什麼話當面跟她說……」

江續皺了皺眉頭：「我先走了。」

林明宇見江續表情不善的要走，趕緊追了上去，「欸，你去哪啊？你別動手啊，我警告你啊，林西是我妹，你對她動手我肯定不客氣。」

江續走了兩步，突然停了下來，猛地回過頭問林明宇：「在哪裡見？」

「蛤？」林明宇被他嚇了一跳。

「煙火！」

林明宇眨了眨眼：「西門那邊。」

江續穿上大衣，抬手扯了扯西裝領帶，臉上是一臉「秋後算帳」的表情。

「我去接她。」四個字，說得咬牙切齒的，那是江續從來沒有用過的語氣。

校醫院，薛笙逸的到來讓值班的醫生手忙腳亂。

跟來的人有三個，學生會和主辦方的幾個最主要的負責人，都跟了過來。不過指責了他幾句，他居然昏了過去，真的讓眾人大跌眼鏡。

薛笙逸被放上病床，不知是不是晃動的關係，他慢慢恢復了意識。廊等明亮，他睡在病床上，臉色慘白，整個人看起來十分虛弱。

校醫院的一個年長的大夫，聞訊從辦公室走了出來，邊走邊穿著白大褂，一見病床上的薛笙逸，眉頭一皺。

「怎麼回事？怎麼還在上學？」大夫說著，轉身就去要拿手機，「我打電話給你媽。」

薛笙逸去攔他，手上卻沒有力氣，「別，我下週四就回家了，讓我再在學校待幾天，求您了。」

老大夫幫薛笙逸進行了最常規的檢查。他和薛笙逸的對話，站在不遠處的林西都聽見了，不僅她，一起跟來的人也都聽見了。

和他比較熟的一個男生一直一臉愕然，那麼親近的關係，連他都不知道薛笙逸得了骨癌。

怪不得，他原本是體育生的身分進校，最後卻放棄繼續當運動員。

薛笙逸雖然虛弱，卻一直安慰著大家，這讓林西更加覺得心裡難受，想想之前她還那樣說過他，真的太冷血了。

在薛笙逸的強烈要求之下，大家還是把他送回了寢室。

林西一直跟著他走到男生宿舍的樓下，心裡有太多太多的感慨和難過。

現在回想起來，薛笙逸的那一首〈送別〉，真的帶了太多複雜而絕望的情緒。

到了薛笙逸的寢室樓下，他微笑著對林西說：「其實我一直想有人陪我再去跑一次，我生日那天，正好有一場比賽。本來想邀請妳的，可惜了，我的身體撐不住了。」

他的眼眸笑起來的時候有些像月牙，看起來非常友善：「妳看起來真的很健康，是我喜歡的樣子。」

「……」

江續到校醫院的時候，薛笙逸已經被送回宿舍了，他們一撥人和江續走得不是同條路，很不巧，沒有碰上。

等江續走回男生宿舍，林西正好從那條路過來，失魂落魄的樣子，像個幽魂一樣在校園的小路上飄著。

禮堂裡，「十大歌手」晚會還在繼續，巨大的聲浪彷彿要掀開黑暗混沌的天。讓整個學校都充斥著跨年夜的氣氛。兩邊的路燈上綁著「二〇〇七」字樣的新年小旗幟，冷風吹動那些小旗幟，在寒夜裡孤寂飄揚，與校園裡熱烈迎新氣氛形成鮮明對比。

林西身上穿著露出手臂的紅色旗袍，肩膀上掛著披肩，只是好看，沒有多保暖。本來跟著跑去校醫院還不覺得冷，這時走出來，冷風陣陣，她被凍得直哆嗦。

薛笙逸每次說起去跑馬拉松時，那認真的表情，她還覺得他有病，現在回憶起來，他該是用怎樣的心情在說這樣的話？

生病了，才知道原來健康是最值得羨慕的，林西想想薛笙逸的情況，忍不住有些欷歔。

林西裹著披肩，一直低著頭走著，想著自己的前世今生，看著自己的腳尖和不斷跟著路燈位置前後移動的影子，心神恍惚。

眼前突然出現一雙穿著黑色鞋子的大腳。林西抬頭，險些撞到那人的胸口。

等她站好，反應過來，才看清了黑著一張臉的江續。

看到熟悉的面孔，林西的鼻子有些酸，「你怎麼來了？」

江續始終黑著一張臉，低著頭，以俯視的視角看著林西，表情冷冷的。

林西見江續不理自己，也不想再說下去，疲憊地揮了揮手說：「我有點冷，我先回寢室了。」

「回來。」江續冷冷吐出兩個字，帶了幾分氣惱。

林西回頭，對上江續緊皺的眉頭，深沉的眼眸，有些詫異：「怎麼了？」

江續黑著一張臉，脫下自己的大衣，迎風一展，直接裹住了她。

林西被江續的大衣包裹著，大衣裡還帶著江續的體溫，以及他身上那股熟悉的淡淡清香。

林西見江續身上只穿著一件西裝，裡面還是襯衫，有些忐忑：「我……」

江續的手捏著自己大衣的衣領，將林西控制在衣服裡，不許她動。

江續的語氣不算太好，不等她說出來就打斷了她，「我勸妳現在不要說話。」

「為……為什麼？」

「因為我很生氣。」

林西偷偷瞅了江續一眼，見他的表情不像是開玩笑的，縮了縮脖子，「……是因為我沒觀賞你唱歌的英姿嗎？」

江續一記眼刀掃了過來，「我有沒有要妳在禮堂裡，別到處亂跑？」

林西對此有些理虧，舔了舔嘴唇，「那麼多人都看你表演，也不差我一個。」

江續冷冷哼了一聲：「然後？」

「事有輕重緩急，你表演一年一次，明年再看唄。」

江續看了林西一眼，一字一頓地說：「這是最後一次。」

「這……」

林西想想薛笙逸的情況，立刻愁眉苦臉了起來。她在大衣裡鑽了鑽，想要脫離江續的雙手鉗制，鑽了半天，沒有成功。

「其實是我的那個搭檔，薛笙逸，他暈倒了。」林西輕嘆一口氣，對江續沒什麼防備，一股腦說著心裡話：「我沒想到他有那麼重的病，本來好好一個運動員，現在也不能運動了，不知道能不能治癒，還那麼年輕……」

林西說著說著，更感慨了：「之前他和我說，想像普通人一樣生活，想談戀愛，想堅持夢想，我還笑他……」

林西說得十分動情，講到最後，喉頭有些哽咽。

「和他比，你不覺得你已經很幸福了嗎？他都暈倒了，確實需要我去照顧，你只是一場表演，少我一個觀眾也無所謂啊。」

林西話音剛落，江續兩手一拽，像撈網一樣扯動大衣，把大衣裡裹緊的「魚兒」一起撈了過來。

「不是無所謂。」

江續篤定地吐出五個字，林西瞪大眼睛。

江續握緊大衣的衣領，迫使林西抬頭看著他。林西被桎梏得有些透不過氣，不得不踮起腳，來爭取更多的空氣。

「要不然……你明年再唱一年，我認真去捧場？」林西被他這架勢弄得有些茫然，「江續，你一個大神，不能這麼小氣啊。」

「妳什麼都不懂。」江續緊皺著眉頭，暗黑的瞳孔裡透著深不見底的幽邃，他緊抿著嘴唇，許久才動了動，「妳怎麼那麼笨？」

江續把林西撈到胸懷範圍內，兩人的距離那麼近，近到林西微微一動，鼻尖就能碰到江續的嘴唇。

林西從來沒有和江續以這種視角相對過，他的呼吸就在她的鼻端，帶著薄荷的氣息，這讓林西不由得有些慌。她掙扎著動了動，雙手撐在江續胸口，卻不想這個姿勢正好給了江續機會，他放開了大衣的衣領，林西還沒來得及跑，他的手已經順著遊到她的背後，猛然一提，林西的雙腳幾乎要懸空。

林西有些怕了，忐忑地問：「你要……唔……」

林西還沒說完的話被江續的嘴唇以霸道到不容置疑的速度，全部堵到了嘴裡。

令人迷失的柔軟觸覺，以及淡淡的薄荷香氣。

和林西想像中的場景完全不一樣，和林西想像的對象也完全不一樣。

江續的嘴唇沒有過多輾轉，淺嚐輒止。

一吻過後，他放開林西。

重獲自由的林西臉瞬間脹紅，大腦裡為數不多的腦細胞於一瞬間全部走失。

眼前所有的風景都變成了斑駁迷離的背景，眼睛的焦距只停在江續那張仍帶著怒意的臉上。

他的口吻仍舊冷硬，用他那獨具特色的低沉聲音說著：「不要在我面前提別的男人。」

林西呆呆地看著江續，仍在茫然中。

他直挺挺站在林西面前，依舊是那麼理所當然的眼神，淡淡道：「我很小氣。」

第二十一章　二〇〇七

站在花壇上，背對著江續，林西努力讓自己鎮定。

嘴唇上似乎還殘留著江續的氣息，光是想一想那畫面，林西就有種要窒息的緊張感。

她的手下意識碰了碰自己的嘴唇，第一個想法居然是，今天沒有用植物原料的口紅，不知道江續會不會被毒死？

腳邊是花壇裡種植的不知名植物，到了冬天還是綠的，只是久不修剪，看起來有些亂了，像林西此刻的思緒。

許久，林西突然回過身。

江續不知道什麼時候走到她身後，她冷不防轉過來，花壇的高度墊上去，兩人視線竟然成了平視，比平視時更尷尬。林西下意識往後退，膝蓋被植物碰到，險些摔倒，幸好江續眼疾手快抱住林西的腰。

只是這個姿勢，林西覺得臉好像更熱了。

「咳咳。」林西假裝咳嗽了兩聲，江續很紳士地放開了手。

林西看了看江續，他沉默地看著她，目光沒有絲毫躲閃。

英俊得如同神手雕琢過的面部輪廓，可媲美水仙少年的英俊五官。此刻路燈像懷舊的濾鏡，將他那一身黑色西裝暈染出了一種獨特的味道。

真是，怎麼看怎麼假。

「你喜歡我？」林西還是用疑問句。

江續被她的語氣逗樂，抿唇微笑，反問道：「不行？」

林西趕緊擺手：「不敢。」她想了想又說：「只是覺得沒有真實感。」

「怎樣才有真實感？」

江續這麼問，林西卻又沒有答案了。

「我從來沒有談過戀愛，也沒有被正常人認真表白過，」林西摳了摳手指：「就是有點不知所措。」

林西的語氣很誠懇，像個剛進入校園，對一切都很陌生，還心懷忐忑的小學生。

江續看了她一眼，良久，他說了三個字：「我也是。」

林西有些窘迫。

「妳不用怕。」江續說：「我可以等。」

「等？」

「等妳的答案。」

林西咬了咬嘴唇，有些糾結：「什麼答案？」

「做我女朋友。」江續笑：「或者讓我做妳的男朋友。」

林西：「……」

比起林西的退縮和害羞，江續要坦然很多，他始終循循善誘：「我們現在可以先談談。」

「談什麼？」

「妳需要想多久？」

林西也不知道為什麼話題轉到這裡，明明不是要談這個，可是江續一說，她本能的就開始思考起來：「一年？」

江續微微挑眉，林西趕緊改口：「一個月？」

「十分鐘。」江續說。

林西沒見過有人表白還這麼咄咄逼人的，忍不住抱怨：「……怎麼可能吶？最起碼要四五天啊！」

江續奸計得逞，笑了笑：「嗯，成交。」

林西終於明白自己被套路了，想要反悔，但是看看江續的表情……不敢。

江續把林西送回女生宿舍，已經快十一點了。

林西一直低著頭，感覺有一團火始終在臉上燒，幾乎不敢抬頭看他。

到了樓下，林西趕緊把江續的大衣脫了下來，邁著小碎步就要回去，被江續拉住了手臂。

「還……還有事？」

「穿厚點，快點下樓。」

「啊？」林西驚訝地張大了嘴：「宿舍馬上要關了，還下來幹什麼啊？」

江續微微低眸，表情溫和：「跨年。」

「只有我們？」林西有點為難：「不太好吧？」

大晚上的，他又覬覦她的美色，萬一化身為狼怎麼辦？

江續看她眼珠直轉，知道她又在胡思亂想，手指一扣，敲了她腦門一下：「還有林明宇和妳那個室友。」

「這樣啊？」林西考慮考慮，最後還是答應下來：「那好吧。」

林西快速洗掉臉上的妝，換好了衣服，把自己裹得像熊一樣出門。

兩人到了西門，遠遠就看見寒風中瑟瑟發抖的付小方。她只穿了件版型很好看的大衣，脖子上裹了條裸色的毛線圍巾，腿看起來不粗，一看就沒穿棉褲。

一見林西來了，趕緊跳進林西懷裡，抱著她取暖，嘴裡還在不斷碎念：「妳也真是的，來太晚了，保全大叔把大門關上了，現在出都出不去了。」

林明宇還是一貫神經大條，借著暗黃燈光看著江續和林西，最後走到林西身邊：「妳這臉是怎麼了？紅得猴屁股似的，有這麼冷嗎？穿挺厚的啊。」

林西身後就是江續，她尷尬地瞪了林明宇一眼，沒好氣地說：「穿多了，熱！」

「那妳可以脫給小方穿啊。」林明宇嘿嘿一笑：「小方冷。」

林西白眼：「你自己怎麼不脫？」

「我也冷啊。」

「……真是親、哥、啊！」

四個人先去西門探了探，保全確實提前了半個小時關閉大門，硬闖肯定不行，操行會扣分。最後林明宇提出了翻牆的建議，得到大家的同意。

大學嘛，沒翻次牆出去玩，顯得有些不完整。

上一世的林西就是太乖了，出社會以後總是遺憾，覺得青春的時候，什麼瘋狂的事都沒幹過，回想起來整個大學都有些乏善可陳，沒什麼值得提一嘴的。

林明宇和江續個子高，自己就能爬出去，艱難的是林西和付小方。

四人站在牆下，江續看了院牆的高度一眼，沉著地對林西說：「妳踩著我的肩，我站起來以後，妳用力往上爬，外面是個花壇，夠高。」

林西回頭看了一眼：「你看起來很熟練啊。」

江續很謙虛：「也有寢室出去夜唱的經歷。」

林明宇一身黑色長款羽絨服，還是體育生那邊統一發的，不知道他怎麼弄到的，穿起來像個大猩猩似的。付小方一直在囑咐林西小心，他越站越近，付小方忍不住皺了眉：「你老是靠著我幹什麼？」

林明宇嘿嘿一笑：「等等妳踩著我肩膀出去。」

付小方一臉看智障的表情：「我自己爬吧，林西四十公斤出頭，踩踩還行，我這噸位，怕把你踩成壓縮餅乾。」

「……」

C大離放煙火的世紀公園並不遠，走路過去不過十幾分鐘。因為環著生態湖，是本城一處比較偏遠的景點。

因為近，很多學生想去看煙火，為了避免踩踏事件，所以學校提前關閉了大門。但是這並不妨礙年輕飛揚的大學生們，像林西他們一樣翻牆出來的、提前很早就出來的人很多，世紀公園此時已經擠滿了人。

林西他們到的時候，還有十幾分鐘就要跨年了，大家擠在公園的空曠草坪上，尋找著最佳的觀賞點。

林西和江續一進公園，沒多久就和林明宇他們走散了。

人太多了，根本找不著，林西打了好幾通電話給付小方，她都沒接。

對此，江續倒是很淡定：「這麼吵，她應該是沒聽見。」

林西掛斷電話，撇了撇嘴：「說好了四個人，最後又只有我們兩個了。」說著就嘟囔了起來：「怎麼這麼巧呢？」

「他們太笨了。」江續回答得理直氣壯。

此刻，和林西一樣鬱悶的，還有被迫和林明宇一起逛公園、等煙火的付小方。提前了十幾分鐘來，本來覺得時間剛好，但是面對林明宇，也沒什麼話說，倒覺得每一分每一秒都像是在受刑。

為了緩解沒有話好聊的尷尬，付小方買了根冰糖葫蘆，林明宇還搶著付了個錢。

兩人慢慢往前走著，前面全是人，也不知道等一下能不能看清煙火。

林明宇跟在付小方身後，「妳以後送人東西，還是要認真點。」

付小方啃著冰糖葫蘆，說話含含糊糊：「什麼東西？」

「不過妳的心意我還是收下了。」林明宇很大方地說：「我想過了，我允許妳喜歡我！」

付小方剛好用力咬碎了結成一塊的糖：「你說什麼？」

她猛然回頭，手上的竹籤戳中了林明宇的鼻孔。鼻血猝不及防的流下來了，滴到冰糖葫蘆上，

「……」

林明宇捂著疼得鑽心的鼻子，暴怒不已，「媽的，老子鼻子都流血了，妳就只關心吃的！」

「靠，好噁心，不能吃了！」

付小方懊惱不已。

林西試了幾次，都沒能擠進人群裡。

來看跨年煙火的人實在太多了，有成雙成對的，有同個寢室一起來的，也有大老遠開車過來的。

草坪三面都是樹，只有一處連著湖邊，煙火施放就在湖邊，大家都朝著那個方向站著。

二〇〇六年十二月三十一日二十三點五十九分五十秒開始，草坪上所有人跟著大螢幕上不斷變動的數字一起倒數。

林西也被那激動的情緒帶動。

「十、九、八、七、六、五、四、三、二、一……」

「嘭——嘭——嘭——」

一束束美輪美奐的煙火，彷彿從水中竄飛而起的七彩精靈，在暗藍色的天幕上縱情綻放，舞蹈。眼前的人群跟著煙火的光亮忽明忽暗，每一束煙火的綻放都讓人驚豔，不斷的升騰、消失，每一個交替時間點都是那麼完美，讓眼睛應接不暇，只能不斷地驚嘆。

好像沉寂多年的血液好像都跟著一起沸騰了。

「好美啊……」她忍不住感慨道。

身後的人不斷往前擠，為了防止被人擠倒，江續往前走了一步，一隻手圈住林西的脖子，頭擱在她的頭頂，以身體護住了她。

冷不防被他這麼貼上來，林西整個背都僵住了。原本一心看煙火的，這時注意力完全被轉移了。

林西動了動，結果被江續圈得更緊：「別動」，江續說：「我是怕妳摔倒。」

林西聯想到新聞裡看到的踩踏事故，便不敢動了。

她乾乾地說了一句：「挺好看的哈？」

「還有驚喜。」江續的聲音從頭頂傳來。

「什……什麼驚喜？」

林西想到今天發生的一切，腦中突然出現此生看過的浪漫小說電影電視劇情節，突然腦洞大開：「不會煙火結束，最後還有字什麼的吧？」

比如「I LOVE YOU」什麼的，言情小說裡這種情節很多啊。

江續動了動下巴，用他低沉的聲音回答：「是有字。」

林西雙手攥緊，心跳砰砰砰開始加速。

活了三十年，這是她最接近那些女主角的一次。

她眼睛都不敢眨地看著天幕。

整整五分鐘，最後四束煙火升空。

嘭嘭嘭嘭……

煙火在空中不斷爆開，五彩斑斕的煙火最後組成了四個字。

2007——

在巨大的歡呼聲中，江續冷靜地分析著：「今年煙火成本不低，算是特殊訂做了，驚喜吧？」

林西：「……」

煙火結束，大家緩緩跟著人流離開。一眼望去，黑壓壓一片，人們摩肩接踵。很多人被擠得走不動，索性跳上花壇，或者爬上老樹的枝椏，場面有些混亂。

江續見這情形，護著她走了一條人比較少的小路。脫離人群，林西用力的呼吸了幾口空氣才緩過來。

江續走了兩步，看見小路旁邊有個長椅，直接將林西按到長椅上。

「現在人太多，我們等等再出去。」江續說。

林西回想起剛才人擠人的場面，還有些心有餘悸：「好。」

江續低頭看了林西一眼，眼神溫柔：「我去買幾瓶水。」

林西點了點頭：「嗯。」

江續剛走出沒兩步，林西從口袋裡拿出手機，準備打電話給付小方。手機貼著耳朵，視線自然地抬起，不遠處走來兩個年輕的女孩，其中一個綁馬尾的女孩一直盯著林西，林西有些詫異。

那兩個女孩越走越近，林西借著路燈微弱的光線仔細辨認著，終於認出了來人。

其中一個是單曉。

林西心裡本能地咯噔一跳，大概是上一世聽過不少她對江續癡纏的心思，竟然隱隱有種對不起她的奇怪感覺。

不過她轉念再想，這一世她根本沒和她接觸，也沒有什麼友情包袱，又坦然了起來。

江續已經走出去很遠，林西一個人坐在長椅上，應該沒什麼問題。

林西揚了揚下巴，挺起了背脊，打自己的電話去了。

過了一下，江續拎著一個裝了好幾瓶水的袋子回來。他遞了一瓶水給林西，「沒有熱的，將就。」

林西點頭，接了過來。

「林明宇打電話給我了，公園出口見。」

「好。」

林西手凍得有些僵，使不上力，抱著水瓶擰了半天沒擰開。江續見狀，也沒有說什麼，直接接了過去，很輕鬆地擰開了，然後自然地遞回給林西。

林西一臉尷尬，心想平時都是她力大無窮，各種幫人擰瓶蓋，怎麼和江續在一起就連瓶蓋都開不了了？

「走了。」江續轉身走了。

「好的好的。」林西趕緊跟上。

在公園出口處，兩人廢了一些功夫才找到林明宇和付小方，他用黑色的帽子遮住鹵蛋頭以後，整個人變得難找了許多。

林明宇鼻孔裡堵著一小團衛生紙，黑著臉站在那，對誰都目光炯炯，嚇到了不少路人。付小方和他站得有些距離，兩人互不相看，都是遇到仇人的表情。

江續把買的礦泉水分給他們。他們一人拿了一瓶。

「你鼻子怎麼了？」林西問。

「流鼻血了。」林明宇不想繼續這個話題，沒好氣地說：「回不了學校了，就在校外住吧。」

付小方無語地瞪了他一眼：「今天這麼多人，哪有地方還能讓我們住的。」

「老子早就訂好了！」林明宇看著林西，凶巴巴地回答付小方。

林西欣慰林明宇還有這麼細心的時候：「林明宇，你今天終於進化好了。」

「滾蛋！」

林明宇本來想訂棋牌房，結果被人搶光了。現在訂的房間還算寬敞，有一張折疊方桌，林明宇提議打「雙升」。

房間的條件不算太好，桌子有些掉漆，好在有空調，一開倒是很暖和。

組隊的時候，林明宇和付小方不肯在同隊，林明宇又不肯讓林西和付小方一隊，說是怕她們耍賴。最後分配，林明宇和林西一隊，江續和付小方一隊。

四方桌，四人各占一方，林西坐在江續對面。林西雙手放在桌上，抬頭就能和江續四目相對。

江續坐在那沒動，總是若有似無地看林西，搞得林西有些不好意思抬頭了。

其實林明宇和林西還算是有默契的，畢竟從小一起長大，奈何江續太強大了，全程算牌，分毫不差，即便帶著付小方這個拖後腿的，依舊把林氏兄妹贏得不要不要的。

一局結束，林氏兄妹又輸了，林明宇牌一丟，大嚎一聲：「江續！你太陰了！」

江續微笑：「承讓了。」

付小方也跟著謙虛：「你們也太客氣了，一直讓著我們。」

林明宇瞪了付小方一眼，猛地一啐，一激動，把堵鼻孔的紙團噴了出來，那個紙團好死不死，正好砸在付小方臉上，紙團上頭帶著點紅色的血印，真是噁心死人。

付小方被氣得頭髮都要豎起來了，咬牙切齒一字一頓：「林！明！宇！」

林西瞬間笑得眼淚都要出來了。

「……」

遊戲結束，贏的人自然是要懲罰輸的人。

如此好機會來了，付小方自然不會錯過，自告奮勇打林明宇，硬生生用兩根手指把林明宇那麼粗皮老肉的手腕都打紅了。

付小方暴力地打了林明宇，林西自然就是讓江續懲罰。她不情不願地擼起袖子，將手腕遞了過去。

「輕點啊……」林西看著林明宇的手腕，有些怕。

江續握著林西的手腕，用手指在上面摩挲了幾下，表情溫柔，笑得春風和煦。

江續剛和她告白，她還沒答覆呢。

誰會真槍實彈打自己喜歡的女生？除非是完全不想和人家好了吧？

林西這麼想著，放心地把手腕交給江續。

江續看了她一眼，兩個手指「啪啪啪」就是三下。

林西瞪大眼睛，下一秒，她發出了殺豬般的慘叫。

靠！這江續，根本就是不想好了啊！

林西緊咬著牙關，擠出一個比哭還難看的笑容，目不轉睛地盯著江續，眼神中彷彿有千言萬語。

江續始終淡定如常，單手洗著牌，手指翻得很快。

他說：「我做什麼，都是玩真的。」

林西：「……」

林氏兄妹挨了打，看著贏牌的兩個得意洋洋的人，立刻組起了復仇者聯盟。

立誓今晚不睡也要報仇，立刻又氣勢洶洶投入戰場。

這一晚，時間過得格外輕鬆，就是輸得無比慘烈……

第二天一早，頂著輸紅的雙眼回學校。

林西一句話都沒和江續說。

一個晚上他就沒在客氣的，不知道打了她多少下。挨打事小，侮辱事大。

一個晚上竟然一局都沒贏。

林明宇真的是一頭豬！

林明宇和付小方熬了一個晚上，早已睏到眼都睜不開，一回學校就回宿舍去睡覺了。

林西欲壑難平，決定先去學生餐廳吃個早飯，再回寢室睡覺。

她去學生餐廳，江續居然很自然跟了過來。

這人一臉什麼都沒發生的表情，怎麼這麼能裝呢？

本來兩個人一起進來的，後來買早飯的人太多，不過一個晃眼，江續那傢伙就不知道去哪裡了，林西四周找了找，沒看到他，不知道為什麼，覺得更生氣了。

元旦的早上，來吃早飯的都是趕著出去逛街的同學，帶走的占多數，堂食的位子倒是不少。林西氣呼呼地買了粥和包子，一個人占了一張桌吃早飯，喝粥的時候姿態相當粗魯，喝得呼呼直響。

輸了一個晚上，手腕都被打疼了。林西放下碗，拿起包子，手還有點抖，她剛準備啃包子，對面的位子就被人坐下了。

林西以為是江續來了，眉頭皺起，剛準備說話，一抬頭，居然是薛笙逸。

林西立即收起不耐煩的表情。

薛笙逸買了一碗熱湯麵，看起來完全像一個正常人。

如果不是經歷了昨晚的事，林西也難以相信他居然有那麼重的病。

「妳昨天出去玩了嗎？」薛笙逸微笑，還是一貫痞氣不羈的樣子：「聽說昨天有跨年煙火。」

「嗯。」林西點了點頭，沒有再說下去，想到他的昨夜和自己的昨夜，林西無限感慨：「你昨天休息得怎麼樣？還好嗎？」

「沒事。」薛笙逸安慰林西：「其實只是病了而已，習慣了就好。」

林西捏了捏手上的包子：「什麼時候的事？」

薛笙逸的筷子挑了挑麵條，抬頭看她：「妳問我的病？」他頓了頓：「一年多了。」

說起患病的經歷，薛笙逸的語氣很尋常，彷彿在講述和他完全不相干的故事：「有一陣子，右腿總是疼，疼得鑽心，不能睡覺，以為是運動過量，跑得太厲害了，損傷了。」他眨了眨眼，視線落在面前的碗裡：「後來檢查出來是骨癌，治療了一陣子，過程很痛苦，不過醫生說我的情況控制得很好，我以為控制好了就可以繼續跑步。」

林西緊抿著嘴唇，靜靜看著薛笙逸。

她聽見他略微絕望的聲音說著：「結果又復發了，還是右腿，醫生說癌細胞再擴散下去要截肢。」他抬起頭有些困惑地看著林西：「如果沒有了腿，我就永遠不能跑了吧？」

林西手上一攥，手指不小心戳破了裝包子的塑膠袋。

「不會的，還可以跑的，肯定會控制住的。」林西說。

「上一次的時候醫生也是這麼說的。」薛笙逸苦笑抿唇，隨後轉了話題：「不說這些了。我馬上要去住院了，臨走前請妳吃頓飯吧。」

「我請你！」林西立刻激動地接了話：「該我請你的！」

薛笙逸看林西一臉複雜的表情，淡淡笑了笑，「好。」

淡淡的尷尬在兩人之間瀰漫。

林西啃了兩口包子，看著薛笙逸不健康的臉色，卻仍舊倔強的眼神，心中一抽。

「啪」她突然一拍桌子：「能不能晚幾天去住院，再堅持幾天好不好？」

「嗯？」

「馬拉松！」林西說：「你的生日我也沒什麼可以送給你的，我陪你跑，噢不，我替你跑，好不好？」

薛笙逸沒想到林西會突然這麼說，眼神中透露出一絲詫異：「妳替我？四分馬拉松都有十公里。」

「我跑得動。」林西越想越覺得這個決定是對的，她一臉激動：「你不是說過嗎？我的身體很健康！十公里，沒問題的！」

薛笙逸定定看著林西，眼眸中帶著許多複雜的情緒。

「妳替不了我。」薛笙逸嘆息，表情十分遺憾：「我是很希望有人陪我再去跑一次，可是我跑不動了。」

「可以的，相信我。」林西說：「用揹的我也把你揹到終點，我陪你……」

「咚」一杯熱騰騰的豆漿突然被人重重放在林西面前。

林西和薛笙逸一起循聲抬起頭。

「江續？」

江續居高臨下看著他們二人：「陪誰？」

他頓了頓聲，嘴角帶著一絲意味深長的微笑：「說下去，我想聽聽這次妳又要做什麼蠢事？」

第二十二章　馬拉松

林西的餘光瞟了面前的豆漿一眼，又瞟了旁邊的江續一眼，覺得有些尷尬。她坐定不動，也沒有說話。

江續始終表情坦然，自然地坐在林西身邊，每一個動作都彷彿在宣誓主權。

看著眼前這一幕，薛笙逸的眼神有些意味深長，他挑了一筷子麵條，狀似不經意地淡淡一笑：

「妳談戀愛了？」

林西面上一紅，回頭看了江續一眼，他竟然也正好在看著她，不由逃開了視線，趕緊低下頭：

「還沒……沒有。」

江續見林西否認，也沒有生氣。

他以閒適姿勢坐在學生餐廳的靠椅上，手指有一下沒一下的在桌上輕點。

每一下都讓林西心頭一顫。

薛笙逸吃了幾口麵條，便放下筷子。

「飯我吃，比賽就不參加了。」薛笙逸笑著說。

「可是……」

薛笙逸伸過手來，握住林西的手：「謝謝，心意我領了。」

江續的眼睛往下瞥了一眼，冷冷落在薛笙逸和林西握著的手上，眸光一沉。

「是男人，就比一場。」江續難得如此挑釁：「畏畏縮縮，在女人面前博同情？」

薛笙逸臉上的笑意漸漸消失，他面無表情盯著江續，緩緩放開林西的手：「激將我？可惜了，我不會參加的。」

說完，一拍桌子就走了。

「薛笙逸……」

林西起身要追去，被江續一把拉住。

「你為什麼這麼說話？」林西眉頭皺了皺：「他得了病，也不是自己不想跑的，他比誰都想參加比賽。」

江續淡淡瞥了一眼，輕動嘴唇：「他會去的。」

林西回過頭看著江續，疑惑他的篤定：「為什麼？」

「不為什麼。」

江續微微抬頭，眼中是不容置疑的霸道：「坐下。」

「唉……」林西看了看薛笙逸走遠的背影，斟酌再三，最後還是坐下了……

被江續監督著吃完了早飯，喝完了熱豆漿，他又堅持要送林西回寢室。

一路都有些心不在焉，江續說了什麼她沒有完全聽清。林西一直在想薛笙逸說「我跑不動了」那句話時，那種複雜的表情。

被迫放棄自己喜歡的事，就像被迫放棄自己喜歡的人一樣，是一種很痛的感覺吧？

林西扶著扶手一步步往上爬，一直低著頭，也沒看前面。

「林西。」頭頂傳來喚她名字的聲音。

聲音不大，剛好是林西可以聽見的程度，十分溫柔，也十分熟悉。

居然是這一世沒什麼交際的單曉。

林西爬到二、三樓中間，她站在三樓往下看，臉上帶著笑容，眼睛微瞇，看起來十分和善，叫林西名字的時候，熟稔得彷彿她們是關係親近的朋友。

林西有些恍惚，覺得好像回到重生以前的時光。

林西的手扶著木扶手，站在原地，抬起頭看著她，略微有些尷尬：「有事嗎？」

單曉眼中有些失落：「我知道妳好像不喜歡我。」

「不是……」林西趕緊擺手：「沒有的事……」

「先還有點不理解，現在懂了。哈哈，我的錯。」單曉抿唇一笑：「我昨天在世紀公園，碰到妳和江續了。」

「那個……」

「妳和小方那麼好，我怕妳會介意。我接受了，暗戀失敗嘛，沒什麼。」她說得十分坦然，也毫不在意：「恭喜你們。」

不等林西解釋什麼，單曉已經轉身走了，邁著輕快的腳步，馬尾一走一甩。

林西看著她的背影，若有所思。

剛回寢室，付小方立刻圍上來，抱著林西的手臂，義憤填膺地控訴著：「林西，妳知道嗎，林明宇他真的越來越過分了！」

「怎麼了？」

「我在交友區發了個文，傳了張自拍，他居然在留言裡胡說八道。」

林西脫了外套，換上了棉睡衣：「妳怎麼知道是林明宇？」

「頭貼分明就是他啊！」

「說不定有人冒充他呢？」

「……」付小方無語地看向林西：「他那種弱智，誰要冒充他啊！」

林西被付小方逗樂，往付小方電腦走過去，她正好打開著自己的貼文，林西滑了滑滑鼠，一眼就看到了付小方發在論壇裡的照片。

忍不住皺眉：「妳這是用什麼東西P的？」

「光影魔術手。」

「……」林西看了濾鏡以後糊得只能看清兩個眼珠的所謂「頹廢非主流」照片一眼，再看看照片上P上去的文字——「為什麼這個世界茹此複雜」。

林西：「……」

再往下翻了翻，很快就找到了林明宇的留言。

他和付小方實在沒什麼兩樣，光頭皮衣，不知道從哪弄了條金鏈掛脖子上，用電腦的前置鏡頭拍了張零幾年代最流行的非主流照。

他在留言裡，用最大字型大小的紅字回了一句：『這照片，牛頭梗嗎？這樣還想徵友？』

付小方看到林明宇的留言就生氣，回：『你以為戴個狗鏈就可以開始狂吠了？』

林西看著他們幼稚的你來我往，也沒心思理會了，轉身要回到自己桌前。

付小方剛好回完林明宇，從論壇裡出來，又一把抓住林西：「對了，昨天江續唱歌被人錄影片了。我當時去上廁所，出來他都快唱完了，影片不是很完整，妳昨天也在的，聽說他跟人表白了，是真的嗎？」

林西瞟了論壇首頁上一直飄紅的「HOT」一眼，摸了摸下巴，很認真地說：「是表白了。」

「跟誰啊？」

林西看了付小方一眼，指了指自己：「我。」

付小方白了她一眼：「滾。」

林西見她不信，解釋也沒用了，只能輕嘆了一口氣。

「不過我發現韓森好像和江續有仇。」付小方快速打開一篇文，找到一個叫「三木」的帳號。

他的流言只有四個字——『臭不要臉。』

付小方忍不住吐槽：「韓森跟林明宇一樣，都有點狂犬病。和人家江續無仇無怨，攻擊人家是什麼意思。」

因為他們是情敵啊。

林西無語了。

當然，男女之間的那點困惑，林西很快就拋諸腦後，因為她這幾天都很忙。

打聽到了馬拉松的時間，都快開跑了，臨時去加名額，自然是要費一些功夫。

這是她活了兩世，第一次參加馬拉松比賽，四分馬拉松，據說是全程馬拉松的四分之一長度，居然也有十公里。

體育課的八百公尺都挺吃力的，十公里簡直不敢想像。

其實林西在報名的時候確實有過退縮的想法，但是想想自己對薛笙逸誇下的海口，又硬氣地把自己的名字簽上去了。

交了報名費，領到了比賽時穿的統一T恤，林西才終於有了一些真實感。

一連好幾天，林西早晚都去操場跑步，好幾次都碰到在籃球場訓練的江續，對她這種執意又執著的行為，他倒是沒有嘲笑。

薛笙逸也被她的誠意感動，沒有提前去住院。

週六，馬拉松如期舉行，林西起了個大早，和薛笙逸一起坐車趕到起點所在的建築。他雖然不願意參賽，卻仍是關注著比賽項目。一路上他很沉默，林西看得出來，他並沒有他說得那麼瀟脫。

一月正冷，林西裡面穿著比賽統一的T恤，外面套著羽絨外套。

林西到的時候，已經有很多人開始做熱身，林西脫了外套存放在統一的儲物櫃裡，也開始拉筋熱身。

薛笙逸的身體似乎越來越虛弱了，一貫穿得清減的他，今天居然穿了一件長及腳踝的黑色外套，腳上是一雙繡有他名字的跑鞋。

「你的鞋有點酷啊！」林西說。

「這是我最後一場比賽贏了以後，贊助商為我訂做的。」他苦澀一笑：「可惜再也不能下場了。」

林西舒展著手臂，很認真地說：「沒關係啊，我替你跑，贏了獎牌送你。」

薛笙逸看了她一眼，雖然知道她在癡人說夢，還是對她笑了笑。

「我去廁所。」說完，薛笙逸轉身走了。

一直到比賽快開始了，薛笙逸還是沒有回來。

所有參賽的選手紛紛向起點方向走去，林西卻反方向往外走。

林西有些擔心，畢竟薛笙逸是個病人。

人越來越多，林西不停被人踩腳、撞肩膀撞手臂，走得十分艱難。

「喂。」

林西正走著，手臂突然被抓住了。林西回頭，韓森和江續一起出現在她視線範圍內。

「你們怎麼都在？」

「體育老師硬幫我報的，懲罰我蹺了三節課。」韓森說起這事就一臉鬱悶：「累死人了，十公里。」

韓森說完，剛準備靠近林西，遠處的老師就大喊了一句：「韓森，過來！要比賽了！」

韓森濃密的倒八字眉抖了抖，一臉不爽：「我先過去了。老師把幾個常蹺課的弄一起了，誰跑最後當誰。」

林西倒是不知道學校還有這麼有趣的老師，噗嗤一笑：「你真是，什麼課都蹺。」

韓森臨走前，表情不善地看了江續一眼，又囑咐林西：「以我的體力，肯定跑贏那姓江的，跟我，妳不會後悔。」

林西：「……」

老師又催，韓森一步三回頭：「等我啊林西！我肯定跑贏姓江的！」

選手們大多就位，路上終於沒有那麼擠了。

林西還是站在原地，抬頭又看了江續一眼，想到之前他對薛笙逸說的話，有些吃驚：「你來真的？」

江續身上穿著和林西一樣的比賽服，只是選手的號碼不同。

他的個子那麼高，在摩肩接踵的人群裡格外顯眼。

「我說過，我做什麼都很認真。」

時間越來越近，廣播裡傳來主辦方的時間提示。

薛笙逸還沒回來，林西有些著急，不再和江續說下去。

「我去找人，你先過去。」

林西轉身要走，江續攔住她的去路。林西皺了皺眉：「我要去找人。」

江續居高臨下，看著林西：「不用去了。」

「什麼？」

江續下巴指了指林西身後，「他來了。」

林西回頭，看見薛笙逸身上穿著和他們一樣的比賽T恤，胸前的號碼赫然是——1號。

他緩緩向這邊走來，有些蒼白的臉上帶著幾分意氣風發的笑容。

他走到林西身邊，不等她開口，他率先堵住她要說的話。

「林西，如果我今天跑完全程，做我女朋友，好不好？」

不等林西回答，江續已經擋在她身前，表情還是一如既往的跩。

「想得美。」

江續隔開了薛笙逸和林西，擋住林西的視線。

林西有些窘迫，訥訥抬頭看著江續寬厚的背影，兩人的身高差，以及那件和她身上一樣款式的比賽服，都讓她產生了幾分微妙的感覺。

「別鬧了。」林西推了推江續，然後走出來，對薛笙逸說了一句：「胡說八道什麼，比賽要開始了。」

薛笙逸用手指點著下巴，見江續一臉認真，眼中流露出惡作劇的狡黠。

「一句話就試出來了。」薛笙逸哈哈大笑：「江續也有心思這麼淺的時候。」

兩人就這麼公然討論林西，林西饒是臉皮再厚，也有些掛不住了，粗著嗓門喊了一聲：「好好比賽，別扯亂七八糟的。」

江續意味深長地看了薛笙逸一眼，動了動嘴唇：「別以為我會讓你。」

薛笙逸拉了拉筋，眼中閃過一絲對勝利的渴望，和對賽道的眷戀，他篤定地說：「在這裡，我才是王者。」

看著薛笙逸重燃鬥志，林西感慨萬千。

三人一起走向起跑線，林西覺得每一步都無比有意義。

薛笙逸去了那麼久，林西本來以為他會逃避，但是他最後不僅回來了，還下了賽場。

薛笙逸身上的比賽服看起來威風凜凜，林西可以想像他曾經在賽場上的風姿。

他能戰勝自己，勇敢地面對自己，這已經是最大的一步。

生活中很多的事都是這樣，也許不能改變事情最終的結果，但是至少緩和了化不開的絕望。

一場馬拉松不能治癒薛笙逸的疾病，可是能讓他重新面對自己，再多擁有一份真摯的回憶。那麼，一切都是有意義的。

就好像她重活一次，也許依舊只能過上平庸的人生，可是這些記憶，都是她人生裡最美好的財富。

槍響，所有的運動員從起點出發，魚貫而出。

被老師束縛住的韓森得了自由，跑得很快。他精力極好，跑過江續身邊，還在不斷挑釁：「我先走了，你慢慢來。」

江續不屑理他，繼續跑自己的。

韓森興奮地吹了個口哨，一下子就跑到前面去了。

臨走還對林西大喊一聲：「林西，我拿到冠軍，獎牌送妳！」

林西：「……」

賽道上有人快有人慢，沒多久就跑出了差距。

江續一直跟著他們跑，那麼長的距離，他跑下來卻很輕鬆的樣子。

林西並沒有很強的體能，一直勻速跑著。一開始還算可以應付，甚至還會和薛笙逸說話，後面就開始跑跑走走，跑到中段，她覺得自己的五臟六腑哪裡都不舒服，捂著隱隱作痛的腰腹，腳步越來越慢。

薛笙逸一直和她一起跑著，看起來沒有比她輕鬆多少。

「你沒事吧？」林西重重地呼吸著。

薛笙逸的腳步開始不穩，大概是病痛關係，他整個人有些向右傾。

見林西要過來，他強打著精神擺了擺手：「沒事，我可以。」

又過了一段，林西覺得自己的肺彷彿要爆炸了。她一回頭，正準備喊薛笙逸，只見他嘴唇發白，眼看著就要倒下。

林西一個箭步上去，一把扶住薛笙逸。

「還好嗎？」林西看了看提示的剩餘距離，雖然有些遺憾，還是理性地停了下來：「能跑這麼遠，我們已經很棒了。」

薛笙逸虛弱地喘息著，他靠著林西的肩膀，虛弱地說：「原來只到這裡。」

「薛笙逸……」

薛笙逸笑了笑：「其實我是以為自己可以堅持到終點的。」他頓了頓聲，聲音中帶著無限的遺憾：「好想再看一眼終點。」

看著薛笙逸的表情，林西惻隱之心頓生。明明已經累到極點了，她還是將薛笙逸地手臂圈到自己肩膀上。

她咬了咬牙，很堅定地說：「哪怕跑到天黑，跑到明天，我一定扛你去終點。」

薛笙逸掙扎了一下：「別逞強了。」他滿頭大汗，T恤都濕透了，臉色蒼白，嘴唇也有些發白：「現實就是沒有奇跡，我再也不可能到達終點了。」

「可以的。」林西的執拗脾氣再次出現，她又一次去扛起薛笙逸：「我帶你去終點！」

「……」薛笙逸已經沒什麼力氣了，林西一拉一扯，就被拽了起來。

薛笙逸虛弱地靠著林西，兩人艱難地在路上走了兩步。一個四十多公斤的女生哪有多大的力氣，可是她就是不肯放棄。

薛笙逸低頭看著她頭頂的漩渦，嘴角竟咧出一個笑容。

「妳怎麼這麼傻？」他忍不住這麼說著。

林西哪有精力和他鬥嘴，扛著又走了兩步，突然肩頭一空。

薛笙逸被趕過來的江續接了過去。

他分別將薛笙逸的兩隻手臂掛上自己的左右肩頭，臉上淡淡的沒什麼表情。

「妳那點力氣，明天都到不了。」江續瞥了林西一眼，微微側頭，對身後的薛笙逸說：「作弊要找個強一點的代考，比如我。」

不得不說，江續實在很厲害，揹著一個人還跑得不慢。

林西被他的士氣所鼓舞，居然不知不覺就快跑到終點了。

她一邊跑一邊回頭看著身後，驚喜極了：「我們居然不是最後一名。」林西興奮地看著前方，對江續說：「哇，江續，你實在太厲害了！要不然你再跑快點，直接幫他贏個冠軍吧。」

江續冷冷瞥了林西一眼，高強度的運動讓他呼吸加速。

幾秒後，只聽江續吐出兩個字：「閉嘴。」

林西嘿嘿一笑，興高采烈地跟著江續跑著。

終於到達終點，工作人員送上比賽的紀念品給他們——一條毛巾。

他們的名次自然不值一提，成績也因為「作弊」被取消了。

林西莫名成了三人裡成績最好的人。

林西是第一次跑馬拉松，十公里，居然全都跑完了，她有些興奮。

薛笙逸站在終點，看著那條代表著完成的線，臉上帶著難掩的笑容。

現場人多，有些亂，林西站到路邊休息了一下。她拿紀念品擦了擦脖子，笑著說：「這毛巾好像特別吸汗。」

江續對她無語，抬手敲了敲她的頭。

中途每一個休息點都去喝水，到終點了，林西休息好了，就去上廁所了。

她一走，留下的薛笙逸和江續，一起坐在終點不遠的一處草坪等待。

眼前是穿來走去的運動員們，大家都穿著一樣的服裝，有人因為疲憊滿臉通紅，有人因為完成了比賽興奮不已。薛笙逸轉過頭看向江續，許久，只說了兩個字：「謝謝。」

江續並不領情：「我只是不想別人碰她。」

「不管什麼原因，謝謝你讓我最後一次看到終點。」

江續的表情依舊冷冷的，「為什麼是最後一次？」

薛笙逸低頭：「癌細胞擴散，可能需要截肢。」

「截肢了就不能跑嗎？」江續的語氣中帶著幾分不以為然：「如果想跑，裝了假肢可以繼續跑，滑著輪椅也一樣去，只要活著，就有無限的可能。」

薛笙逸看了他一眼，沒有說話，細細品了品江續的話，最後淡淡一笑。

「謝謝你。」

江續依舊是那酷酷的表情：「不是我說的。」

事實上，這些話是他勸林西不要管薛笙逸的時候，林西說的。她不希望疾病毀了一個有著熱血夢想的年輕人。

想起她在操場上訓練，一圈一圈的，跑得大汗淋漓的，明明也不能改變什麼不是嗎？多傻？

薛笙逸正想說話，遠處突然出現林西上躥下跳的身影，她興奮地對他們招手，「過來啊，快點，大合照了！」

薛笙逸和江續同時撐著身子起來。

「她是很值得喜歡的女孩。」薛笙逸由衷地說。

江續警惕地看了薛笙逸一眼，疏離地回答：「不用你說。」

那張馬拉松比賽的大合照，很久很久以後才被寄到林西手裡。

那時候薛笙逸已經離開了學校。

回想他離開學校的那天，居然只叫了林西和江續來送行。

江續和他也不算多熟，本以為他不會鳥他，沒想到他不僅來了，還各種受折騰。

薛笙逸明明沒什麼事，偏說自己腿疼，要江續把他從男宿樓上揹下來。

林西看著江續黑著一張臉將他揹下來，粗魯地丟進他家的車裡，整個過程都非常詭異。

薛笙逸坐在車裡，笑得極其燦爛。

「我病好了就回來。」他說。

江續冷凝了一眼：「別回來了。」

林西拱了拱江續的手臂，示意他說話委婉點，結果江續不為所動，又追加了一句：「趕緊走吧。」

薛笙逸被江續趕著，卻完全沒有生氣，笑咪咪地對林西說：「希望妳找到一個好男人，好好談一場戀愛。」薛笙逸看了江續一眼，突然說：「我看江續就挺不錯的。」

江續的黑臉瞬間就好了幾分，低低瞅了他一眼：「早日康復，早點回學校。」

薛笙逸見江續態度緩和，笑了笑，又補了一句：「不過要多折騰折騰他，這人太臭屁了。」

江續剛緩解的臉色又更黑了，立刻回敬了一句：「那還是別回來了。」

林西成功被他們逗樂……

薛笙逸要走了，林西和他道別：「早日康復，我還欠你一頓飯，記得回來找我討。」

薛笙逸看了看江續，笑著說：「我把這頓飯的權利轉讓給江續了。」

林西：「你們在交易的時候，都不用徵求本尊的意見嗎？」

江續冷笑：「本尊有意見？」

林西被他一記眼刀掃到，立刻縮了縮脖子，聲音也變小了：「本尊不敢。」說完又狗腿地問了一句：「您看哪一天合適？」

江續皺了皺眉，「每天。」

——《小戀曲》未完待續——

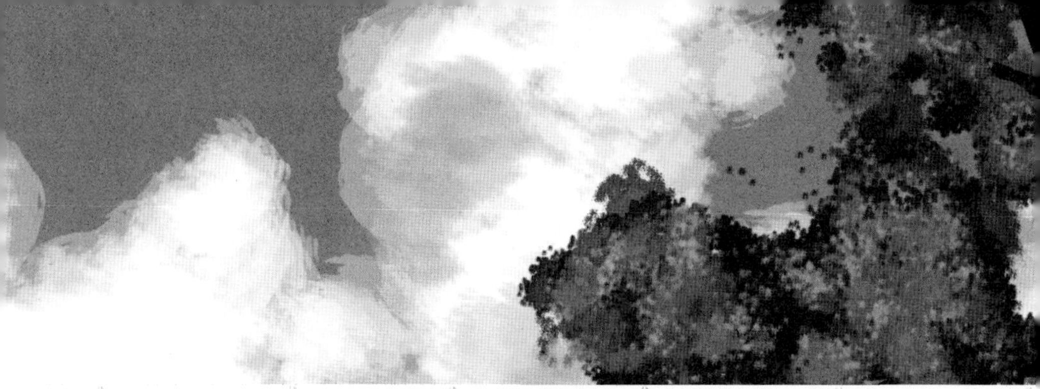

高寶書版集團
gobooks.com.tw

YH 129
我的重生脫單計畫（上）
作　　者　艾小圖
責任編輯　吳培禎
封面設計　鄭婷之
內頁排版　賴姵均
企　　劃　何嘉雯

發 行 人　朱凱蕾
出　　版　英屬維京群島商高寶國際有限公司台灣分公司
　　　　　Global Group Holdings, Ltd.
地　　址　台北市內湖區洲子街88號3樓
網　　址　gobooks.com.tw
電　　話　(02) 27992788
電　　郵　readers@gobooks.com.tw（讀者服務部）
傳　　真　出版部 (02)27990909　行銷部 (02)27993088
郵政劃撥　19394552
戶　　名　英屬維京群島商高寶國際有限公司台灣分公司
發　　行　英屬維京群島商高寶國際有限公司台灣分公司
初　　版　2023年3月

國家圖書館出版品預行編目(CIP)資料

我的重生脫單計畫/艾小圖著. -- 初版. -- 臺北市
: 英屬維京群島商高寶國際有限公司臺灣分公司,
2023.03
冊；　公分. --

ISBN 978-986-506-694-9(上冊：平裝). --
ISBN 978-986-506-695-6(下冊：平裝). --
ISBN 978-986-506-696-3(全套：平裝)

857.7　　112003556

GOBOOKS
& SITAK
GROUP©